Toda a beleza ao redor

X. TIAN

Toda a beleza ao redor

Tradução de Wendy Usuki

Rocco

Título original
THIS PLACE IS STILL BEAUTIFUL

Copyright © 2022 *by* Yuxi Tian

Todos os direitos reservados.
Nenhuma parte desta obra pode ser reproduzida ou transmitida
por meio eletrônico, mecânico, fotocópia ou sob
qualquer outra forma sem a prévia autorização do editor.

Direitos para a língua portuguesa reservados
com exclusividade para o Brasil à
EDITORA ROCCO LTDA.
Rua Evaristo da Veiga, 65 – 11º andar
Passeio Corporate – Torre 1
20031-040 – Rio de Janeiro – RJ
Tel.: (21) 3525-2000 – Fax: (21) 3525-2001
rocco@rocco.com.br
www.rocco.com.br

Printed in Brazil/Impresso no Brasil

CIP-BRASIL. CATALOGAÇÃO NA PUBLICAÇÃO
SINDICATO NACIONAL DOS EDITORES DE LIVROS, RJ

T426t

    Tian, X.
        Toda a beleza ao redor / X. Tian ; tradução Wendy Usuki. - 1. ed. - Rio de Janeiro : Rocco, 2023.

        Tradução de: This place is still beautiful
        ISBN 978-65-5532-354-2
        ISBN 978-65-5595-200-1 (recurso eletrônico)

        1. Ficção chinesa. I. Usuki, Wendy. II. Título.

	CDD: 895.13
23-83806	CDU: 82-3(510)

Meri Gleice Rodrigues de Souza - Bibliotecária - CRB-7/6439

O texto deste livro obedece às normas do
Acordo Ortográfico da Língua Portuguesa.

Para meus pais, por todo sacrifício.
E para Chris, por todo e cada dia lindo.

Um

ANNALIE

A previsão de chuva no primeiro dia de verão não se concretiza, o que significa que posso contar com duas coisas: minha mãe passando a maior parte da manhã no jardim, e Thom Froggett indo na Sprinkle Shoppe para uma casquinha com duas bolas de chocolate crocante.

Minha mãe tem um dedo verde incrível, motivo pelo qual passa uma quantidade absurda do seu tempo livre aparando as rosas douradas premiadas no quintal. Minha irmã, Margaret, tem uma cabeça acadêmica incrível, motivo pelo qual foi oradora e presidente de classe em todos os anos do ensino médio, decidiu fazer uma dupla graduação em Economia e Ciências Políticas com ênfase em Estudos de Gênero na NYU, e agora está passando as férias do segundo ano da faculdade fazendo estágio em uma empresa de consultoria chique em Manhattan.

Eu, por outro lado, sou uma estudante mediana que ocupa a segunda cadeira de flauta (e, às vezes, ainda vai para a direita quando deveria ir para a esquerda no ensaio da banda) com, admito, uma capacidade acima da média de passar o delineador com um único traço usando o espelho retrovisor do meu carro de manhã.

Uma coisa em que sou melhor que a minha mãe e Margaret é servir sorvete (principalmente porque elas são intolerantes à lactose, então nunca tomam sorvete), e por isso, estou passando o verão trabalhando na Sprinkle

Shoppe. Estou determinada a usar meu talento ordinário para fazer algo extraordinário: chamar a atenção de Thom Froggett, com seus olhos cor de mel, talento no futebol e impressionante semelhança com um modelo de roupa íntima.

Thom e eu estamos na vida um do outro, por assim dizer, desde o ensino fundamental, porque os nossos sobrenomes (Froggett e Flanagan) são próximos no alfabeto, embora sempre houvesse um certo Justin Frick se intrometendo entre nós. Assim, do primeiro ao oitavo ano, passamos todo dia quase juntos quando fazíamos fila. O problema foi que, em vez de conversar com Thom, tive que aturar uma transição lenta do Justin do primeiro ano cuspindo bolinhas de papel no meu cabelo para o Justin do oitavo ano tentando me convencer a virar sua namorada.

Por outro lado, Thom estava sempre desatento (ainda bem), exceto quando a barreira do Justin era removida. Os poucos dias por ano em que Justin faltava aula porque estava doente eram os melhores da minha jovem vida. Infelizmente, esperar por nuggets de frango borrachudos e achocolatado em caixinha na fila do refeitório não era o cenário ideal para um grande romance, e o amor jovem dos meus anos de formação não foi correspondido.

No ensino médio, não havia mais filas organizadas por sobrenome na hora do almoço e estávamos em turmas diferentes, então Thom e eu fomos separados por mais do que um Justin Frick no lugar errado. A puberdade atingiu Thom como um trem de carga e, basicamente da noite pro dia, ele ganhou trinta centímetros de altura e aprendeu a arrumar o cabelo loiro--escuro em uma onda suave acima da testa, como a curva abençoada da asa de um anjo.

Ele arranjou uma namorada no final do primeiro ano do ensino médio. Eles ficaram juntos até janeiro do terceiro ano, como descobri aproximadamente quatro dias depois pela minha melhor amiga, Violet (cujo forte é fazer comida filipina caseira e encontrar informações sobre a vida das pessoas quando as redes sociais não ajudam).

Violet me contou seu plano depois da escola enquanto pegávamos nossas mochilas para sair.

— É isso — diz ela. — Essa é a sua chance.

— O jeito que você deu essa notícia é meio assustador — respondi, me encolhendo contra o vento do meio-oeste enquanto subíamos o morro em direção ao estacionamento. — Como se eu tivesse passado a vida inteira perseguindo o cara.

Ela dá ombros sem remorso.

— Só acho que é meio bizarro pular em cima dele assim, logo depois do término — insisti.

— Bobeou, dançou. A disponibilidade daquele cara vai acabar mais rápido que panquecas saídas da frigideira. Você não quer ainda estar formulando seu plano quando a Líder de Torcida Número Dois chamar a atenção dele.

— Elas têm nome, Violet. Além disso, eu não quero ser só um tapa-buraco.

— Ser tapa-buraco é uma preocupação abstrata agora. É como se preocupar se você vai gostar do clima da Geórgia antes mesmo de tentar se inscrever em alguma faculdade. Você pode lidar com esse problema mais tarde.

— Justo.

Entramos cobertas de neve no pequeno Honda Civic da Violet e ligamos o aquecedor no máximo antes de continuar nossas tramoias.

— Olha, o que você tem que fazer é o seguinte — começou ela. Não devia me surpreender por Violet já ter um plano.

Basicamente, o plano dela consistia em arrumar um trabalho na Sprinkle Shoppe, porque Violet e Thom tinham uma aula juntos, e ele havia mencionado para ela uma vez que no verão ia lá de tarde todo dia para tomar sorvete, sem falta, logo depois da sua corrida diária, e pedia sempre a mesma coisa porque ficava no caminho de casa.

— Ele ama sorvete — afirmou Violet de modo triunfante, como se tivesse acabado de inventar um novo elemento da tabela periódica.

Pausei e pensei a respeito.

— Vi, esse é um plano extremamente idiota.

— Não é, não!

— É, sim.

— Bem — diz ela, virando em minha direção —, sinta-se livre para contribuir. Tem alguma ideia melhor?

Eu não tinha.

— Só manda seu currículo — ordenou ela.

No meu primeiro dia de trabalho, a Sprinkle Shoppe me recebe com um jato de ar frio quando abro a porta. O sininho prateado em cima da porta tilinta.

Além de me oferecer um salário e uma oportunidade de ficar de olho no Thom, eu gosto do lugar. Fica em um prédio pequeno de tijolos no centro, com uma vibe antiguinha. O nome da loja é escrito em letras cursivas grandes, com uma tinta branca levemente descascada, em uma placa de madeira pendurada abaixo do telhadinho inclinado que protege a entrada. Gosto da pesada maçaneta prateada da porta e também dos armários, do piso quadriculado preto e branco e da borda ondulada saliente do balcão. Tudo ali me faz lembrar de um daqueles lugares dos anos 1950, onde adolescentes em jaquetas de futebol americano levavam meninas em encontros e pediam para namorar firme.

Audrey já está atrás do balcão com seu avental. Ela é uma daquelas líderes de torcida com as quais a Violet estava preocupada. Tem cabelo ondulado cor de ferrugem e longos cílios dourados que descansam sobre leves sardas espalhadas como granulado no topo de uma casquinha de sorvete. Incrivelmente bonita, embora agora esteja me olhando de cara feia.

— Você está atrasada.

Checo no meu celular.

— Não estou, não.

— Dois minutos pelo meu relógio.

Penso em dar uma resposta atravessada, tipo *Tenho certeza de que a Sprinkle Shoppe estava completamente lotada nesses cento e vinte segundos em que eu não estava aqui*, mas decido que não vale a pena. Afinal de contas, vou ter que trabalhar com ela durante todo o verão.

— Desculpa.

— Enfim.

Audrey já trabalha aqui faz quatro meses. Para a Sprinkle Shoppe, isso é praticamente uma eternidade, porque a maioria das pessoas só passa os meses de verão aqui, quando tem muito movimento. Com a minha sorte, é claro que eu e ela temos os mesmos turnos, o que lhe dá a liberdade de mandar em mim.

— Você — diz ela, apontando o pegador de sorvete em minha direção como um ditador — vai servir o sorvete. *Eu* cuido dos pagamentos.

Eu é que não vou discutir. Matemática nunca foi meu forte.

Ela me passa o pegador prateado. A tarefa parece óbvia até que chega o primeiro cliente e pede uma bola de chocolate com menta e uma bola de chocolate normal. Não consigo pegar uma bola muito caprichada de chocolate com menta nem coloco a bola de chocolate com firmeza o suficiente em cima da primeira, o que faz com que ela se esparrame no chão. Esse trabalho é mais difícil do que parecia, e, pelo visto, eu superestimei minhas habilidades de servir sorvete.

Audrey tem que limpar a bola que deixei cair. Ela revira os olhos tantas vezes nas duas horas seguintes que receio que vá começar a falar comigo com os olhos fixados no teto para economizar tempo. Mas, no décimo cliente, eu já peguei o jeito.

Estou me sentindo quase uma especialista quando a porta abre.

É ele. Bem como Violet prometeu.

Naquele momento, agradeço em silêncio por ter uma amiga tão visionária. Ela é sábia, afinal. Devo a ela um potão de cookies and cream de graça.

Thom está de roupa de corrida. Meus olhos vão em direção às panturrilhas bem definidas enquanto ele caminha para o balcão, tirando o cabelo, escurecido pelo suor, dos olhos. Penso em meu próximo passo. Penso em pegar seu pedido. Penso em fazer qualquer coisa, qualquer coisa mesmo, que não seja ficar parada aqui que nem uma idiota.

Audrey passa por mim como um raio e tira o pegador de sorvete de minhas mãos. Fico tão surpresa que nem resisto.

— Oi, Thom.

Ela abre um sorriso cheio de covinhas. Pegar sorvete é o trabalho dela quando se trata do pedido do Thom. Percebo que outras pessoas — por exemplo, Audrey — podem ter pensado no mesmo plano e podem inclusive ser melhores nele do que eu.

Perdi minha chance. Não posso ir contra a autoridade da Audrey, então me afasto. Ela gesticula bruscamente para que eu vá até o caixa. Como a Violet disse: bobeou, dançou.

— O de sempre? — ouço ela perguntar.

— Você já sabe. Valeu. — A voz dele é amigável. Procuro perceber qualquer sinal de flerte, me esforçando tanto quanto uma pessoa sedenta tentando sugar a última gota de água no cantil. Não acho que ele tenha olhado em minha direção, apesar de eu estar bem aqui.

Fico observando enquanto Audrey empilha duas bolas perfeitas de chocolate crocante em uma casquinha como se estivesse competindo em uma Olimpíada de servir sorvete. Ela merece a medalha de ouro.

Thom pega o sorvete com cuidado e fica na fila até chegar no caixa. Bem na minha frente. Volto a prestar atenção.

— Oi — diz ele, com aquela pele bronzeada e aqueles dentes brancos.

Mesmo ele tendo acabado de correr, seu cheiro é ótimo, uma mágica combinação almiscarada e frutada, tipo maçãs. Tem como suor ter cheiro bom?

Meu coração desaba para o estômago e desaparece. O que se responde a oi?

— Faz um tempo desde as filas do almoço no fundamental, né?

— É — digo, surpreendendo até a mim mesma. — Quase não sei o que fazer sem o Justin Frick entre nós.

Faço ele rir. É muito bom.

— Está trabalhando aqui, então?

— É. Precisava de um trabalho de verão.

— Olha, é bom você saber que eu venho aqui todo dia.

Resisto à vontade de responder: *Foi o que ouvi dizer*. Isso seria muito assustador, e até eu tenho algum senso de autopreservação.

— Hum, será que isso vai ser um problema pra mim?

— Espero que não. — Ele está sorrindo. Estamos flertando. É inacreditável! Do outro lado, Audrey me encara, furiosa, mas ninguém vai me parar agora.

A essa altura, já tem outro cliente atrás dele com seu sorvete. Lembro que eu deveria estar batendo o pedido dele na caixa registradora. Olho para a máquina com espanto, porque neste momento percebo que não tenho absolutamente a menor ideia de como usar esse negócio arcaico. Tenho medo de quebrar alguma coisa se apertar o botão errado.

Desamparada, olho de volta para Thom.

— Desculpa — digo. — É o meu primeiro dia, então não tenho ideia do que estou fazendo.

— Sem problemas — responde ele. — Tenho dinheiro e sei quanto custa.

Ele me entrega três notas amassadas de um dólar e duas moedas de vinte e cinco centavos.

Pego o dinheiro.

— Vou confiar que você não está me enganando e dando a si mesmo um desconto, porque eu realmente não sei quanto custa a casquinha com duas bolas.

— Pode confiar — diz ele enquanto se vira para ir embora. — Mas, só pra constar, na verdade o preço é três dólares e trinta centavos. Mas você pode ficar com o troco.

Ele pisca para mim, e eu morro mil vezes por dentro.

Nada que Audrey faça pode arruinar meu verão agora.

— Pode admitir. Eu sou um gênio — Violet se vangloria enquanto abro a porta de casa para ela uns dias depois.

— Não foi uma má ideia — admito enquanto ela passa por mim.

A Violet vem para cá à tarde todos os dias durante as férias desde que a gente era criança. Este ano, já que finalmente arranjei um trabalho, tivemos de interromper nossos encontros diários, porque a parte da tarde é o horário mais movimentado na sorveteria e estou escalada para trabalhar segundas, quartas e sextas.

— O que significa terças e quintas sem Thom — digo, suspirando.

— Claro. Que boa amiga que você é. Eu te coloco no radar do atleta dos seus sonhos de infância, e você nem pisca quando abandona sua melhor amiga três vezes por semana. Você vai ser o tipo de pessoa que larga todo mundo quando começar a namorar o Thom?

Reviro os olhos.

— Não me venha com essa!

Levo Violet até a cozinha, abro o freezer e coloco um pote maravilhoso cheio de sorvete de cookies and cream na bancada com um gesto triunfal.

— Cortesia da Sprinkle Shoppe. Isso aqui é agradecimento suficiente pra você?

Os olhos de Violet praticamente saltam da cabeça e seus lábios se abrem em um largo sorriso.

— É um começo.

Minha mãe abre a porta de tela do quintal e se encolhe para entrar. Ela está usando um chapéu de abas largas e luvas amarelas encardidas, que tira e joga no deque às suas costas.

— Oi, Violet — diz ao nos ver.

— Oi, tia — responde Violet, acenando.

— Ah, antes de você ir embora, não me deixe esquecer que quero mandar umas coisas pra sua mãe.

Violet e eu somos amigas há tanto tempo que é bem normal minha mãe mandá-la para casa com um buquê de rosas recém-cortadas ou um pote de stir-fry quentinho para o jantar. E a mãe da Violet faz o mesmo quando vou para lá. Somos como uma grande família.

Levamos nossas taças de sorvete — bem cheias porque é verão e não tem ninguém por perto para testemunhar nossa gula — para o deque. Adoro sentir o calor da madeira manchada sob meus pés descalços, canalizando o mormaço do sol de verão. Encolho os dedos. O sorvete é bem doce e refrescante. Tudo parece tão bom.

— As rosas da sua mãe estão decolando mesmo, hein? — diz Violet.

— O início do verão é a melhor época.

Minha mãe tem uma relação quase religiosa com suas flores. Margaret me contou que ela começou a cultivá-las depois que nosso pai foi embora, quando eu era pequena demais para me lembrar. Desde então, a mamãe se tornou praticamente uma jardineira profissional. Ela passa boa parte dos meses quentes ao ar livre, inspecionando, podando, adubando, regando e fertilizando o solo com a mistura perfeita de material de compostagem para atingir a acidez ideal.

Na verdade, uma das coisas de que mais gosto na nossa casa é o quintal cheio de rosas. As douradas atingem o auge da floração em junho e são mesmo magníficas.

Admiramos o Jardim do Éden por um tempo. Em seguida, raspamos o sorvete derretido no fundo das taças e voltamos para o linóleo frio da cozinha, onde largamos a louça suja na pia.

A verdadeira razão pela qual Violet vem para cá de tarde é para assistir ao nosso programa favorito de competição de culinária na Food Network. Minha casa é supersilenciosa, enquanto a dela está sempre lotada, com os irmãos mais novos correndo por aí. É uma tradição nossa já faz anos e que provavelmente vai continuar até a gente ir para a faculdade ou o programa ser enfim cancelado.

Foi por causa dele que comecei a cozinhar. Nós assistimos e eu costumo anotar as ideias interessantes para tentar recriar as receitas por conta própria. Violet sempre pode contar com uma nova fornada de doces semanalmente.

— Não acredito que esse idiota está tentando fazer um mil-folhas — Violet reclama. — Será que ninguém vê esse programa antes de participar? Os juízes odeiam quando eles fazem mil-folhas. Que falta de criatividade. Seria melhor pegar um pacote de biscoitos de mercado e enfiar no forno.

— Não seja má. Dá para fazer muitas coisas interessantes com um mil-folhas.

— Por favor, não faz mil-folhas esta semana — pediu ela. — Faz a sobremesa da moça. A torta de pêssego. Parece maravilhosa. E vai muito bem com sorvete.

Dou um empurrão de brincadeira nela.

— Não estou aceitando pedidos no momento.

— Você não *precisa*. Só estou colocando isso para o universo, caso certas pessoas queiram continuar demonstrando gratidão por sua brilhante melhor amiga ter colocado o garoto dos seus sonhos ao seu alcance.

— Vou ver o que posso fazer. Além disso, você não acha que está se precipitando um pouco? Thom e eu conversamos, tipo, duas vezes.

— Vocês vão estar saindo antes do fim de junho — prevê ela.

— Como pode estar tão confiante?

— Bem, primeiro porque eu sei das coisas. E segundo, credo, você realmente vai se fingir de boba? Você é linda. Não é possível que ele não tenha notado.

— Não sou, nada!

Eu mataria pelos cachos longos e perfeitos de Violet, que brilham em uma massa preta reluzente nas costas. Tivemos inúmeras festas do pijama e eu sei que ela acorda assim de verdade. Além disso, ela tem sobrancelhas arqueadas perfeitas que dispensam qualquer tipo de intervenção.

— É, sim. É por isso que a Sprinkle Shoppe te contratou no minuto em que você entrou, e é por isso que eu nunca conseguiria um emprego lá. Você sabe que eles só contratam gente bonita, né?

A franqueza autodepreciativa de Violet me deixa desconfortável. Sei que ela não está tentando buscar elogios ou me fazer sentir mal. É apenas como ela é.

Violet, que foi a primeira pessoa a se aproximar de mim no terceiro ano do fundamental quando se mudou de Nova Jersey para cá e declarou que éramos amigas quando todos os outros me ignoravam. Que insistia em levar kare-kare e adobo de porco na lancheira da escola, embora as outras crianças chamassem a comida dela de fedorenta e estranha. Que provavelmente sabia desde o minuto em que nasceu que seria uma cientista ambiental quando crescesse, que namoraria e se casaria com seu namorado, Abaeze Adebayo, um cara descontraído e de fala mansa que é basicamente o oposto dela em todos os sentidos.

É uma das coisas que mais amo nela, porque ela é sempre honesta comigo.

E isso me faz desejar ser como ela. Simplesmente saber o que quero e ser capaz de dizer exatamente o que penso.

Se eu fosse assim, lhe diria que não tenho tanta certeza de que Thom vá se interessar por mim, porque não tenho nada de especial e nunca me destaco em nada.

Em vez disso, apenas dou uma risada e digo que ela deveria começar a pensar num plano B caso eu estrague esse.

— Não se preocupe, Annalie Flanagan. Estou sempre pronta com o plano B — diz ela.

Na semana seguinte, o gerente da Sprinkle Shoppe me liga quarta de manhã, reclamando porque Audrey não vai poder vir e me perguntando se conseguiria segurar as pontas sozinha de tarde.

— Claro! — exclamo.

Minha voz sai mais alta e esganiçada do que eu pretendia, porque dã, seria maravilhoso ter a loja inteira para mim quando Thom aparecesse. Minha animação me trai.

— Tem certeza? — Ele parece cético, e consigo até imaginar seu rosto. — Vai ser, o que, seu quarto ou quinto turno completo?

— Eu consigo dar conta, com certeza — retruco com confiança.

A verdade é: quão difícil pode ser? Dominei a arte de servir as bolas de sorvete e até a caixa registradora, e sinto que essas duas coisas são praticamente tudo que é preciso saber nesse trabalho. Não é como se estivéssemos falando de neurocirurgia.

— Você tem meu telefone, se algo der errado.

— O que poderia dar errado? — pergunto, logo antes de tudo dar errado.

Apareço para o meu turno depois de passar duas horas tentando decidir o que vestir e como me maquiar. Não queria parecer superarrumada, como se estivesse me esforçando demais, mas queria dar um "tchan" a mais no meu visual de sempre. Acho que assisti a quatro tutoriais de maquiagem no YouTube. Provei três looks diferentes. Refiz o delineado duas vezes. Pensei até em colocar cílios postiços que fossem mais sutis, mas decidi que ficava muito na cara. Trancei o cabelo e depois soltei, porque parecia muito fofo.

Nada disso acaba importando porque uma fila de pessoas se forma na porta da sorveteria, incluindo o time inteiro de softbol, e meu cabelo fica grudando no pescoço por causa do suor enquanto me apresso para servir o sorvete e cobrar as pessoas ao mesmo tempo.

Corro entre pegar sorvete e deixar os pegadores sujos de molho debaixo da torneira. As casquinhas começam a acabar, e tenho que correr até o depósito para pegar outro saco. Chega uma família com crianças pequenas, que estão gritando, impacientes. Está tão quente que tenho medo de que minha maquiagem inteira esteja derretendo do meu rosto.

Depois do que parece uma eternidade, o time de softbol finalmente chega ao começo da fila. A família permanece, mas a maior parte da loja esvazia. Por sorte, não tem muitos lugares para sentar, só algumas mesinhas redondas rodeadas de cadeiras velhas, mas no geral a ideia é motivar as pessoas a pegar o sorvete e dar no pé.

Estou tentando limpar o suor e checar meu rosto na câmera frontal do celular quando Thom entra. Três horas em ponto. Como sempre, ele está suado (o que me faz sentir melhor em relação à minha aparência), em suas roupas de corrida, e é simplesmente o cara mais gostoso que já vi na face da Terra. Ele me pega encarando de trás do balcão e abre um sorriso. Fico toda derretida.

— Parece que você está virando parte da minha rotina diária, A.

Ninguém me chama de A, e eu meio que odeio quando as pessoas me dão apelidos que não foram criados por mim. Às vezes as pessoas querem me chamar de Anna para encurtar. Definitivamente não sou Anna. Muito menos "Ann", ou "Ally" nem "Lia". Mas o Thom me chamando de A é tão fofo.

— Como nos velhos tempos — digo sorrindo. — Duas bolas de chocolate crocante?

— Isso aí, princesa.

Gosto de "princesa" ainda mais.

Pare de sorrir que nem uma idiota, brigo comigo mesma, mas sou imune a minha sóbria e interna voz da razão.

— Cadê a Audrey?

— Ela não tá, e o gerente não conseguiu arranjar outra pessoa para cobrir o turno dela. Mas estou indo bem até agora. Só anda muito movimentado.

— Como que eu nunca vi você trabalhando na Sprinkle Shoppe antes?

— Este é o meu primeiro verão.

— Percebi. O que fez você decidir vir trabalhar aqui?

Bem, não é como se eu pudesse falar a verdade para ele. É algum lugar entre Desesperolândia e Perseguitiba. Dou de ombros.

— Precisava de algo pra fazer e esse parecia um trabalho de verão bem tranquilo.

— Fico feliz que tenha escolhido trabalhar aqui.

Sinto meu rosto corar. Fico aliviada por ele estar escondido debaixo de uma camada de base de alta cobertura, apesar de que talvez parte já tenha derretido.

Tiro a bola de chocolate crocante do pote de sorvete facilmente — fácil até demais —, bem quando a pessoa na fila atrás de Thom fala de repente:

— Ei, por que está tão quente aqui?

Thom franze a testa.

— Está *mesmo* bem quente aqui hoje.

E então me toco, aos poucos, de que o zumbido do ar-condicionado ao lado da janela sumiu. Em vez disso, tudo que ouço, como se a loja inteira estivesse se esforçando para ouvir, é silêncio.

— Hum — digo. — Acho que o ar-condicionado deve estar quebrado.

Olho para baixo, em direção aos potes de sorvete em cores pastel enfileirados atrás do vidro, e alguns estão começando a ficar meio… gosmentos.

— Merda, merda, merda.

Uma mulher acompanhada de uma criança me olha feio, mas não tenho tempo para isso. Checo o termostato no frigorífico em que ficam os sorvetes. Está a -13°C, o que é normal. Suspiro aliviada. Pelo menos o sorvete não vai derreter todo em alguns minutos. Ainda assim, corro em direção ao ar-condicionado da janela, o único existente nesse bangalô de alvenaria de um cômodo só. Como temia, não está saindo nenhum vento. Tento apertar o botão. Nada acontece. E a previsão do tempo de hoje diz que ia chegar a 32°C. Não me surpreende que pareça o próprio inferno aqui dentro.

— Qual é o veredito? — Thom pergunta de longe.

— Está quebrado. Totalmente quebrado.

Ele corre e checa por si mesmo.

— Bem, está ligado na tomada. Não sei o que te dizer. Parece que o bicho já era. Parece bem velho.

Solto outro palavrão.

— Desculpa, Thom.

— Você deveria se desculpar àquela mãe ali, que parece prestes a chamar a polícia por causa da sua língua.

Olho para a direção que ele está apontando. Está certo. A mulher está horrorizada, como se eu tivesse ido até seu filho de três anos e mostrado a ele pornografia no meu celular. Ignoro. Certamente a Sprinkle Shoppe perderá uma cliente. Mas... tenho problemas maiores no momento.

O gerente me deixa ter o turno só para mim uma vez e eu já estraguei tudo. Tento descobrir o que fazer, mas não consigo pensar em nada a não ser ligar para ele e confessar meus pecados.

Então é o que faço.

Ele atende depois de um toque, como se estivesse esperando ao lado do telefone, à espera do meu fracasso. Coloco no viva-voz, não porque eu queira que Thom escute minha humilhação, mas porque estou desesperadamente tentando atender as pessoas na loja ao mesmo tempo.

— Caramba, Annalie. Você tinha literalmente um único trabalho.

— Por favor, não me demita! — exclamo. — Eu não toquei em nada. Não é como se eu tivesse quebrado o ar.

— Vamos ver o tamanho do estrago. Vou ligar para um técnico ir consertar mais tarde.

Ouço ele bufar alto, como se estivesse esperando que algo ruim fosse acontecer só porque sou eu quem está trabalhando.

Estou tão envergonhada. Mais envergonhada ainda de levar bronca na frente do Thom, que deve pensar que sou uma inútil.

— Ei — diz Thom, inclinando-se para o meu celular, os olhos vermelhos de raiva. — Não seja escroto. Ela não tinha como saber que o ar ia quebrar. Talvez *você* devesse fazer a manutenção mais vezes.

Não consigo conter o sorrisinho que cresce em meu rosto. Sem dúvida serei demitida agora, mas também... supervaleu a pena ver o Thom tão bravo para me defender. Ele está de cara fechada, franzindo a sobrancelha.

— Quem foi esse? — pergunta a voz vindo do celular.

— Um cliente valioso — responde Thom, com firmeza.

— Tanto faz. Se acalme. Apenas coloque os potes no freezer, limpe tudo e tente não estragar mais nada quando fechar a loja. Não vou te demitir, Annalie.

— Obrigada — digo gentilmente.

— Não me agradeça. Agradeça ao fato de não ter gente o suficiente para cobrir a sua ausência. — Ele desliga.

— Bem... — Olho para Thom com um sorriso aberto mas envergonhado. — Correu tudo bem. Obrigada por me defender.

— Ao seu dispor — diz ele, e me derreto novamente. — Vamos fechar aqui.

Voltamos para trás do balcão e começamos a tampar todos os potes abertos. Tiro as embalagens do compartimento. São mais pesadas do que pensava. Thom me ajuda a abrir os freezers nos fundos, que por sorte ainda estão funcionando e soltam nuvens geladas no meu rosto enquanto nos revezamos guardando os mais diversos sabores nas prateleiras.

Depois que terminamos, ficamos apenas nós dois. Meu coração começa a acelerar, e não é porque acabei de enfiar vinte potes de sorvete no freezer.

— Então, parece que sua agenda de compromissos da tarde liberou.

Thom está despreocupado. Eu, não. Será que está me perguntando se estou livre? Ele está sorrindo dos pés à cabeça. O menino realmente sabe ser charmoso.

— É, parece que sim — digo com cuidado, tentando não parecer muito animada.

Quero ser relaxada e legal. Em vez disso, sinto que na verdade me transformei em um castor desajeitado. O que as pessoas fazem com as mãos?

— Quer dar um rolê no parque um pouquinho? Está um dia lindo.

Se quero?! Sim! Sim! Sim!

— Vamos — respondo, o mais tranquila possível.

Saímos da Sprinkle Shoppe juntos, coloco a placa de "Fechado" no lugar e tranco a porta. Sinto que estou tão leve que bem poderia estar voando.

É difícil imaginar uma tarde mais perfeita do que esta. Thom e eu nos acomodamos em um banco do parque de onde dá pra ver as crianças jogando beisebol. Sua perna está a dez centímetros da minha. Apesar de ele já ter feito sua corrida, está com um cheiro bom, incrivelmente bom. Não tipo um cara nojento de academia, mais coisa nível top model almiscarado. Sou envolvida por seu perfume como se fosse um cobertor sob o sol. Queria só sentir isso.

Tento não me distrair.

De perto, seu cabelo é loiro-escuro, com leves ondas nas pontas. Parece um pouco um esfregão — um belo esfregão —, e a luz refletida nele cria brilhos iluminados. Ele tem linhas de expressão em torno da boca e o tipo de cílios que causa inveja às garotas e irrita os meninos porque pega todo tipo de poeira e água da chuva. Seus olhos são de um tom brilhante de avelã, a cor de poças na primavera. Seu nariz está um pouco vermelho do sol. Penso isso nesses pequenos momentos e já memorizei completamente cada aspecto de seu rosto.

— Bom, eu finalmente consegui te tirar da sorveteria. Estava tentando descobrir como fazer isso.

— Acho que tenho que agradecer ao ar por quebrar bem na hora certa — provoco. Não posso acreditar que estou fazendo ele sorrir.

— E também que a Audrey não estava lá.

— Verdade. Mal posso esperar sua volta para me dar outro puxão de orelha.

— Ela é má com você?

— Ah — digo, surpresa. — Na verdade, não. Assim, ela não é superamigável.

Mesmo que eu não goste da Audrey e ela *seja* de fato especialmente arrogante comigo, ainda me sinto estranha falando isso. Eu me pergunto por um minuto se Thom está apenas tentando obter mais informações sobre ela. Talvez isto seja apenas um truque para saber mais sobre Audrey.

— Ela é assim com todo mundo. Não é pessoal. E acho que ela me odeia um pouco porque não dou tanta atenção pra ela quanto ela gostaria. Mas vamos parar de falar dela. Quero saber de você.

Sinto as bochechas corarem pela milionésima vez e me atrapalho para pensar em qualquer coisa a meu respeito.

— Não tem muito o que dizer.

Ele se inclina.

— Acho que tem muito o que saber. Afinal, faz anos desde que a gente fazia fila na hora do almoço.

— Não acredito que você se lembra disso.

— Bom, eu lembro. Você é uma pessoa difícil de esquecer. Desde então você só vem me evitando.

Eu? Evitando ele?

— Eu definitivamente não tenho evitado você.

— Fiquei tão feliz de te ver na Sprinkle Shoppe semana passada. Estava tentando arranjar uma desculpa pra puxar assunto com você.

Fico sem palavras.

— Você é sempre bom assim em puxar conversa?

A risada dele é o som mais delicioso em todo o mundo.

— Fico feliz que você pense isso.

— Sei que é difícil sem o Justin Frick entre nós.

— É, verdade. Imagino que a gente vai ter que se acostumar, mas acho que damos conta. Então, quais são seus planos pra esse verão?

— Não tenho muita coisa planejada — admito. — Trabalhar na sorveteria. E depois tentar descobrir o que quero fazer da vida, já que daqui a alguns meses começa a época de se inscrever pra faculdade. E você?

— O mesmo no lance da faculdade.

— Onde você pensa que vai querer estudar?

Tenho essa breve, mas intensa, fantasia de nós indo para a mesma faculdade. De mãos dadas no primeiro dia de aula e encarando o assustador mundo da vida adulta juntos. Talvez a gente acabe namorando por lá. Talvez ele me peça em casamento no nosso último ano e nós viremos um daqueles casais que estão juntos desde o ensino médio e todo mundo acha fofinho.

— Provavelmente qualquer lugar em que eu consiga uma boa bolsa de futebol. Meu pai foi pra Duke, então está bem animado com a possibilidade de eu estudar lá também.

— Você quer ir pra Duke?

— Pode ser, acho. — Ele dá de ombros, como se não tivesse pensado muito no assunto. — Já estive lá várias vezes com meu pai pra jogos e outras coisas.

Está claro que Thom sempre soube onde iria estudar. Sinto um pouco de inveja. Com a Margaret foi a mesma coisa. Ela sabia, provavelmente desde quando tinha sete anos, que iria para Nova York, estudar em Columbia ou na NYU.

— Estou me mudando para Nova York e nunca mais voltarei pra esse fim de mundo — anunciou para mamãe quando estava no ensino médio.

Em sua defesa, ela seguiu seu plano. Nem vai voltar esse verão.

Eu, por outro lado... Sempre pensei que seria bom morar em algum lugar diferente, mas parte de mim acha difícil dizer adeus a este lugar. Margaret talvez não tenha conseguido, mas eu vejo a beleza da nossa origem. Amo o pôr do sol quando o tempo está quente, os campos dourados das plantações de milho no final do verão que vão tão longe que parecem tocar o horizonte.

Não sei como você pode sair em uma noite fresca de inverno e não amar o silêncio doce e profundo que cobre uma cidadezinha do interior depois de uma neve pesada. Eu sentiria falta de estar em algum lugar que eu conheça cada canto. Há magia nessas coisas também.

— Onde você acha que vai querer estudar? — Thom pergunta.

— Não sei.

Por um segundo, o medo do futuro me domina completamente, mas então Thom dá um tapinha na minha mão. Meu coração dispara e estou de volta ao presente.

— Você vai descobrir — diz ele, confiante.

Assim, tão perto de mim, posso ver as sardas castanho-claras na pele bronzeada dele. Quero chegar ainda mais perto.

Meu telefone toca. É mamãe. Um lampejo de irritação. Por que ela está me ligando agora? Quero ignorá-la, mas tenho uma coisa de não conseguir rejeitar chamadas porque tenho certeza de que vai ser uma emergência e de que algo terrível aconteceu.

Claro, em geral ela só quer saber o que fazer para o jantar ou algo igualmente sem importância.

— Desculpe, é minha mãe — digo a Thom e atendo o telefone.

— Alô?

— Jingling — diz mamãe. Sua voz é calma e abafada.

Entro imediatamente em alerta.

— Mamãe, qual o problema? — pergunto com urgência.

— *Você pode voltar para casa?* — diz ela baixinho em chinês.

Normalmente, quando minha mãe fica chateada, é de um jeito só: com raiva. A única vez que eu já a vi chorar foi quando Margaret foi para a faculdade. Ela não chorou nem quando se separou do meu pai. Fico espantada ao ouvir sua voz trêmula do outro lado da linha.

— Qual o problema? — repito novamente, mais alto.

— *Homens maus vieram para cá.*

Meu estômago se revira com o pânico.

— Chama a polícia. Estou indo pra casa.

— *A polícia não vai ajudar. Eles já foram embora, Jingling. Venha pra casa agora.* — Ela desliga.

Meus ouvidos estão zumbindo. Não sei o que aconteceu, mas sei que é ruim.

Eu me viro para Thom.

— Eu tenho que ir pra casa agora.

Ele parece preocupado de verdade, e trocamos números de celular caso eu precise de alguma coisa. Estou tão estressada que nem consigo ficar animada por ter dado meu telefone para Thom.

— Você pode me ligar depois, pra me avisar que está bem? — pede ele quando começo a andar para o meu carro.

— Sim, claro — respondo, mas sai de modo automático.

Estou pensando em tudo, menos nele. De repente, este dia tomou um novo rumo.

Todo o caminho para casa parece um sonho sem fim. É um milagre eu não ultrapassar nenhum semáforo nem sofrer um acidente. Mas também, estou tão acostumada com as estradas desta cidade que poderia provavelmente dirigir de olhos fechados.

Minha mente passa o tempo todo se questionando. Alguém invadiu a casa? Mamãe está machucada? Alguma coisa foi roubada? Mesmo que minha família não seja rica, ela gosta de manter alguns objetos de valor. Sei que tem um cofre escondido no quarto, com joias de ouro. Ouro vinte e quatro quilates. Ouro de verdade, ela costumava dizer, todas joias herdadas da mãe dela, na China. Uma vez, ela pegou as coisas para mostrar para a minha irmã e para mim. Disse que estava guardando para os nossos casamentos. Ela não confia em bancos para isso, quer deixar onde possa ver. Não consigo imaginar como ela se sentiria se alguém roubasse aquilo.

Vamos conseguir recuperar tudo, digo a mim mesma. Vamos registrar um boletim de ocorrência e, certamente, os policiais serão capazes de pegar os caras que fizeram isso. A cidade é pequena e as pessoas falam. Ainda nem está de noite. Deve ter acontecido em plena luz do dia. Alguém vai ter visto.

Viro a esquina da nossa rua em câmera lenta. A casa logo aparece. É uma casinha americana comum, a mesma em que moramos desde que eu era bebê. Conheço cada centímetro dela.

Sei que as partes da cerca da frente estão com a tinta branca lascada, deixando a madeira exposta.

Sei que o painel de revestimento de vinil caiu e nunca nos preocupamos em substituí-lo.

Sei que a calha na lateral da casa é ligeiramente torta.

Eu seria capaz de identificar algo diferente na casa em um piscar de olhos, mas não preciso olhar com muita atenção para ver o que aconteceu.

Nossa casa é virada para o oeste, que não era a direção preferida da mamãe, mas meu pai a convenceu. Essa conversa me vem à mente porque estou começando a acreditar que o oeste pode não ter sido favorável, afinal, como a mamãe acreditava: o sol da tarde reflete na fachada que nem um holofote, revelando tudo.

A porta branca da garagem está manchada com uma pichação feia em vermelho vibrante. A princípio, parecia apenas rabiscos de grafite aleatórios, mas depois leio o que dizem.

XING LING.

Inicialmente, nem consigo assimilar, como se fosse uma palavra em outra língua ou algo que nunca li antes. Leio de novo e de novo. Acho que deve ser um erro. Ou um erro de ortografia. Ou talvez signifique outra coisa.

Meu segundo pensamento é que, estupidamente, eu tinha esquecido até agora que sou chinesa.

Sinto um calor subindo pela minha garganta. Meus dedos estão dormentes enquanto estaciono na entrada, tentando esconder a garagem com meu carro. Se fosse um assalto, eu saberia o que fazer, mas permaneço sentada lá por um minuto, imóvel. Continuo encarando as letras, como se eu tivesse lido errado ou pudesse achar outro significado se as relesse várias vezes.

As palavras ressoam na minha cabeça, abafando todos os outros pensamentos. Não consigo interpretar. Só consigo ouvir aquelas palavras se repetindo incessantemente na prisão do meu crânio.

Eu deveria chamar a polícia, mas não sei nem se consigo forçar as palavras a saírem da minha boca. Tenho que entrar e encontrar a mamãe, mas não consigo deixar o carro.

Então faço a única coisa capaz de atravessar a confusão e a dor. Com as mãos trêmulas, ligo para minha irmã. E, quando ela atende, começo a chorar.

Dois

Margaret

Observo as sombras se moverem lentamente pelo teto com textura áspera até elas desaparecem no cinza da manhã. Meu corpo não está cooperando. Cochilo por mais ou menos uma hora antes que meu alarme comece a apitar. Devo ter tido um belo sonho sobre o meu passado, porque, no começo, acho que estou em casa, acordando no porão de Rajiv Agarwal. Mas então lembro que estou em uma cama de solteiro, a 1.300 quilômetros de distância, na faculdade em Nova York.

A esmagadora tristeza causada por esta memória ameaça arruinar meu primeiro dia de trabalho. Afasto o sentimento e atravesso a caixinha de três metros quadrados que é o meu dormitório para desligar o alarme. São 6h30. Tenho duas horas até a orientação.

Ao contrário da minha irmã, Annalie, eu amo as manhãs. Amo a sensação de silêncio e solidão. Posso ficar sozinha com meus pensamentos antes que o dia bagunce tudo. As possibilidades são infinitas. São as noites que parecem desesperadoras e tristes.

A manhã é especialmente boa em Nova York, onde as pessoas vão trabalhar mais tarde do que no meio-oeste. Seis e meia da manhã é praticamente madrugada. Adoro a agitação da cidade, mas a relativa quietude da manhã é agradável, e é quando consigo, de fato, respirar.

Abro as cortinas para deixar entrar a luz fraca. Minha janela dá para uma passagem de ar, então não é uma vista muito boa, mas essa luz fraca é o que mantém vivo o imbé, Poppy, no meu quarto. A planta foi um presente da mamãe quando me mudei para a NYU; o nome foi a Annalie que deu. A ideia de dar um nome a uma planta parecia inútil para mim (e por que no feminino?), mas agora não consigo pensar nela de outro jeito. Poppy está parecendo um pouco pra baixo, então despejo o resto do conteúdo da minha garrafa de água em seu pote.

Pego minhas coisas e desço o corredor silencioso até o banheiro. Outra vantagem de acordar cedo: tenho o banheiro todo só para mim. Quase não parece que é compartilhado, e eu posso apenas fingir que moro em uma mansão enorme com um monte de chuveiros.

Ficar nos dormitórios durante as férias de verão com aluguel reduzido não é o ideal. Eu sei que muitos dos outros estagiários da firma vão ficar em apartamentos elegantes no centro da cidade. Talvez até organizem festas. Mas isso simplesmente não faz sentido para mim. A remuneração do estágio é excelente, mais dinheiro do que já vi em um cheque de pagamento na minha vida. Mas o aluguel em Nova York é um absurdo, e tenho que economizar o que ganho para a mensalidade do próximo ano. É incrível como, apesar de ganhar mais dinheiro do que eu poderia imaginar aos dezenove anos, ainda é possível me sentir pobre na cidade dos sonhos.

Com seu trabalho de costureira, mamãe definitivamente não consegue me ajudar. Se dependesse dela, eu teria aceitado ir para uma faculdade mais barata, que oferecesse mais bolsas e fosse mais perto de casa. Quando tocamos no assunto, sua boca se fecha em uma linha fina e seus olhos se enchem de lágrimas. Eu sei que ela se sente culpada por não poder me ajudar financeiramente com a faculdade. O modo chinês, como ela costumava chamar. Você trabalha o máximo que puder para conseguir pagar uma faculdade de prestígio para os seus filhos.

Infelizmente, meu pai, com quem ela contava para ajudá-la a fazer isso acontecer, desistiu de nós quando eu tinha cinco anos, e Annalie, três. Lembro que ele era extrovertido e adorava cantar. Ele costumava me levantar pela cintura e correr pelo quintal. Quando eu era criança, sentia como se estivesse quilômetros acima do solo, leve, livre.

Ele tinha cabelos acobreados e olhos claros. Não sei por que ele foi embora. Só sei que foi, e a mamãe nem tentou encontrá-lo. Nem nunca nos diz o porquê.

Eu sei que ela gostaria de pagar a faculdade, mas não pode, e então sempre diz: Jinghua, você deveria ir para uma faculdade mais perto de casa. Jinghua, sua irmã sente sua falta. Quando ela diz essas coisas, sinto o peso de suas expectativas. Mas não posso ir para casa. Não quando finalmente escapei da desolação do meio-oeste rural.

Não é como se eu odiasse minha cidade natal. É mais como se sentisse que estava sufocando aos poucos. As pessoas de lá pareciam bem em ficar onde estavam, sem nunca se arriscar muito, simplesmente se casando e tendo bebês, geração após geração. Sem interesse em tentar coisas novas, absorver novas ideias. Homogêneo é a melhor descrição. Lá, eu estava presa em um mundinho com esperanças pequenas.

Quando cheguei em Nova York, foi como se uma porta se abrisse para um universo totalmente diferente. Eu poderia muito bem estar em Marte. De repente, podia andar em qualquer lugar, comer qualquer tipo de comida que imaginasse, e não importava que horas fossem, encontrar pessoas. Pessoas de todos os tipos; pessoas parecidas comigo. Se eu fosse à Times Square às três da manhã, podia ficar parada no meio da rua com os olhos fechados, banhada em luz artificial e encharcada de som. Embora Annalie e eu tivéssemos sido batizadas na Igreja Católica, eu não era muito chegada em religião. Estar no meio da multidão, pensando em todas as maneiras que as pessoas se interconectam, porém, me parecia algo espiritual.

Fico no chuveiro por um tempo e deixo o vapor absorver minha sonolência. A água quente parece particularmente agradável esta manhã. Volto em silêncio para meu quarto, enrolada na toalha, bocejando.

Ontem à noite, passei meu terno mais bonito (dos dois que possuo) e separei uma blusa cinza-clara. Tudo está pinicando quando eu coloco, mas espero que só precise usar terno no primeiro dia. Penso que não seria inapropriado passar um pouco de batom vermelho. Algo cor de cereja, para não ser muito evidente. Não quero parecer que estou lá para paquerar. Passo o babyliss nas pontas do cabelo e verifico meu reflexo no espelho pela última vez. Pareço pronta para um estágio. Pareço bem séria. Mamãe fala que devo sorrir mais, mas odeio mostrar os dentes.

Os genes dos meus pais não se dividiram de forma muito igualitária. Minha irmã saiu com o cabelo mais claro, hoje de um suave marrom cor de chá, pele rosada, bochechas redondas e grandes e admiráveis olhos de pálpebras duplas. Ela tem feições suaves e um sorriso largo, e nunca seria confundida com uma chinesa de sangue puro, como geralmente acontece comigo.

Eu tenho cabelos escuros, pálpebras únicas — que fazem com que seja mil vezes mais difícil não exagerar na maquiagem dos olhos — e características asiáticas. Minha pele é cor de areia. Eu sou mais magra e mais reta do que a minha irmã. Não há muito do meu pai em mim, pelo menos do que posso ver pelas fotos. O nariz um pouco mais largo do que o da minha mãe. Um bico de viúva que tentei cobrir várias vezes com franja, mas sem sucesso.

As pessoas dizem que ela é bonita. As pessoas dizem que eu sou exótica.

Mesmo que a mamãe não tenha uma favorita oficial, sempre pensei que ela gostava mais de Annalie. Annalie, que é mais calorosa e amigável, que sabe deixar as pessoas à vontade. Que é menos combativa. Ela e mamãe raramente brigam, mas quando acontece, Annalie, na maioria das vezes, cede a tudo que mamãe quer. Quando volto para casa, eu me pergunto: se meu pai tivesse ficado, será que eu seria a sua preferida?

Uma pergunta inútil, que nunca será respondida.

Não vim para Nova York para fugir de Rajiv. Até quando estávamos juntos, sentia que minha cidade natal era um lugar em que eu estava envolta em solidão. Eu não era popular como a Annalie. Não poderia agir de outra forma para me encaixar em um grupo de amigos e esquecer o que aconteceu. Passei muito tempo em casa ou na biblioteca.

Então, quando me inscrevi na faculdade, pensei em todos os lugares mais cheios e mais povoados para onde poderia ir. Nova York. Los Angeles.

San Francisco. Qualquer lugar longe daquela casa pacata, tranquila e sonolenta. Vim para a NYU esperando me afogar no silêncio ensurdecedor ao meu redor.

E funcionou, na maioria das vezes. É difícil se sentir sozinho aqui.

Só que descobri que ser solitário é diferente de estar sozinho. Da solidão, ao que parece, não é tão fácil escapar.

Agora à noite, quando estou de volta ao dormitório depois do primeiro dia, a mesma sensação de silêncio ameaça me engolir. Ligo a TV no meu quarto e deixo passando um programa qualquer ao fundo para preencher o espaço morto.

Checo meu Instagram. Nenhuma notificação. Quando rolo para baixo do meu feed, um monte de gente do ensino médio aparece, postando fotos de seus novos amigos de fraternidade ou de si mesmos com copos de bebida em mãos. Eu não procuro o perfil do Rajiv. Não tive coragem de deixar de seguir, mas o silenciei. Agora tenho que ir de propósito até o perfil dele se eu quiser ver o que ele está fazendo.

Não faça isso, digo a mim mesma. *Não*. Não entrei em seu perfil durante um ano inteiro, mas esta noite, estou me sentindo vulnerável. Penso em como estava feliz e contente quando acordei, antes da amarga realidade.

Procuro o nome dele e toco na tela do celular.

Tem uma foto com os pais dele orgulhosos deixando-o na faculdade. Uma foto com um grupo de amigos descansando na sala de jantar.

Não estou surpresa que ele tenha feito amigos rápido.

Há fotos e mais fotos. Ele sempre postou mais do que eu. Mas uma que me chama a atenção é de apenas algumas semanas atrás. Seu braço ao redor de uma garota bonita de cabelos escuros compridos, covinhas e olhos verdes. Ele está sorrindo, seus dentes brancos brilhando em seu sorriso perfeito, e ele parece relaxado. A imagem é como uma facada no estômago com uma faca enferrujada.

Até quando eu teria que rolar para baixo para poder encontrar uma foto nossa juntos? Ou talvez eu pudesse continuar rolando o tempo que fosse e nunca encontrasse uma. Talvez ele tenha apagado todas.

Fiz isso comigo mesma. Não tenho o direito de ficar chateada.

Sento em minha cama por mais alguns minutos, tentando me recuperar, antes de decidir que não, dane-se isso, valeu. Troco a roupa por uma camiseta justa, calça jeans clara rasgada e sapatilhas amarelo néon brilhantes, e saio pela porta para mergulhar na cidade.

Em uma manhã clara como esta, você pode ver a cidade inteira, os prédios como picos cinza e pretos escalonados brotando para fora do chão. O prédio em que trabalho é todo de vidro, muito elegante à medida que se estende ao céu. O lobby da frente é de mármore branco. Eu me identifico.

O painel do elevador tem dez portas. É do tipo em que você aperta o andar que deseja ir em um teclado na frente, e um elevador programado para levá-lo diretamente ao seu andar se abre. Quando fui entrevistada pela primeira vez, fiquei parada em frente aos elevadores por vários minutos tentando encontrar o botão para chamar um elevador. O guarda de segurança teve que vir me ajudar. Eu me senti uma idiota, mas o guarda apenas riu e disse que todo mundo tinha esse problema. Odeio qualquer coisa que me faça parecer uma caipira. Forcei um sorriso de boca fechada, mas estava muito envergonhada.

Agora, digito 44. O elevador no canto esquerdo se abre, e entro.

Quando chego ao meu andar, a porta apita suavemente e se abre. Vou para a direita e o saguão do escritório fica atrás de portas de vidro.

O lobby possui uma janela panorâmica. É uma vista incrível. E isso me lembra, mais uma vez, de quão longe cheguei. A Margaret de dois anos atrás não seria capaz nem de ter sonhado um sonho assim tão grande.

Vou direto para minha sala, que sou grata em ter, sendo uma estagiária de verão, porque estou lutando contra uma ressaca terrível da noite anterior, quando fiquei fora até mais tarde do que deveria para evitar meu quarto vazio.

Vou para a cozinha do escritório de manhã para encher minha garrafa reutilizável e me tranco em meu escritório, baixando as persianas. Trabalho até o almoço e como na minha mesa, construindo um modelo analítico sobre a projeção de novos clientes resultantes de vários planos de marketing propostos para uma empresa de bagagem. Passo à atividade de ampliar meus contatos, porque não acho que posso interagir civilizadamente com alguém falando em voz alta.

À tarde, a luz da tela do computador faz minha cabeça doer, então dou uma pausa.

Pego um caderno e começo a fazer um brainstorming para a Sociedade de Direito Ambiental.

Durante o ano letivo, meu calendário está lotado com atividades em todas as organizações com as quais eu colaboro e, no restante do tempo, com minhas tarefas da faculdade. Tenho que admitir, minha agenda não tem sido a mais favorável para minha vida social. Mas sinto como se estivesse fazendo a diferença, e isso importa para mim. Posso superar a ocasional e decepcionante noite solitária.

Meu celular toca. Eu recebo um milhão de ligações de spam por dia, então decido pegar para colocar no silencioso. Até que percebo que quem está ligando é minha irmã.

Minha irmã nunca me liga. Acho que a última vez que falamos no telefone foi há seis meses. Por instinto, sei que algo está errado.

Seis horas e meia depois, estou dirigindo para casa à noite em um carro que aluguei em Chicago, voltando à minha cidade natal no interior do estado.

É um pouco chocante o quão rápido você pode viajar mil quilômetros e estar em um local completamente diferente. Enquanto estava em Nova York, minha casa parecia terrivelmente longe, mas cheguei em menos tempo do que é preciso para assistir a *Titanic* do começo ao fim.

Não venho desde o Natal, o que faz parecer que estive longe por uma vida. É noite agora, então não consigo ver muito pela janela. Porém, não há muito para ver. Eu sei sem olhar que a terra é plana como uma panqueca, coberta por um manto verde de milho ou soja. À medida que me aproximo, vejo o clarão misterioso e sincronizado de luzes vermelhas do parque eólico que se estende por quilômetros. Entre os clarões não há nada além de escuro.

Chego em nossa casa e não tenho certeza do que esperar. Annalie me contou o que aconteceu, mas estava bastante histérica no telefone, então não consegui obter muitos detalhes. Não sei se o vandalismo já foi limpo.

O carro de Annalie ainda está estacionado na frente da garagem, então, da rua, não dá para ver muita coisa. Eu paro ao longo do meio-fio e desligo o motor. A casa está silenciosa, mas há um pequeno feixe de luz saindo de uma das janelas, o que indica que tem gente.

Até agora, tenho passado pela logística de descobrir como chegar em casa, e então de que coisas ainda terei que cuidar em Nova York. Não tive tempo de pensar em nada.

Mas agora estou aqui. Eu não me sinto pronta.

Saio e caminho até a calçada. Meu coração está batendo tão alto que posso jurar que os vizinhos vão escutar. Olho de relance ao redor do carro dela.

Ainda está lá, em letras vermelhas brilhantes. Tudo em maiúsculas. Inconfundível. Embora minha irmã já tenha me falado, ver é diferente.

Há um pequeno respingo de tinta no canto superior do "X", onde a palavra começa. Não consigo desviar o olhar.

Antes, eu só conseguia ouvir meus batimentos cardíacos, agora só consigo ouvir um silêncio. Silêncio por quilômetros ao redor. Levei um soco no estômago com uma bola de boliche. Sinto uma dor tão profunda que não há como dizer onde começa e onde termina.

Então, raiva incandescente como uma supernova engole o universo.

Três

Annalie

Mamãe e eu estamos sentadas em silêncio na sala quando minha irmã chega em casa, trazendo um furacão.

Mamãe não tinha muito o que dizer quando entrei, horas atrás, aos prantos. Ela só balançava a cabeça dizendo: *"Cruel, cruel, cruel"* em chinês. Ela não tinha avisado à polícia. Mas o que mais me chamou a atenção foi que não tinha feito nada para o jantar. Mamãe é uma perfeita provedora de comida e sempre tem o jantar pronto na mesa quando chego em casa.

Naquele momento, o que eu realmente queria era que minha irmã viesse para casa e lidasse com isso, e que tivesse uma tigela de sopa de macarrão com carne quentinha. Tínhamos que comer. Eu não podia suportar a ideia de pedir qualquer coisa e permitir que o entregador visse nossa garagem.

Vasculhei a geladeira e a despensa. Eu encontrei algumas sobras de arroz, ervilhas congeladas, ovos e salsicha doce chinesa. Não pude fazer muito, mas bati os ovos até ficarem fofos, e juntei o resto para fazer um simples arroz frito com ovo. Comemos rápido, mal sentindo o gosto de nada. Deixei os pratos e panelas sujos na pia, e mamãe nem me obrigou a lavá-los. Nós acabamos ligando a TV e assistindo a reprises de seriados antigos.

É assim que Margaret nos encontra, enroladas em cobertores no sofá, apesar de ser verão e nem estar frio.

Esqueci que Margaret ainda tinha a chave de casa. Ela entra com uma mala enorme atrás dela, como se estivesse se mudando de volta. Vê-la novamente depois de tantos meses é bizarro. Ela fica envolta em sombras na porta, e eu apenas a encaro.

— O que vocês estão fazendo? — exige saber ela, em voz alta, perfurando o silêncio implícito que mamãe e eu adotamos.

Pessoalmente a voz dela é mais grave do que me lembro. Se eu achava que Margaret ia voltar para casa e nos dar o doce conforto de que precisávamos, estava errada. Margaret ainda é Margaret.

Mamãe se levanta primeiro.

— Você voltou para casa — diz e dá um abraço nela.

O corpo inteiro de Margaret está tenso como uma mola.

— O que você fez até agora? O que eu preciso fazer? — pergunta ela antes mesmo de mamãe se afastar.

Há uma pausa.

— Estávamos esperando por você — responde mamãe.

Os olhos do furacão Margaret se arregalam e ela solta fogo.

— Você esperou todo esse tempo para chamar a polícia?

— Qual é a pressa? — digo finalmente. — Os vândalos já foram embora.

Ela murmura baixinho.

— Ok, vamos ligar para a polícia agora mesmo. Vamos registrar um boletim de ocorrência. Vamos tirar fotos. Vamos descobrir quem fez isso. Então vamos garantir que os responsáveis sejam processados.

Seu turbilhão de pensamentos me choca. Nem tinha passado pela minha cabeça descobrir quem fez isso. Eu estava pensando mais em quem precisávamos chamar para limpar a tinta do portão da garagem ou em instalar uma câmera de segurança. *Não é um roubo*, pensei — ou não sei o que pensei —, mas não parecia que havia algo para recuperar, então para que fazer isso?

— Quem fez isso? — Eu me ouço repetir. — Provavelmente uns idiotas racistas. Tenho certeza de que já foram embora há muito tempo. Parece um crime aleatório.

— Use a cabeça, Annalie — corta ela irritada. — Eles sabem que somos chinesas. Então deve ser gente daqui, que está familiarizada conosco. E se voltarem e nos atacarem? Não posso acreditar que vocês ficaram só sentadas aí e não chamaram a polícia imediatamente.

— Margaret! — grito. — É quase meia-noite. Podemos só ficar calmas e não tirar conclusões precipitadas *agora*?

Ela me ignora, já digitando no celular. A luz da tela ilumina seu rosto. Sua testa franzida se aperta. Ela nem chegou a passar do hall de entrada; sua mala ainda está encostada na porta da frente. Mas, menos de trinta segundos depois, ela encontrou o número da delegacia e está na linha com um despachante.

— Sim, meu nome é Margaret Flanagan.

Ela explica o que aconteceu em termos nítidos e precisos. Clínico. Não hesita em nenhum momento.

— Queremos registrar uma ocorrência agora. Por favor, envie alguém imediatamente — diz ela com firmeza antes de desligar.

Ela passou pelo menos cinco horas viajando. Conhecendo-a, provavelmente nem parou para jantar e forçou a bexiga a não ter que fazer uma parada de descanso. Estou um pouco impressionada com sua perspicácia e responsabilidade, já que deve estar exausta. Estou cansada e nem saí do sofá por seis episódios consecutivos de *How I Met Your Mother*. É por isso que Margaret vai ser uma advogada fantástica. Mas, agora, parece que ela é a advogada do lado opositor, e mamãe e eu estamos na berlinda para seu interrogatório. Não era isso o que eu queria quando liguei para ela.

Ela já está enchendo a mamãe de perguntas sobre seguro e formas de apresentar uma reclamação para cuidar disso.

— Podemos talvez organizar uma vaquinha se precisarmos. — Ela se vira para mim. — Você acha que algum dos vizinhos viu? Alguma testemunha?

Eu dou de ombros.

— Não sei. Ninguém apareceu.

— Você fez alguma coisa com a cena?

— Caramba, você acha que eu estava com cabeça de mexer em algo lá? — digo, irritada.

Ela suspira. Está claramente desapontada com minha atitude.

— Você pode tirar seu carro da frente e acender a luz da varanda?

— Agora?

— Sim, agora. A polícia está a caminho. Eles vão precisar examinar a cena. Seu carro está no caminho.

Na verdade, não quero sair nunca mais. A ideia de exibir e iluminar o grafite para todo o bairro é embaraçosa e vergonhosa para mim. Eu coloquei o carro na frente de propósito. Mas Margaret está certa. Pego as chaves e saio para a garagem. Tento não olhar para a porta quando estaciono na calçada, ao lado do dela.

Uma viatura da polícia encosta bem quando estou trancando o carro. Margaret vem para fora.

Um único policial sai do veículo. Ele é branco e baixo.

— Boa noite, esta é a residência dos Flanagan?

Margaret passa por mim como se eu não estivesse aqui, apesar de nem morar mais aqui e só estar em casa há cerca de dez minutos.

— Sim. Eu sou Margaret. Fui eu que liguei.

O policial olha para mim, estreitando os olhos.

— E você?

— Eu sou a irmã dela. — Ele continua olhando. — Annalie — acrescento.

— Certo — diz ele, anotando. Seus olhos vão e voltam entre nós duas. — Vocês não se parecem em nada.

Margaret revira os olhos. Tenho muito medo de revirar os olhos para um policial — alô, eles têm armas —, mas, por dentro, também estou me queixando. Esta é sempre a primeira coisa que todos nos dizem. Margaret parece filha da mamãe, e eu pareço... ponto de interrogação? Com a ausência de nosso pai, eu sou apenas a estranha nesta família.

O policial caminha até a garagem e olha para ela.

— Então, este é o dano, hein?

— Sim — diz Margaret, sua voz apertada.

— Você pode me dizer quando descobriu?

Margaret gesticula para mim.

Sinto que estou sendo chamada na aula contra minha vontade.

— Minha mãe me ligou às... — verifico meu celular — ... logo depois das 16h. Ela estava muito chateada. Voltei para casa imediatamente e vi *isso* no portão da garagem. — Não consigo nem dizer as palavras.

— Cadê a sua mãe?

— Lá dentro.

— Ela pode sair e dar uma declaração?

— Ela... ela está muito chateada — repito. Não quero que mamãe seja exposta a mais nada disso.

— Compreendo — diz ele pacientemente. Seu crachá brilha com o reflexo do poste de luz. Oficial Kramer. — Mas, se ela for uma testemunha, gostaríamos que fizesse uma declaração.

— Eu não acho... — começo.

— Vou buscá-la — Margaret me interrompe.

— Margaret! — chamo, mas é para as costas dela porque ela já se virou para entrar. O policial Kramer não fala comigo, está apenas anotando coisas em seu caderno. Fico parada sem jeito a poucos metros de distância dele, ainda tentando olhar para tudo, menos para a garagem.

Um minuto depois, Margaret traz a mamãe pela porta da frente.

Os ombros da mamãe estão curvados. Ela está toda encolhida. O policial Kramer se apresenta, e ela dá um aceno fraco. Ele pede seu nome legal.

— Xuefeng Wang — diz ela.

— Shweh-fung Wang? — repete ele, as sílabas inchadas em sua boca.

Sua pronúncia me faz estremecer. Não é como se ele estivesse tentando ser desrespeitoso, mas ouvir os americanos tentarem falar palavras em chinês sempre me deixa um pouco desconfortável. Um modo que faz o idioma parecer grosseiro e estúpido. Mamãe sempre se chamou de Jenny, mas nunca mudou seu nome legal.

Ele pergunta o que ela estava fazendo, o que ela viu, quando aconteceu, e assim por diante. Ela responde de forma hesitante. Estava em casa, trabalhando. Saiu para pegar as correspondências. Não ouviu nada. Algumas vezes, ela olha para Margaret e diz algo em chinês, e Margaret traduz para ele. O inglês da mamãe normalmente é bastante competente, mas nesta situação, ela parece ter perdido o rumo e está lutando para encontrar as palavras. Ela soa totalmente derrotada.

Estou abismada que Margaret esteja deixando esse interrogatório acontecer. Eu vou até ela e coloco meu braço em volta de seus ombros.

— Isso é o suficiente — digo.

— Annalie — diz Margaret bruscamente. — Não atrapalhe.

— Eu consigo fazer — mamãe diz gentilmente para mim. — Eu consigo.

Eu olho entre ela e Margaret. Mamãe acena para mim.

— Está bem — digo. — Mas eu faço a tradução.

Margaret trinca os dentes como se não confiasse em mim, e provavelmente não confia mesmo, mas recua.

Parece que se passam horas até o policial Kramer terminar. Ele agradece educadamente a todas nós pela cooperação e expressa sua simpatia pela situação. Mamãe volta para dentro. Eu gostaria de poder ir com ela.

— Qual é o próximo passo? — Margaret pergunta.

— Vamos pegar as informações e avaliar o que temos. Talvez precisemos voltar e fazer mais perguntas. Se tivermos alguma pista, vamos segui-las. E partiremos daí.

— Mas você vai descobrir quem fez isso?

— Vamos tentar. Houve alguns incidentes recentes na cidade, de danos à propriedade, por grafite. Mais no centro, porém. Não vi nada em uma área residencial. — Ele soa ressentido, como se estivesse tentando nos rejeitar gentilmente. — Pode ser difícil obter quaisquer pistas sem imagens de câmeras de segurança. Essas coisas são difíceis de rastrear após o ocorrido.

— Danos à propriedade? — Margaret pergunta, incrédula.

— Sim.

— Policial — diz ela lentamente. — Isso é um crime de ódio. Você tem que descobrir quem fez isso.

O policial Kramer se mexe desconfortavelmente.

— Bem, essa é uma pergunta sobre a intenção para o promotor, se encontrarmos o culpado. Não posso comentar sobre como isso seria julgado em um tribunal.

Ela bufa ironicamente. Ri, na verdade, ri dele. Ela sem dúvida não tem medo. Eu tenho que admirá-la.

— Intenção? Você está vendo o que estou vendo? Você *leu*?

Ela faz uma pausa e aponta o dedo para a garagem.

— Está escrito "XING LING".

Estremeço quando ela diz as palavras.

— Você está vendo a nossa cara? — insiste ela. — O que você acha que isso significa? O que exatamente *não* foi estabelecido sobre a intenção do agressor? E se essa pessoa voltar e atacar nossa casa novamente? Atacar uma de nós?

Seu rosto está animado. Seus olhos brilham.

— Senhora, eu entendo que esta é uma situação muito angustiante. Mas é bem improvável que quem fez isso volte, considerando que já se passaram mais de oito horas. Notamos que esse tipo de coisa não tende a ser um crime que se repita. Mas se você sente que está em perigo ou se alguém retornar, por favor, ligue para nós. Caso contrário, estaremos em contato. — Ele se vira para ir. — Está tarde. Eu recomendaria a vocês todas irem dormir e depois chamar alguém para limpar a garagem amanhã de manhã.

Margaret abre a boca como se fosse discutir mais, mas depois desiste. Quase posso vê-la decidindo internamente que não vale a pena. Ela deixa o policial entrar em seu carro e ligar o motor.

Eu vou até ela. Ficamos lado a lado e observamos o carro da polícia ir embora, deixando nosso bairro tranquilo novamente. A única coisa que preenche o espaço entre nós é o som dos grilos.

— Vamos pra cama — digo finalmente. — Como ele disse, podemos encontrar alguém para limpar amanhã.

— Limpar?

— Sim.

— Por que deveríamos limpar? E se os policiais quiserem voltar para fazer mais investigações? É melhor não mexermos na cena do crime.

Estou chocada. Ela está literalmente transtornada.

— Eles já fizeram o relatório policial. Eles nos entrevistaram. Não tem mais nada a fazer.

— Temos que deixar assim — ela insiste. — As pessoas deveriam *se envergonhar* por isso ter acontecido no nosso bairro. Essa cidade é muito racista!

Ela balança a cabeça. Está agindo como se nossos vizinhos tivessem encorajado e facilitado este crime.

— Precisamos fazer as pessoas verem o que aconteceu.

Sinto o pânico crescendo dentro de mim. Ela não pode estar falando sério.

— Eu não quero deixar assim.

É horrível e insultante. Ela deveria querer se livrar daquela pichação o mais rápido possível. Ela diz que quer deixar à mostra para envergonhar a cidade, mas me parece que somos nós que estamos sendo envergonhadas.

— Por que você quer nos punir marcando a *nossa casa* com uma enorme injúria racial? De jeito nenhum, Margaret. Nem fodendo. Tira algumas fotos e pronto. Eu nunca quero ver isso novamente.

— Conversamos sobre isso de manhã.

Conheço minha irmã. Eu sei que esse é o jeito dela de vencer a briga no final. Ela desvia e então conquista a vitória mais tarde, quando suas defesas estão baixas. Mas não vou recuar. Eu não vou usar orgulhosamente uma letra escarlate feita por outra pessoa.

— Nós *não* vamos deixar isso exposto, tá?

Ela está olhando fixamente para a garagem.

— Está *bem*?

Ela suspira e cede. Pela primeira vez esta noite, ela parece cansada.

— Vamos achar alguém para limpar.

Percebo que isso não é uma resposta direta, porque deixa de fora a parte de *quando* será feito. Outro truque que é a cara da Margaret. Ainda assim, considero isso uma vitória.

E com isso, não temos mais nada a dizer uma à outra. O dia e o policial Kramer esgotaram todas as nossas palavras. Tudo o que resta é uma espécie de crueza que dói a cada toque.

Nós entramos em silêncio. Trancamos duas vezes as portas. Mamãe já foi para o quarto dela, mas posso ver a luz por debaixo da porta.

Margaret leva sua mala gigante para seu antigo quarto lá em cima, que está intocado desde que ela se mudou. É como se nunca tivesse ido embora. Não sei quanto tempo pretende ficar.

Na verdade, quando me arrasto para a cama e me deito exausta debaixo das cobertas, percebo que nem disse oi, ou perguntei como ela estava, ou disse que sentimos sua falta.

Quase não nos falamos.

Quando acordo na manhã seguinte, ainda tonta de sono, dois pensamentos entram em minha mente:

Um, Thom me deu seu número.

Fico superanimada por dois segundos, e então a sensação imediatamente evapora.

Dois, alguém vandalizou nossa garagem com uma injúria racial.

Que montanha-russa de emoções antes mesmo de tomar café.

Ouço alguém batendo lá embaixo, e eu me lembro, ah, verdade. Minha irmã está em casa agora.

Estou com medo de falar com ela, mas também não quero que ela comece a fazer sua lista de tarefas (que ela com certeza já criou) sem outra chance de conter seus piores impulsos. Afinal, esta é a garota que constantemente me humilhou no meu primeiro e segundo ano com sua necessidade de ser a porta-voz de todas as injustiças sociais percebidas no ensino médio.

Fiquei aliviada quando ela se formou, porque, pela primeira vez, não tive que responder pelo que quer que fosse que ela estivesse fazendo. Eu poderia ser apenas *eu*.

Tenho certeza de que essa última coisa está simplesmente reforçando sua narrativa mental sobre como nossa cidade está cheia de racismo.

Entro na cozinha de pijama, e ela já está totalmente vestida, pronta para sair.

— Aonde você está indo? — exijo saber.

— Uau, nem mesmo um bom dia? — responde ela, jogando a bolsa no ombro. — É esse o tipo de boas-vindas que eu recebo aqui. Afinal, foi você quem me pediu para voltar para casa e lidar com isso.

Tão Margaret, aproveitando qualquer momento de fraqueza emocional.

— Sim, eu liguei para você, porque eu estava pirando — digo incrédula. — Você vai usar isso contra mim?

Ela suspira.

— Podemos não brigar? Encontrei um faxineiro que pode vir em uma hora. Aqui está o número se você precisar. — Ela me entrega um pedaço de papel. — Você tem um cartão de crédito, certo? Ou pode pegar o da mamãe?

Nós duas olhamos na direção do quarto dela no corredor. A porta ainda está fechada.

— Sim — digo. Guardo o número do telefone, surpresa, mas ainda desconfiada. — Por que você não pode ficar para que eles venham?

— Vou para a delegacia — diz ela, toda inocente. — Pra um acompanhamento.

— A delegacia de polícia — repito. — E em nenhum outro lugar?

— Droga, Annalie. Você quer colocar uma tornozeleira eletrônica em mim? Ativar a função de rastreamento do iPhone?

— Eu faria isso se pudesse — murmuro. — Por favor, você pode nos dar um segundo para digerir o que queremos fazer a seguir antes de mergulhar no seu grande plano?

— O quê? Eu disse que a gente podia limpar a garagem. Era isso que você queria.

Eu não confio nela. Eu não confio nela nem um pouco.

— Ok. E então você está voltando para Nova York?

— Ainda não comprei uma passagem de volta. — Ela checa seu celular. — Preciso ir.

Ela se dirige para a porta.

Eu a sigo como uma sombra ansiosa.

— Não faça nada que eu não faria! Lembra daquela vez que você fez um alvoroço por causa das pessoas vestindo qipaos para o baile e reclamou com o diretor sobre apropriação cultural? As pessoas ainda não me deixam em paz por causa disso. Por favor, não faça nada do tipo.

— Reclamar com o diretor? — diz ela ironicamente por cima do ombro.

— Não, fazer confusão! Ninguém quer isso, exceto você! Não me faça me arrepender de ligar pra você! — grito atrás dela.

A porta se fecha, deixando-me do lado de dentro com um nó de pavor.

Falo para a Violet vir me encontrar em nosso ponto de encontro favorito, a Padaria Bakersfield.

É realmente um nome ridículo, mas o dono tem, tipo, oitenta anos e o sobrenome dele é Bakersfield. A padaria tem sido uma atração no centro desde que foi inaugurada há quase sessenta anos. É decorada como uma confeitaria francesa. A fachada é toda de vidro, e quando está sol lá fora, ilumina toda a padaria. Há assentos suficientes ao redor para comer uma boa torta ou um croissant de amêndoa, se vier em um dia em que não esteja muito lotado. Mais importante ainda, as sobremesas são de morrer. E eu estou precisando muito de sobremesa hoje.

A viagem até lá é clara e alegre. O sol do início do verão parece um filtro saturado do Instagram contra a paisagem. As árvores que cercam as ruas estão de um verde sem igual; as casas, especialmente pitorescas. Quando entro no centro da cidade, tudo parece um cartão postal de cidade pequena. Sinto uma sensação de conforto, um cobertor de paz, quanto mais me afasto de casa.

Este não é um lugar onde coisas ruins acontecem.

Violet ainda não chegou; quinze minutos de atraso é de costume. Estou muito nervosa para esperar do lado de fora, então entro sem ela.

Normalmente, Bakersfield é a única pessoa que trabalha na padaria, então não importa o quão ocupado esteja, todos os clientes têm que esperar por ele, e a fila às vezes sai pela porta. Porém, as pessoas ficam na fila, porque vale muito a pena. Vale a pena, mesmo que ele seja basicamente um personagem velho mal-humorado que ganhou vida. Ele é um pouco mais legal comigo e com Violet porque estamos sempre aqui, e porque, suponho eu, pelo menos dez por cento de seus lucros venham de nós, com base em quanto consumimos anualmente.

Mas hoje, pela primeira vez, há alguém novo atrás do balcão. Eu olho ao redor das pessoas na minha frente para ver melhor. Bakersfield recua para a parte de trás, e o cara comandando o balcão retruca:

— Sim, eu sei! Tenho tudo sob controle, está bom? — Ele se vira para mim.

Ele é muito alto e de ombros largos, com cabelos castanhos curtos e arrumados, e óculos quadrados pretos de aros grossos, provavelmente um pouco mais velho do que eu. E, a julgar pelo sotaque, muito britânico. Ele meio que parece um contador, se contadores tivessem o físico de um jogador de rúgbi. Eu não sei o que um cara britânico está fazendo em uma cidade pequena do meio-oeste cuidando do balcão de uma padaria local, mas ele está franzindo a testa para mim como se tivesse acabado de pegar minha mão em uma jarra de biscoito.

Por um segundo, eu o encaro.

— Sim? Posso ajudar? — diz ele impaciente.

Claramente, Bakersfield decidiu contratar funcionários de acordo com seu padrão de preferência, que é: o menos amigável possível.

— Desculpe. Ainda decidindo.

— Certo, bem. Não quero ser rude, mas tem pessoas esperando e tudo mais, sabe. Não tem tantas opções assim. — Ele gesticula atrás de mim.

Eu não sei quem o deixou nervoso, mas já estou tendo um dia ruim o suficiente sem isso.

— Engraçado, a grosseria parece ter prioridade de qualquer jeito.

Ele me encara.

— Vou querer uma torta de limão. — Olho para a camisa dele, que está sem crachá — Qual o seu nome?

— Daniel — diz ele, curto e grosso. — Você quer falar com o gerente sobre mim? Boa sorte.

Ele cobra meu pedido e praticamente empurra o prato para mim. Ouço Bakersfield gritar algo dos fundos. Daniel resmunga e desaparece atrás da porta.

Pego meu prato, irritada, e me acomodo em um assento no balcão.

Violet aparece minutos depois. Ela está vestindo shorts jeans curtos, uma blusa ciganinha com babados e óculos de sol vermelhos em formato de coração. Ela é a única pessoa que conheço que pode usar óculos de sol em formato de coração e não parecer uma criança de doze anos.

— Qual é a emergência? — pergunta ela depois que pega um croissant de chocolate.

— Ugh — digo. — Bakersfield contratou um cara novo.

— Que cara novo? Bakersfield contrata pessoas?

— Ele está nos fundos agora. Ele é britânico.

— Uhh. Queria ter visto ele. Ele era fofo?

— Não. Era um bruto. E não tipo um rabugento e adorável senhor de idade.

— Hum, bom, enfim. Estou ficando tonta com sua variedade de homens. — Ela morde seu croissant. — Qual é da reunião de emergência? É o Thom? Não tive notícias suas desde ontem de manhã, quando você me mandou uma mensagem com fotos de seus cinco diferentes looks em potencial antes de ir para o trabalho.

Isso parece uma vida atrás.

— Não. Na verdade, não tem nada a ver com isso.

— Ahn?

Violet e eu somos amigas desde o primeiro ano do fundamental. Nós conversamos todos os dias. Mas mesmo sabendo que posso dizer qualquer coisa a ela, isso parece profundo de uma forma que estou nervosa para dizer em voz alta. Se eu contar a ela, então realmente aconteceu. Se eu contar a ela, então é real.

— Alguém vandalizou nossa casa ontem — digo baixinho.

Violet suspira.

— Você está falando sério? Você está bem? O que eles fizeram?

Aceno com a mão.

— Estou bem, todos estão bem. Margaret veio pra casa e está cuidando disso. Assim, claro que ela está Margaretando sobre tudo, mas é bom. Nós já contratamos faxineiros para apagar a coisa toda.

Não sou capaz de dizer a ela exatamente o que eles fizeram, então apenas pego meu celular e mostro a ela uma foto da noite passada. Mesmo que a iluminação seja ruim, você consegue ver o que está lá.

Violet cobre a boca.

— Ai, meu Deus — diz ela. — Aquilo é horrível. — Ela olha para mim. — Eu sinto muito.

É a reação de Violet que realmente me derruba. Eu estava bem. Eu estava bem de verdade. Sua profundidade de horror me lembra da minha própria angústia quando vi. Começo a chorar novamente.

— Está tudo bem — digo trêmula.

— Isso não é estar bem, Annalie. — Sua voz é muito séria.

— Eu realmente não quero mais olhar pra isso ou falar sobre isso. Mas eu tinha que contar pra alguém. — Estou enxugando os olhos com a manga. — Credo, você pode me dar um lenço?

Ela procura na bolsa e me entrega um pacote. Grata, enxugo meu rosto.

— Você sabe quem fez isso? — pergunta ela, depois que tento me recompor.

— Nenhuma ideia. Mas a Margaret já registrou um boletim de ocorrência. Ela provavelmente está conversando com a polícia nesse momento enquanto falamos.

— É desprezível. — Ela balança a cabeça. — É realmente difícil acreditar que alguém poderia fazer isso. Você acha que a polícia vai descobrir?

Eu dou de ombros.

— Sinto que vai ser difícil porque não houve nenhuma testemunha. O policial que apareceu não parecia muito otimista.

— Por que alguém faria isso com vocês? Vocês moram lá desde sempre.

— Eu sei. É por isso que eu acho que deve ser alguém aleatório. Não é como se tivéssemos acabado de nos mudar. Margaret pensa o contrário, mas você a conhece. Ela sempre tira conclusões precipitadas.

Violet está de olhos arregalados. Ela conhece Margaret, é claro.

— Eu não sei. Talvez ela esteja certa. Esta cidade não é, tipo, a mais inclusiva. Quero dizer, aquele cara da minha aula de Estudos Avançados da História dos Estados Unidos ainda acha que a Guerra Civil era sobre os direitos dos estados. Em Illinois. *A Terra de Lincoln*.

— Margaret não está certa. Ela aparece e decide que pode resolver tudo sozinha. — Dou uma garfada forte em minha torta. — Pelo menos ela não tem muito o que fazer agora. Ela provavelmente vai comprar sua passagem e vai embora até o final da semana. Esqueci como é cansativo tê-la por perto. Ser filha única até que é bom.

— Nem me fale. Eu tenho que cuidar da Rose *de novo* esta semana — diz ela. — Mas dê uma folga pra sua irmã. Ela tem razão. Isso não é uma microagressão comum. Alguém pichou uma injúria racial *na sua casa*. Isso é um crime de ódio.

Coloco a cabeça nas mãos, gemendo.

— Podemos, por favor, não falar sobre isso? Não quero mais falar sobre isso.

Violet me lança um olhar solidário.

— Claro. Sinto muito.

Quatro

Margaret

Eu saio, minha garganta quente de irritação com os choramingos de Annalie.

Tudo tem que ser sobre ela e seus sentimentos o tempo todo. Você pensaria que, se alguma coisa pudesse abrir seus olhos para algo além da popularidade no ensino médio, essa seria a oportunidade, mas ela parece já ter seguido em frente. Se dependesse dela, enterraria o assunto sem nem mesmo ir à polícia.

À luz do dia, o vandalismo parece ainda pior, vermelho no portão branco da garagem. Como uma cicatriz. Esperava que os vizinhos já tivessem notado, mas até agora, tudo está quieto. Vivemos em uma ruazinha sem saída, então ninguém passa aqui por acidente. O trânsito aqui é praticamente nulo. Ainda assim, alguém não deveria ter visto e vindo perguntar se estávamos bem?

A estrela explosiva de raiva dentro de mim da noite passada se reduziu a uma leve brasa, mas olhar para a palavra faz com que ela se incendeie novamente. Pego meu celular para tirar fotos de todos os ângulos, de perto e de longe. Cada clique me deixa mais louca, como se cada cópia salva do grafite estivesse sendo tatuada no meu corpo como uma marca de vergonha.

Quando termino, estou arfando como se tivesse acabado de correr uma maratona. Não sou chorona. Não choro desde que Rajiv e eu terminamos.

Mas olhar as fotos no meu celular e na garagem me dá vontade de chorar.

Para me acalmar, fecho os olhos e respiro. Não vou conseguir falar com ninguém se estiver desse jeito. O ar é fresco e limpo aqui e cheira a plantas em vez de a urina e lixo. Eu posso ouvir pássaros que não são pombos. Isso é uma coisa de que sinto falta quando estou na cidade.

Aos poucos, me acalmo. Quando abro os olhos, me sinto bem melhor.

Annalie está certa: a pichação tem que ir embora. Ontem à noite, pensei que seria melhor deixar para provar algo, mas emocionalmente, é demais para mim. Não vou conseguir ver isso toda vez que sair de casa. Minhas entranhas vão queimar até virarem pó.

O mundo está cheio de feiura. Eu sei disso. Mas não significa que quero decorar a fachada da minha casa com isso.

Às 9h30, já estou a caminho da redação do jornal.

A *Gazeta* fica em um antigo prédio de tijolos marrons no centro da cidade. Tem um pequeno estacionamento do outro lado da rua, dois terços das vagas reservadas para funcionários. O estacionamento está quase vazio. O sol está claro, parece que o dia será ferozmente quente.

Entro pela porta principal. Há um segurança de aparência entediada responsável pela recepção. Ele me olha com uma expressão preguiçosa e liga para o andar de cima para confirmar que estão esperando por mim. Ele aponta para o elevador.

O elevador me leva ao terceiro andar, e entro na redação da *Gazeta*. Está úmido aqui, ficando imediatamente óbvio que não há ar-condicionado ou que ele não está funcionando. As janelas estão abertas, com ventiladores apoiados nas telas para circular o ar externo. Não estou convencida de que esteja funcionando, com a temperatura que está lá fora.

A redação tem um layout aberto, com mesas espremidas umas contra as outras em linhas irregulares. Cada mesa tem um monitor de computador e uma confusão de fios. Cerca de metade das mesas estão vazias. Maus tempos para o negócio do jornalismo impresso. A outra metade está repleta de papéis e fotos. Tem um ligeiro cheiro de mofo.

Há apenas três pessoas lá dentro. Uma mulher, que está no único escritório fechado. As paredes são de vidro, e ela está ocupada tagarelando ao telefone. Um cara que não está olhando para mim. Ele tem o cabelo comprido em um coque e uma série inteira de fotos em sua tela. E um outro que parece o mais novo e tem cabelo curto. Ele me vê entrar e imediatamente vem me cumprimentar.

— Oi, sra. Flanagan? — diz ele, estendendo a mão.

Eu aperto.

— Pode me chamar de Margaret.

— Excelente. Eu sou Joel.

— Você é a pessoa com quem eu falei no telefone.

— Eu mesmo. Quer vir aqui para conversarmos? — Ele gesticula para um canto perto da janela. — Desculpe, eu ofereceria um espaço melhor, mas isso é tudo que temos a oferecer agora. Não muito glamouroso.

— Não estou aqui para glamour. — Marcho até o canto e me sento.

— Volto já. — Ele pega seu laptop, equilibra-o nas coxas e olha para mim. — Ok, me diga o que aconteceu.

Então eu conto. Do começo ao fim.

Ele está digitando o tempo todo. Seu rosto é simpático, mas não excessivamente expressivo.

— Tenho fotos — digo. — Posso enviá-las para você. E nós já registramos um boletim de ocorrência, então você pode verificar isso também.

— Obrigado. — Ele termina de digitar. — Isso é realmente útil. Espero que possamos ajudá-la aqui. O que aconteceu foi uma coisa terrível.

Seu tom é gentil. A gentileza me faz ficar emotiva de novo, e pisco rapidamente. Sem chorar, lembro a mim mesma.

— Essa vai ser difícil. Tenho certeza que você sabe.

— Sim. Por isso vim aqui.

— Vamos publicar isso em algum momento nos próximos dias, depois de fazermos algumas investigações.

— Isso é ótimo.

— Aconteça o que acontecer — ele me diz com firmeza —, pelo menos trará conscientização. Esse tipo de coisa é inaceitável em nossa cidade. Inaceitável.

É engraçado para mim como ele diz "esse tipo de coisa" em vez de "preconceito" ou "racismo". É como se fosse muito chocante ou inacreditável que racismo ou preconceito pudesse existir em uma cidade como a nossa, onde o slogan é *Aonde as pessoas vêm para ficar.*

Ao sair da *Gazeta*, sei que fiz algo que não me permite voltar atrás. O jornal vai publicar esta história, e nossa família será associada a ela. Mas algumas coisas são muito importantes para esconder.

Penso em todas as vezes em que os meninos no ponto de ônibus puxavam os cantos dos olhos e cantavam musiquinhas racistas para mim, até que aprendi que chorar só fazia os valentões se esforçarem mais. As vezes em que eu sorria para as velhinhas no supermercado, apenas para elas murmurarem insultos baixinhos que arrancavam o sorriso do meu rosto. As vezes em que as pessoas falavam superdevagar com a minha mãe, como se ela não fosse esperta o suficiente para entendê-las só porque tinha sotaque.

Penso em todas as outras famílias asiáticas que ficam caladas, nas mães que nos disseram que só precisamos abaixar a cabeça e nos esforçar para ter sucesso neste país, na amargura dessa mentira. Nossa comunidade. Sempre nos dizem que somos os bons, os que não reclamam, a minoria modelo. Sorrimos enquanto eles pisam em nós.

Nesse momento, decido que não posso voltar para Nova York pelo resto do verão. Eu preciso ficar aqui até o fim desta história.

Não importa o que minha família pense, desta vez não vou deixar ninguém ficar em silêncio.

Levo cerca de quatro horas e meia ligando para todos os escritórios de advocacia do centro da cidade para conseguir um emprego para o verão. As pessoas geralmente ficam surpresas com a rapidez e a facilidade com que consigo fazer as coisas, mas a realidade é que as pessoas geralmente subestimam o poder de apenas ser assertivo e persistente. Você nunca sabe se alguém vai dizer sim se não perguntar.

Eu tenho um currículo bastante impressionante, então isso ajuda. Acabo com três ofertas, duas das quais não são pagas e uma que paga dez dólares e cinquenta centavos por hora. Aceito a vaga remunerada.

Não é nada comparado com o que estava ganhando em Nova York, mas, por outro lado, posso parar de pagar moradia. O bom de morar em um dormitório é que a NYU me deixa sair do contrato de aluguel sem pagar multa, porque as pessoas sempre precisam de estadia em Nova York no verão, e eles podem alugar de novo com a mesma taxa alta, sem dificuldade. Pago para alguém empacotar minhas coisas restantes e enviá-las para cá.

Segundo o site do escritório, eles abrangem direito de família, imobiliário e contencioso cível em geral. Um dos sócios me entrevistou por telefone por cerca de cinco minutos antes de me oferecer o emprego, dizendo que posso começar amanhã. Eu, é claro, estarei, na maior parte, cuidando da papelada e revisando contratos e pautas, mas já fiz coisa pior por esse preço.

O escritório está localizado ao lado do antigo tribunal onde Abraham Lincoln costumava atuar como advogado. Como o resto de Illinois, nossa cidade tem uma obsessão febril por Lincoln, o que significa que cada item que ele já tocou ou qualquer ponto em que pisou é reverenciado e marcado com uma placa. A empresa fica bem no antigo distrito de Lincoln, em frente a uma de suas muitas estátuas que poluem o centro da cidade.

Apareço no primeiro dia canalizando minha melhor Amal Clooney. Calça preta bem passada, blusa branca e scarpins rosa-bebê. Uso minha melhor bolsa de couro preta. Tento parecer profissional e moderna.

O prédio não é nada parecido com o da empresa de consultoria em Nova York. Fica em um prédio de tijolos vermelhos, com portas e guarnições brancas, bem na beirinha da calçada. Tem um telhado inclinado de telhas marrons. São apenas dois andares. Há uma plaquinha de madeira pendurada à esquerda da porta da frente que diz em letras maiúsculas brancas: *Fisher, Johnson & Associados, PC*.

Abro a porta da frente e entro. Eles mantiveram os detalhes originais históricos do edifício. Pisos de madeira. As paredes são azul-claras, com intrincados rodatetos em gesso branco. As portas internas são brancas para combinar com o exterior. O hall de entrada tem uma única mesa marrom-escura onde a recepcionista se senta, digitando, e uma área de estar com excelentes sofás azul-escuros. O prédio é dividido em seções, então tudo o que posso ver da entrada é o corredor e escadas de madeira que desaparecem no segundo andar.

A recepcionista olha para mim. Ela é de meia-idade e magra, com uma nuvem de cabelos castanhos encaracolados que ameaça engolir sua cabeça.

— Olá, posso te ajudar?

— Sou Margaret Flanagan. Acabei de ser contratada como estagiária. Hoje é meu primeiro dia.

— Certo — diz ela. — Estávamos esperando você. Desculpe, tem que começar com as coisas chatas. — Ela me entrega uma pilha de formulários de admissão. — Você pode preencher isso?

Trinta minutos depois, eu os devolvo.

— Obrigada. Deixe-me chamar o sr. Fisher. Ele vai te apresentar a todos e mostrar a sua mesa.

Jack Fisher, com quem falei ao telefone, é um cara alto e corpulento, com cabelos grisalhos e olhos cinzentos. Ele se parece exatamente com o tipo de pessoa que eu esperava que fosse o chefe de um escritório de advocacia, uma daquelas pessoas que fala de forma afetada e bem alto. Muito mais alto do que o necessário, considerando sua proximidade com o ouvinte. Ele está vestindo uma camisa polo verde-escura e calças cáqui.

— Prazer em te conhecer pessoalmente, Margaret. Meg? Maggie? — ele solta, falando sobre mim.

— Apenas Margaret — asseguro a ele.

— Excelente. Você pode me chamar de Jack. — Ele estende a mão grande e eu a aperto. Eu me sinto uma criança ao lado dele. — Estamos tendo um verão muito ocupado, o que significa que é uma sorte você ter ligado. Como pode ver olhando ao redor, não temos muito espaço, mas temos um número razoável de pessoas. Vamos conhecer todo mundo antes de você se acomodar.

Ele olha para a minha roupa.

— A propósito, somos uma empresa casual, especialmente no verão. Você pode se vestir de modo menos formal, se quiser.

Ele parece um pouco cauteloso, como se estivesse se esforçando muito para não comentar sobre minhas roupas porque não quer soar sexista ou inapropriado.

— Eu só uso terno para o tribunal.

Ele pisca daquele jeito simpático demais que velhos brancos adoram.

A Fisher, Johnson & Associados tem seis sócios, dois associados, uma assistente jurídica e uma recepcionista. Cada pessoa tem seu próprio escritório. Os sócios estão situados no andar de cima. No piso inferior, encontram-se os cubículos de cada um dos associados e da assistente jurídica, bem como uma copa e o hall de entrada.

Conhecemos os outros advogados. A maioria deles é jovem e tem basicamente a mesma cara. Dos sócios, cinco são homens e uma é mulher. Todos os homens são brancos e a mulher é latina. O Johnson, da Fisher, Johnson & Associados, está fora.

— Ele tem uma audiência — diz Fisher. — Em um caso de custódia infantil. Muito triste.

A sócia, uma certa Jessica D. Morales, é uma mulher de aparência muito imponente com óculos retangulares equilibrados na ponta do nariz e cabelos castanho-escuros na altura dos ombros com uma mecha branca nas têmporas, que só pode ser intencional. Sua mesa está cheia de papéis. Ela me diz que já tem dez tarefas para mim e que gostou dos meus sapatos, e decido que ela é meu novo modelo a seguir.

Enquanto descemos as escadas, Fisher diz:

— Nossa assistente jurídica está de licença maternidade, então, para sua sorte, haverá muito o que fazer por aqui, coisas mais substanciais do que um estagiário de verão normal.

Viramos a esquina em direção aos fundos do prédio.

— Então, há boas e más notícias. A boa notícia é que você tem um escritório com uma mesa. É um escritório muito bom, modéstia à parte, sendo eu a pessoa que fez todo o design de interiores. — Ele abre um sorriso para mim. — A má notícia é que você é nosso segundo estagiário a começar neste verão, então vocês dois terão que dividir.

Antes que eu tenha a chance de absorver essa informação, chegamos ao escritório designado.

Há duas mesas. E bem ali, sentado na ocupada, está Rajiv.

— Rajiv, conheça...

— Oi, Margaret. — Ele está vestindo uma camisa xadrez de botão, com as mangas arregaçadas até os cotovelos, e calça jeans escura. Seu cabelo está diferente do que eu me lembro. Está curto nas laterais, mas mais comprido no topo, com um volume que cria uma ondinha. Ele tem um brinco de diamante em cada orelha. Ele parece muito *descolado*. E, exceto por um pequeno levantar de sobrancelhas, aparenta estar completamente tranquilo.

Eu, por outro lado, de repente estou suando por todos os poros.

— Hum, oi? — digo, cheia de charme.

— Ah, vocês dois se conhecem? — pergunta Fisher.

Ele está olhando entre mim e Rajiv, e me pergunto se pode sentir a tensão entre nós, porque estou pensando que sou capaz de entrar em combustão espontânea ou sair gritando.

— Humm — é só o que digo.

— Nós fizemos o ensino médio juntos. Velhos amigos — Rajiv oferece graciosamente, evitando a verdade.

Fisher bate palmas, parecendo querer sair da sala na hora.

— Excelente. Isso deve facilitar bastante para vocês dividirem um escritório. Vou deixar a cargo dos dois. — Ele se vira para mim. — Aí está sua mesa. Você pode fazer o login e configurar sua caixa de entrada, e os sócios entrarão em contato. Bem-vinda a bordo, Margaret.

Ele sai correndo.

Deixando Rajiv e eu na sala, sozinhos.

Eu ainda estou em estado de choque na porta e ele está me observando do outro lado da sala. Eu não posso encará-lo.

A última vez em que o vi pessoalmente? Exatamente doze meses e três semanas atrás, na nossa formatura do ensino médio.

Eu deveria ter superado. Eu não deveria ter nenhum problema em falar com ele como um ser humano normal, como alguém que não significa nada para mim. Mas não consigo. Vê-lo tão de perto é devastador. Parece que ele abriu minhas costelas e minhas entranhas estão todas expostas.

Eu pensei que provavelmente passaria o resto da minha vida sem precisar vê-lo de novo, mas aqui está ele, preso em uma sala comigo por dois meses.

Isso é um desastre.

— Você quer ficar com aquela outra mesa? — pergunta ele friamente depois que passo um minuto congelada no mesmo lugar.

Sua voz me tira da minha paralisia.

— Está bem.

Vou direto até minha cadeira, de cabeça baixa. Eu me pergunto brevemente se é tarde demais para pedir demissão e aceitar um dos empregos não remunerados, ou se posso passar por todo este verão sem interagir com Rajiv de alguma forma.

Nossas mesas estão dispostas lado a lado e de frente para a porta. A minha fica mais perto da janela. Se nunca olhar para a esquerda, posso apenas fingir que ele não está lá. Finjo digitar no meu computador para parecer que estou trabalhando em algo, o que sei muito bem que é a mentira mais patética de todos os tempos. Há um relógio acima da porta, e juro que o tempo está passando muito mais devagar do que o normal.

Depois de uma pausa incalculavelmente longa, Rajiv enfim fala de novo.

— Então, isso é inesperado.

Faço um pequeno murmúrio de concordância, nem mesmo palavras reais.

— O que te trouxe a Fisher, Johnson? Achei que você ia passar o verão todo em Nova York.

Estou surpresa. Como ele sabia o que eu estava fazendo? Então percebo que, só porque eu silenciei suas atualizações no Instagram, não significa que ele tenha feito a mesma coisa. O que então me faz perceber que ele está acompanhando meus passos. De propósito? Apenas por acaso, porque o algoritmo do Instagram reconheceu que já fomos pessoas insubstituíveis uma para a outra? Não consigo evitar que minha mente imagine um número infinito de opções.

— Mudança de planos — consigo dizer enfim.

Se isso tivesse acontecido há dezenove meses, Rajiv teria sido a primeira pessoa para quem ligaria depois do vandalismo. Ele teria me abraçado, e eu teria sentido que não havia canto mais seguro em todo o universo. Mas, em vez disso, estamos sentados em mesas separadas, duros como tábuas, e não digo nada a ele sobre isso. Como é estranho, vivenciar o que acontece depois de já ter sido tudo para outra pessoa. Cerro os punhos, assustada por estar, pela segunda vez em dois dias, à beira das lágrimas.

Seu rosto — quando me atrevo a dar uma olhada — está impassível. Isso é diferente do Rajiv que eu conhecia, cujas emoções sempre estavam à flor da pele.

Ele não pergunta mais. Ele não pergunta sobre minha mãe, e eu não pergunto sobre seus pais. Não pergunto sobre a escola ou como está indo seu verão. Não pergunto se ele conheceu alguém novo ou se já me perdoou. Não peço seu perdão. Não sei se me perdoei.

Eu não pergunto se o coração dele está se partindo do jeito que o meu está de novo.

Não quero saber as respostas para nenhuma dessas perguntas.

Cinco

ANNALIE

Thom me manda uma mensagem naquela tarde:

> oi A. espero que esteja tudo bem. você super fugiu de mim ontem. enfim, o time de futebol vai jogar um amistoso contra o time da cidade hoje de tarde. você deveria ir. e não só porque estou tentando encher as arquibancadas pra gente parecer mais popular. 😊

Alguma semelhança com a normalidade, graças a Thom. Eu quase tinha esquecido que foi ontem que o vi. Estou feliz por ainda estar em sua mente.

Eu: estarei lá!

Não digo nada sobre o vandalismo. O que posso dizer? Parece nojento, e ainda fico enjoada quando penso nisso. Mas tento não pensar mais nisso, agora que limpamos a garagem. Também tento não pensar em seja lá o que for que Margaret possa estar fazendo. Em alguns dias, ela terá ido embora e as coisas voltarão ao normal.

Nosso campo de futebol do ensino médio tem arquibancadas bem antigas. Do tipo de madeira que range e deixa você preocupado que vão desmoronar sob seus pés se estiverem muito cheias, o que seria um jeito muito triste de morrer.

Felizmente, nosso time não é particularmente bom, exceto Thom, e não atrai muito público. Hoje, as arquibancadas estão com apenas um terço de sua capacidade. Não é de se surpreender, já que é apenas uma partida amistosa de verão. Se Thom não tivesse me convidado, eu também nunca teria aparecido.

Violet está ao meu lado, com Abaeze. A maioria dos namorados ficaria superirritado por ser arrastado para dar apoio moral à tentativa de sua namorada de dar apoio moral à melhor amiga dela. Mas Abaeze sempre foi a pessoa mais tranquila que já conheci. Acaba fazendo sentido, porque só alguém assim seria capaz de lidar com Violet, que basicamente tem a personalidade de um beija-flor.

Eu gosto dele. É um artista incrível, que certamente conseguirá uma bolsa de estudos por conta do seu talento, e ele é muito legal com a Violet. Não consigo imaginá-los um sem o outro. Entretanto, depois desta semana, ele vai para a Nigéria passar o verão com o resto de sua família. Ela ficará presa com seus três irmãos e eu. Se isso a está estressando de alguma forma, ela não demonstra.

Nas arquibancadas deste jogo de futebol, não me passa despercebido que nós três nos destacamos da multidão quase toda branca, de modo que não há como Thom não nos ver. Margaret provavelmente teria alguma teoria de ciências sociais sobre como todos nós nos encontramos em um mar de leite, mas para mim, eles são apenas as pessoas mais legais que eu conheço, sem nenhuma teoria da conspiração maluca.

Thom é o atacante e provavelmente a única razão pela qual o time não termina em último no ranking todos os anos. Olheiros vêm aos jogos só para vê-lo.

Seu pai, que costumava jogar futebol na universidade, desde então se tornou um agente de seguros de uma cidade pequena e uma versão mais velha de seu filho, só que com cabelos castanhos cheios de mechas grisalhas.

Ele está nas arquibancadas, como sempre, observando com intensa concentração. Por um breve momento, posso ver como será Thom daqui a trinta anos.

Então Thom aparece no campo, sorrindo como um astro. Cubro os olhos do sol para ver melhor. Ele é magro e em forma. Seu cabelo brilha na luz. Ele vira a cabeça enquanto corre, examinando a multidão. Quando me vê, abre um sorriso extragrande, e juro que meu coração salta.

— Não sei por que você pensou que tínhamos que estar aqui — diz Violet, pegando seu celular para enviar uma mensagem. — Não vamos atrapalhar você depois do jogo?

— O que você está falando? Depois do jogo?

— Ele obviamente vai vir te encontrar.

— Talvez não. — Não quero criar expectativas. — Talvez ele só quisesse que mais pessoas viessem.

— Nenhum de nós nasceu ontem. Ele te mandou um emoji piscando. Ele vai vir te encontrar. Ele estava procurando por você nas arquibancadas.

Meu corpo aquece da cabeça aos pés com prazer e por um minuto esqueço de todo o resto.

— Veremos. De qualquer forma, é claro que vocês tinham que vir. Eu não poderia aparecer aqui sozinha. Seria superdesesperado e óbvio.

— Você não precisa se esforçar tanto. Ele já está apaixonado por você. Dá pra ver.

Eu a ignoro. Abaeze sorri para mim e dá de ombros.

— Como é que você aguenta? — pergunto, exasperada.

— Eu a escuto — ele me diz. — Ela geralmente tem razão.

— Boa resposta — comenta Violet sem tirar os olhos de seu celular.

— Acho que é por isso que vocês duraram tanto tempo — respondo, enquanto Violet bufa, ao lado, como resposta.

Thom acaba fazendo dois gols, a única pessoa do time a marcar durante o jogo. Não é o suficiente. A defesa do time é péssima, e o outro lado faz três gols, o último com oitenta e nove minutos no relógio.

Os jogadores passam uns pelos outros e apertam as mãos. Fico observando Thom o tempo inteiro, esperando para ver para onde ele vai depois que acabar. Ele vai até o pai, que imediatamente começa a ter uma conversa animada com ele. Seu pai faz muitos gestos com as mãos, e Thom está assentindo, assentindo, assentindo sem parar. Ele não olha para mim. Tento não me sentir decepcionada, mas não consigo.

— Viu? — digo para Violet. — Ele não está nem um pouco interessado. Ele provavelmente nem percebeu que eu estava aqui.

— Aham. Não sei, não. Vamos ver o que acontece.

— Vamos. — Puxo sua manga. — Só vamos embora. Não vou ficar esperando como um cachorrinho triste.

— Se você diz.

Saímos juntos para o estacionamento. Estou irritada com o constrangimento de ter criado altas expectativas. Foi uma ideia boba. Ele estava me provocando? Apenas sendo amigável? Eu li muito na mensagem? Como pude pensar que alguém como Thom se interessaria por alguém como eu? Ele é muita areia para meu caminhãozinho.

Quando me despeço de Violet e Abaeze, já me cobrei tanto que poderia ter me transformado em um saco de pancadas gigante.

Mas, assim que ligo o carro, recebo outra mensagem de Thom.

> por que você fugiu de mim? fiquei preso com meu pai antes de conseguir falar contigo. foi mal que o jogo foi meio que uma decepção. queria te agradecer por aparecer. que tal eu te levar para tomar sorvete algum dia?

Bolhas, bolhas, bolhas de digitação. Eu observo sem respirar.

> não sorvete. haha. você provavelmente deve ta cansada disso. vou pensar em outra coisa.

Bolhas, bolhas.

> o que me diz?

Pausa.

☺☺☺

Ele termina com três emojis sorrindo seguidos. Não há como não entender o significado disso.

Acho que estou farta de surpresas para o verão, mas a próxima aparece rapidamente: Margaret largou seu estágio em Nova York e conseguiu um novo na cidade. Ela vai ficar em casa até o fim do verão.

Ela anuncia isso como uma declaração durante o jantar. Nenhuma introdução necessária. Mamãe franze a testa ligeiramente.

— Será que isso é uma boa ideia? — pergunta ela. — Para o seu futuro?

— Eu disse a eles o que aconteceu — Margaret responde sem rodeios. — Eles me convidaram a voltar no próximo verão.

Mamãe apenas assente.

Margaret olha para mim, como se me desafiasse a contradizê-la. Eu não faço isso, é claro. Quando foi que fiz algo assim, em qualquer assunto?

Quero dizer que estamos felizes por tê-la aqui, para passar mais tempo juntas em família. Mas, sinceramente, não sei se é verdade. Só sei que torna o nosso verão mais... complicado. As coisas nunca foram fáceis com Margaret por perto.

Como, por exemplo, o fato de que temos que conversar uma com a outra agora. Algo que deixamos de fazer desde que ela se foi.

Margaret ficou cada vez mais ansiosa para ir embora no último ano. Ela parecia andar por aí com um desejo constante de provocar discussões com qualquer pessoa na vizinhança. Tentei não ser esmagada. Ela e mamãe brigavam por tudo, desde as inscrições para a faculdade até a marca de suco de laranja que tínhamos na geladeira. Fiquei aliviada quando ela finalmente se mudou para Nova York.

Agora que ela está de volta, continua tão espinhosa e intocável como sempre, e me pergunto, pela milésima vez, por que meu instinto inicial, quando o incidente aconteceu, foi ligar para ela.

Ela desce uma manhã com uma blusa peplum de poás e uma saia lápis azul-marinho com corte sereia, parecendo que está prestes a dar sua declaração de abertura perante a Corte Internacional de Justiça. Estou sentada no balcão com meu short de malha soltinho e camiseta estampada, com um joelho dobrado contra o peito.

"Não está sentada como uma dama", mamãe diria se me visse, o que, felizmente, não acontece. Ela deixou o café da manhã na mesa e saiu cedo.

Estou colocando na minha boca um saboroso creme de ovos no vapor. É um eterno favorito de café da manhã, regado com shoyo e uma pitada perfumada de óleo de gergelim.

— Tem um pra você — digo, a boca meio cheia, apontando para a tigela que mamãe deixou ao lado do fogão. — Você já não deveria estar no trabalho? São 9h30.

Ela resmunga, o que não responde à pergunta, e segue inabalável para a cafeteira.

Nós ficamos em um silêncio estranho, interrompido apenas pelos sons de moagem de café, o amassar do coador de papel e o barulho da cafeteira enquanto luta para ganhar vida.

— Então — digo, enquanto ela se serve de uma xícara forte, sem açúcar ou creme (o que para mim tem gosto amargo) —, como foram seus primeiros dois dias na firma?

— Tudo bem.

— Você está fazendo coisas interessantes?

— Mais ou menos.

Parece que estou falando com uma parede de tijolos. Uma dura parede de tijolos. Sempre tive a impressão de que Margaret me acha irritante, embora ela nunca tenha dito isso em voz alta. Uma imagem passa pela minha cabeça, de mim como um canário amarelo piando ao redor da cabeça de um urso adormecido.

Parece bem preciso.

Tento de novo.

— Você gosta das pessoas com quem está trabalhando?

Isso realmente faz com que ela olhe para mim, então é um progresso.

— Sim, a maioria. — Sua boca se contorce. — Têm outro estagiário lá neste verão. É o Rajiv.

Ah, merda.

Rajiv e Margaret ficaram juntos durante quase todo o ensino médio. Era um segredo em casa que eles estavam namorando. Um segredo porque todos conhecíamos as opiniões não ditas de mamãe. Primeiro, que namoro no ensino médio era uma distração e uma perda de tempo. E, segundo, que ela nunca aprovaria que suas filhas namorassem qualquer pessoa mais escura. Amigos, sem problema. Ela gostava de Abaeze e Violet. Mas tinha opiniões diferentes quando se tratava de suas próprias filhas. Isso me deixava desconfortável e fazia Margaret ficar brava. Eu esperava que Margaret acabasse contando para a mamãe sobre o namorado dela, apesar de tudo isso — deixar a mamãe brava era uma coisa que ela nunca evitou de qualquer modo —, mas, por algum motivo, ela nunca contou.

Sempre gostei do Rajiv. Ele era legal comigo. Mais legal do que Margaret na maior parte do tempo. E atencioso. Quando eu tinha dúvidas sobre alguma coisa da escola, eu perguntava para ele, não para minha irmã.

Margaret nunca me pediu para mentir por ela, mas eu sabia que não devia contar. Até que uma noite, deixei escapar sem querer durante o jantar. Eu imediatamente soube que foi um erro, mas não pude voltar atrás. Margaret e Rajiv terminaram logo depois disso, mas não sei o que aconteceu. Não falamos sobre isso desde então, e não posso deixar de sentir que ela se ressente de mim por estragar seu segredo.

— Que, hum, azar — digo.

Ela bufa.

— É, azar é um jeito de descrever. Mais como se o universo estivesse fazendo uma piada cósmica comigo.

— O que você vai fazer?

— Bem, fiquei dois dias sem falar muito com ele, então se continuarmos, talvez eu consiga sobreviver ao verão — diz ela ironicamente.

— Credo. Talvez seja melhor se vocês puderem conversar um com o outro normalmente? — Estremeço. Parece estúpido em voz alta, mas ela não parece notar.

— Acho que ele não quer falar comigo, Annalie.

Eu quero perguntar o que aconteceu, mas ela já parece tão triste que tenho medo de que vá desabar se eu fizer isso.

Margaret coloca a xícara na pia.

—Bem, eu vou sair.

Percebo que ela não comeu nada no café da manhã. Ela coloca a bolsa nos ombros. Quando chega à entrada do corredor, ela faz uma pausa e se vira.

— Ei, Annalie?

— Sim?

Ela parece em conflito, como se estivesse tentando decidir se deveria dizer alguma coisa. Depois de um momento, seu rosto suaviza.

— Nada. Vejo você mais tarde.

Audrey tem estado mais impaciente perto de mim desde que tive que fechar a loja durante o incidente do ar-condicionado. Meu trabalho foi praticamente reduzido a fazer as coisas enquanto Audrey fica por cima do meu ombro, apontando qualquer desvio do processo padrão. *Você não encheu o pegador o suficiente. Duas bolas são $3,30, não $3,50. O cascão de waffle é mais caro do que uma casquinha normal. As pessoas não podem pedir meia bola, Annalie.*

Eu falaria para ela ir catar coquinho, mas tenho certeza de que foi o gerente que a mandou fazer isso, mesmo que tenha assumido o papel com muito mais prazer do que o necessário.

Depois de meia hora de microgerenciamento excruciante, enfim falo:

— Você não acha que isso é um pouco excessivo?

— Não foi ideia minha — retruca ela. — Eu só quero ter certeza de que você não vai queimar a loja.

— Ainda bem que não estou trabalhando com fogo — respondo, o mais seca possível.

— Eu sou responsável por tudo o que você faz aqui hoje, então estou tentando ter certeza de que *eu* não vou ter problemas pelas coisas que *você* estraga.

Eu suspiro.

— Tá, se você acha que precisa.

— Eu acho que tenho que fazer isso — diz ela secamente. — A propósito, tente não se distrair quando Thom entrar.

— O que você está falando?

— Ah, para com isso. Consigo ver a maneira como você perde toda sua visão periférica quando ele aparece à tarde. Além disso, eu posso juntar os pauzinhos. Percebi quando tudo deu errado e como isso se alinha com a hora em que Thom chega todos os dias. Não me olhe assim. Nem você pode pensar que sou tão burra.

Meu rosto está em chamas. Eu me pergunto se sou tão óbvia assim. Resposta: provavelmente muito óbvia.

— Não seja ridícula — digo na voz menos convincente possível. Lá se vai minha carreira de atriz. — Não tenho ideia do que você está falando.

— Claro. Acredito muito.

Ela revira os olhos e fita a tela do celular, finalmente entediada de me observar como um falcão.

Ela recua por um minuto, e eu passo a servir uma família de três pessoas, todos extremamente indecisos sobre qual sabor querem. Acabei de receber o pagamento deles quando Audrey solta um suspiro alto.

— Ai, meu Deus — diz ela.

Estou esperando que ela me castigue por manusear inadequadamente a caixa registradora de décadas atrás ou por ter apertado os botões com muita força.

— O quê? — solto, irritada.

Seu comportamento dá um giro de cento e oitenta graus.

— Acabei de saber sobre sua família. Você nunca disse nada. Sinto muito. Que merda.

Eu nunca a vi soar menos do que completamente irritada com a minha presença.

Eu a encaro.

— Do que você está falando?

Ela franze as sobrancelhas.

— Da casa. Está na primeira página do jornal de hoje.

É como se a sala tivesse esquentado dez graus em dois segundos.

— Do que você está falando? — exijo.

— As pessoas estão postando sobre isso. Você realmente não viu?

Meu coração está disparado. Como poderia estar no jornal? Tenho noventa e nove por cento de certeza de que nenhum dos nossos vizinhos sabe. Fizemos um boletim de ocorrência na polícia, mas ninguém falou mais nada, e certamente o jornal não teria publicado sem pelo menos tentar entrar em contato conosco para comentários.

E então cai a ficha. É claro. Margaret.

Não é à toa que ela estava toda esquisita na manhã seguinte.

Pego meu celular, que não vejo desde de manhã. Como esperado, tenho mensagens de Violet e Thom, e de outras pessoas da escola. A da Violet disse: *hummm você sabia que está no jornal hoje?* Nem olho para o que Thom mandou. As pessoas estão enviando links para a história no Twitter e no Facebook.

Garagem de família local pichada com injúria racial. Abaixo da manchete, uma foto da porta da nossa garagem com as palavras espalhadas.

Vândalos atacaram uma família chinesa local com injúrias raciais na segunda--feira, confirmou o departamento de polícia. O vandalismo foi registrado como dano criminal à propriedade privada por enquanto, embora uma investigação esteja em andamento. As moradoras da casa, que incluem Xuefeng Wang e suas filhas Margaret e Annalie Flanagan, estão chocadas com o incidente. "Isso realmente mostra que o racismo nesta comunidade está firme e forte", disse Margaret à Gazeta.

Fico cada vez mais quente enquanto leio até não conseguir mais continuar. Margaret foi até o jornal. Ela não disse nada para mim, e aposto que também não disse nada para mamãe.

Audrey está boquiaberta na minha frente, com os olhos arregalados.

Isso é exatamente o que eu *não* queria que acontecesse. Isso, pessoas olhando para mim com uma mistura de pena e escândalo, as desculpas intermináveis que certamente as pessoas estão me mandando. Estou diferente agora, distante. E não é por causa do vandalismo, mas porque Margaret escolheu nos fazer de vítimas. Margaret decidiu nos marcar e me sinto mais diferente do que nunca. Odeio isso.

A expressão de Audrey me enoja. Meu estômago revira.

— Preciso ir — digo a ela.

Suas mãos tremem de surpresa.

— Agora?

Um cliente no balcão pigarreia.

— Licença. Alguém vai pegar meu pedido?

— Você provavelmente deveria cuidar disso — digo. Retiro meu avental e o penduro na porta.

— Você vai fazer uma pausa? Quando você vai voltar? — grita ela atrás de mim. Mas já saí da sorveteria.

Seis

MARGARET

Quando chego em casa, Annalie está esperando na mesa de jantar, furiosa. Mamãe está cozinhando ao fundo, de costas para mim, então não consigo ver o rosto dela.

Tudo explode em questão de segundos. Annalie bate uma cópia da *Gazeta* na minha frente.

— Olha isso.

Nossa história está na primeira página. Eles finalmente imprimiram. A manchete grita em letras maiúsculas.

— Quer explicar como você foi parar no jornal?

Mamãe se vira e me encara.

— Eu falei com eles — digo baixinho.

Annalie está muito mais brava do que eu a vi em muito tempo. Suas narinas se dilatam.

— Certo. Pelas nossas costas. Você nem nos contou depois. Eu tive que descobrir pela Audrey Pacer na Sprinkle Shoppe. A idiota da Audrey Pacer! Ah, e pelas redes sociais. Eu descobri por eles e não pela minha própria irmã.

Coloco minha bolsa no chão com cuidado, apoiada na parede da cozinha. Não contei para Annalie e mamãe porque sabia que, até que a *Gazeta* publicasse a história, elas poderiam ligar para o jornal e insistir que não fosse impressa.

— Desculpe por não ter te contado.

— A propósito, nossos nomes estão aqui. Obrigada por incluir, novamente sem nos avisar. Meu Deus, não acredito que você fez isso.

Talvez seja o fato de eu ter revisado cinco pautas seguidas sem parar hoje e editado centenas de notas de rodapé no formato adequado de acordo com o guia de estilo legal, ou os três dias de opressão silenciosa em uma sala com meu ex-namorado, que me odeia e terá que conviver comigo até o final do verão. Ou o fato de estar olhando para a foto da nossa garagem com as letras vermelhas estampadas na frente, impressas na *Gazeta* agora para todos verem. Um balão familiar de raiva se enche novamente em meu peito.

— Por que você está gritando comigo? Nossa garagem foi vandalizada por racistas, e sua primeira reação é ficar brava por eu ter divulgado? Que coisa mais escrota é essa? — grito com ela.

Os olhos da mamãe vão e voltam entre Annalie e eu. Ela caminha até a mesa de jantar e pega o jornal. Seus dedos apertam as páginas.

— O que é isto? — pergunta ela.

Não suporto olhar para ela, mas não preciso porque Annalie é mais barulhenta.

— Você não pode simplesmente aparecer na nossa porta depois de se mudar há um ano e fingir que de repente manda na família, como se pudesse tomar decisões por todas nós — diz Annalie. — Você nem mora aqui e vai embora no final do verão, mas nós ainda vamos ter que morar aqui, e ainda vamos ter que lidar com a merda a que você nos expôs na frente de toda a cidade.

Dou uma risada irônica.

— Foi *você* que me chamou pra cuidar disso, porque você sabia que não conseguiria. Então não aja como se eu tivesse ultrapassado totalmente os limites. Era isso que você queria.

— *Não* era, não. Esta é a nossa vida, não uma chance pra você provar o quanto é dedicada a questões sociais.

Suas palavras me perfuram com tanta força que fico muda.

— Você está sempre fazendo coisas assim — reclama ela. — E agora está voltando porque viu uma chance de estar no centro das atenções novamente.

— Não é sobre isso! Você acha legal ser xingada daquele jeito? Você está do lado dos racistas?

— E daí, alguém pichou alguma merda estúpida no portão da nossa garagem. Quem se importa?

— Você realmente acredita nisso? — pergunto a ela, tremendo. — Você realmente acha que não é nada de mais?

— É, sim! — grita ela. — Mas você está fazendo tudo ser sobre você. E nós? E o que nós queríamos fazer? Você sabe o que eu quero fazer? Pare de nos transformar no foco disso tudo. Eu posso ser antirracista e mesmo assim não querer ser a cara do seu movimento. Mas você não me deu nenhuma chance. — Ela engole. — Você tem alguma ideia de como era ir pra escola e constantemente ouvir as pessoas tirando sarro de como você está sempre brigando por nada?

Apesar de estar na faculdade há um ano, ouvir isso me faz congelar. Não é como se eu não soubesse, mas odeio como parece uma ferida aberta.

— Desculpe por ter sido tão difícil pra você. Deve ter sido mesmo muito sofrido — zombo dela.

Mamãe deixa cair o jornal e ele cai com uma vibração.

— Chega! Meninas, parem de gritar — explode ela.

Ela fica entre mim e Annalie como se estivesse nos protegendo uma da outra.

— E não usem palavrões.

Ela se vira para mim, sua expressão carregada de decepção.

— Você não disse que deu uma entrevista. Deveria ter nos contado. Deveria nos deixar decidir.

Sua desaprovação dói. Sempre doeu.

— Nenhuma de vocês está levando isso a sério — digo.

As duas estão juntas agora do outro lado da mesa, me encarando como se eu tivesse feito algo imperdoável a elas, mesmo com a foto na primeira página aberta entre nós. Voltamos ao nosso velho padrão de mamãe e Annalie contra mim, e não posso vencer.

Eu balanço minha cabeça.

— Não consigo entender vocês duas. É como se quisessem sofrer bullying.

— Tente nos entender, Jinghua — diz ela com firmeza. — Nem tudo é uma luta.

— Mas algumas coisas deveriam ser! — insisto.

— Não grite comigo. Você nunca ouve. — Ela é dura e final.

— Mãe! — Estou tão furiosa que não consigo baixar a voz. — Pessoas atacaram nossa casa porque somos chinesas! Você não quer fazer algo sobre isso?

Ela adiciona mais água à panela fervendo, balançando a cabeça.

— Sempre haverá pessoas más — diz ela. — Você tem que aceitar. Coisas ruins acontecem com chineses neste país o tempo todo. O que reclamar vai adiantar?

Sua passividade me irrita. Como ela pode dizer isso? Como pode ser um capacho? Minha mãe *nunca* falou nada quando as pessoas a tratavam mal, nem uma vez. Nem quando eu tinha seis anos, na primeira série, e um menino me perguntou, bem na frente dela, se o nome dela era "Ching Chong". Ela não consegue ver que está se encaixando em todos os estereótipos sobre ser recatada e tímida? Por que quer ser isso para suas filhas? Eu me recuso a ficar quieta.

— Eu não escolho aceitar — digo com firmeza. — Não vou, mesmo que vocês duas aceitem.

É infantil, mas saio e vou para o segundo andar para poder ter a última palavra, mesmo que isso signifique perder o jantar.

Ninguém me impede.

Não durmo bem naquele final de semana. Apareço no escritório na segunda e juro que as olheiras sob meus olhos se tornaram a característica definidora do meu rosto. Rajiv já está lá. Ele geralmente está. Ele gosta de chegar cedo e se acomodar.

Geralmente não nos cumprimentamos. Eu me sento na mesa e me preparo para começar um quarto dia de silêncio.

Não consigo parar de pensar se deveria ter agido de outra maneira em relação à reportagem. Por um lado, magoei minha família. Eu as peguei de surpresa. Sabia que isso aconteceria antes de ir para a *Gazeta*. Mas eu realmente não esperava que elas ficassem com tanta raiva.

Por outro lado, ainda acredito que, se eu tivesse dito algo antes, elas teriam me impedido de ir ou impedido a publicação do artigo. Teria sido tão ruim? Minha mente dá voltas e voltas.

Annalie deveria saber por que fiz isso. Ela sabe o que significa ser chamada de Xing Ling. *Ou*, uma vozinha maldosa dentro da minha cabeça diz, *talvez ela não saiba porque não é ela que parece chinesa.*

Coloco meus fones de ouvido e ligo o computador, me preparando para uma manhã miserável. Assim que aumento o volume da música, sinto um toque no meu ombro.

— Oi — diz Rajiv.

Ele estende uma xícara de café quente. Com ambas as mãos. Como uma oferta de paz.

Apenas fico boquiaberta diante dele.

Ele coloca o café em minha mesa.

— É pra você. Puro, sem açúcar. Se ainda é assim que você toma seu café, pelo que me lembro.

— Obrigada — agradeço, espantada ao ouvir sua voz, mas também pelo fato de que ele ainda se lembra de como eu tomo meu café.

Ele esfrega a nuca e torce a boca como se fosse difícil pensar no que dizer.

— Li sobre o que aconteceu na sua casa.

— No jornal?

— Alguém me mandou uma mensagem sobre isso. O artigo está rodando pela internet.

— Certo.

Uma pausa carregada.

— Olha, parece que foi realmente uma merda. Fiquei triste de ver aquilo. Espero que você esteja bem. — Ele gesticula para o café. — Achei que era o mínimo que podia fazer.

— Obrigada — digo novamente. Não tenho certeza se me recuperei do choque de ele ter falado comigo.

— É por isso que você voltou pra cá no verão?

— É.

— Entendo. Então não tinha a ver comigo — diz ele baixinho, quase que para ele mesmo.

Meu rosto deve ter me denunciado, porque ele dá uma risada curta e afiada.

— Tá, isso foi um pouco narcisista da minha parte. Claro que você tinha um motivo diferente.

Não digo a ele que bloqueei intencionalmente todas as suas atualizações.

— Não, não voltei aqui especificamente para atormentar você. Não sou uma stalker — digo, e ganho um pequeno sorriso dele. — Caso você não tenha notado, eu também achei uma droga o universo ter me colocado no mesmo escritório que a pessoa que tem menos vontade de me ver novamente.

— Isso não é verdade — diz ele lentamente.

Não consigo ler sua expressão.

Resisto à vontade de dizer: *Não é o que parece*. Provavelmente teria soado amargo.

— Ah, desculpe — diz ele depois que eu não respondi. — Que situação bizarra. Podemos começar de novo? Devo dizer que, depois de três dias sendo frios, não tenho certeza de que seja viável fazer isso durante todo o verão. Não vamos fazer isso.

Ele estende a mão.

— O que você quer que eu faça com isso?

— Apertar? — Ele suspira. — Você é exatamente como me lembro.

— Vou ignorar isso. — Pego a mão dele e nos cumprimentamos.

Seus dedos quentes enviam faíscas pelas minhas veias. Eu nem sabia que ainda podia me sentir assim. Achei que todas as terminações nervosas da minha pele tinham morrido. *Não é permitido*, digo a mim mesma com firmeza. Contra as regras do aperto de mão amigável. Meu corpo ainda não está acostumado com o toque de Rajiv sendo algo estritamente platônico.

Entretanto, percebo que também não sei como é ser estritamente platônica com ele. Já fomos amigos antes, mas isso foi há muito, muito tempo. Por outro lado, também não tenho certeza de que "amigos" seja o que pretendemos ser. Colegas de trabalho amigáveis? Parece trágico.

— Você fez aquela entrevista com o jornal sozinha, não foi?

Concordo com a cabeça.

— Sabia. As únicas citações eram suas, embora o artigo mencionasse sua mãe e sua irmã. — Ele se inclina contra o canto de sua mesa. — Aquilo foi corajoso.

Eu encontro seus olhos.

— Você acha?

— Sim. Vocês todas devem ter ficado tão chateadas.

— Elas definitivamente não concordam. — Tomo um gole do café. Está forte e quente. Revigorante.

— Por quê?

— Eu não disse a elas que daria uma entrevista.

— Ah. — Ele sorri. — Bem a sua cara.

— Você está do lado delas?

Ele levanta as mãos.

— Ei, eu não estou tomando nenhum lado. Apenas estou dizendo que não é nada menos do que eu esperaria de você.

— Eu não queria que a polícia considerasse isso um crime qualquer de dano à propriedade. Achei que a mídia seria a melhor maneira de fazê-los prestarem mais atenção ao caso. Você acha que foi a coisa certa a se fazer? — pressiono.

Não sei por que estou perguntando. Não é ele que tem que me perdoar. Mas Rajiv é honesto e nunca me diria algo só porque eu quero ouvir.

Ele esfrega o queixo, pensando por um tempo.

— Margaret — diz ele devagar. — Se você está pedindo minha opinião, então sim, acho que você fez a coisa certa.

Eu suspiro.

— Se ao menos você pudesse convencer minha família disso.

— Bem, você não pode esperar que todos vejam as coisas do seu jeito o tempo todo.

— Infelizmente — digo a contragosto.

Ele se senta em sua cadeira e coloca uma quantidade aceitável de espaço entre nós dois novamente.

— Então você vai passar o verão aqui para manter a família unida e cuidar de todos?

— Não. A essa altura, tenho certeza de que elas preferem que eu volte para Nova York e as deixe em paz. — Respiro fundo. — Estou aqui pra ter certeza de que vamos descobrir quem fez isso.

Ele ri e se volta para seu computador.

— Falou como uma verdadeira advogada. Parece que é a profissão certa pra você.

Eu sei que isso não significa que somos amigos nem que ele queira nada do tipo, mas sua aprovação significa tudo para mim. Estou surpresa, mesmo depois de todo esse tempo, com o quanto ainda me importo.

Sete

ANNALIE

A sra. Maples, uma viúva que mora do outro lado da rua, aparece no dia seguinte à publicação do artigo e nos traz uma bandeja enorme de berinjela à milanesa para expressar seu apoio à nossa família. É muito gentil da parte dela, mas honestamente, como a Audrey, isso só me deixa mais desconfortável. Nós não somos amigas de nenhum dos nossos vizinhos, só trocamos acenos se estão fazendo jardinagem, então tê-la na minha porta parece um tanto surpreendente.

— Você nem parece chinesa — ela me diz quando entrega a bandeja.

Como a vez em que alguém disse a Margaret no supermercado que seu inglês era "tão bom", ou a vez em que meu professor da quarta série disse à mamãe durante um encontro de pais que adorava biscoitos da sorte. Coisas que me fizeram estremecer.

Estou feliz por Margaret não ter atendido a porta para a sra. Maples. Seu comentário me irrita, mas mordo a língua e agradeço a ela. Ela não fez por mal. O que eu deveria fazer? Gritar com uma velhinha por ser racista sem querer? Não é como se ela estivesse pichado uma injúria racial no nosso portão. Mas sei que Margaret não teria sido tão generosa. Ela estaria dando um sermão na sra. Maples sobre microagressões e me dizendo para parar de ser tão covarde.

★

Eu não volto para a Sprinkle Shoppe. O gerente me liga algumas vezes e finalmente deixa uma mensagem de voz dizendo que estou demitida, o que na verdade é muito engraçado para mim, porque parece bastante óbvio que fui eu que me demiti.

Continuo vendo a expressão sombria e empática de Audrey na minha cabeça. Embora eu não gostasse de Audrey e sua cara de nojo constante, a expressão de pena foi mil vezes pior. Não consigo engolir isso. Mesmo que me faça parecer extremamente frágil por desistir depois do meu suposto trauma.

O mais irritante é que Margaret nem pediu desculpas. Nem depois que briguei com ela naquele dia, nem depois. A cada refeição que se seguiu que fizemos juntas, continuo esperando que ela peça desculpas — se não por ir ao jornal, então pelo menos por nos magoar —, mas isso nunca acontece. Acho que é demais supor que ela fosse fazer isso. Se tem uma coisa que Margaret detesta fazer é admitir estar errada.

— Por que você está deixando ela se safar com isso? — pergunto à mamãe quando estamos sozinhas de noite, lavando a louça. — Ela está estragando tudo. E nem vai pedir desculpas.

— Sua irmã... Ela vê as coisas de forma diferente de nós — diz ela, seu rosto aflito.

— Não quero ela por perto — respondo brutalmente. — Queria que ela voltasse pra Nova York.

— Não diga isso! Ela é sua irmã.

— Realmente não parece que somos parentes.

Mamãe faz uma pausa enquanto me entrega um prato limpo.

— Você sempre foi muito diferente — diz ela.

Seu comentário me faz afundar um pouco. Sei dos muitos modos pelos quais somos diferentes. Há uma estante dedicada aos prêmios que Margaret recebeu ao longo de sua vida. Não tenho nada disso. Margaret pode ser um pé no saco, mas mamãe também se gaba dela o tempo todo. Aos amigos, aos estranhos. Não me lembro de um momento em que ela fez isso por minha causa. Mesmo sabendo que ela se dá melhor comigo.

— Não é uma coisa ruim — diz ela. — Eu gosto que você não seja igual. É chato quando irmãs são exatamente iguais.

— Mas quem é a sua favorita? — provoco.

— Eu não tenho favorita. Vai dar tudo certo. Margaret fará o que ela precisa. Nós vamos sobreviver.

— Por que não mandar ela não fazer essas coisas?

— Você acha que Margaret me escuta? — pergunta ela, indignada. — Ela nunca me ouve.

— Então eu sou a melhor?

Ela dá uma olhada ao redor.

— Você é melhor em me ouvir.

— Ok, *favorita*. Não vou contar pra Margaret.

Eu a faço rir.

Pessoas da escola me mandam mensagens sobre o artigo, todas expressando simpatia. De certa forma, é bom que as pessoas se importem, mas após um tempo, começa a ficar desagradável ter que responder várias vezes e depois encontrar algo profundo que não seja estranho para dizer sobre isso.

A verdade é que não sei o que sinto, se é raiva ou tristeza ou uma combinação dos dois. Acho que o mais próximo que consigo chegar é: instável.

Não é algo que eu saiba compartilhar com as pessoas pelas quais passo casualmente pelos corredores. Porém, muitos colegas sentem a necessidade de entrar em contato e compartilhar alguma palavra de consolo com uma linguagem totalmente inadequada para a situação. O que posso dizer? De quantas maneiras diferentes posso dizer que foi horrível? O que significa ouvir as palavras *sinto muito* tantas vezes de pessoas que não estão se desculpando por si mesmas?

Thom me manda mensagens também. Não sei como responder, então depois de um tempo escrevo de volta para ele: *está tudo bem. Não* está tudo bem, mas o que posso dizer nessa situação? Não estou pronta para compartilhar meus pensamentos mais profundos e sombrios com ele. Eu não quero assustá-lo, nós ainda nem saímos juntos.

Gostaria de saber que tipos de mensagens Margaret está recebendo, mas não estamos nos falando. Eu sei que é injusto ficar mais brava com ela do que com quem vandalizou nossa garagem, mas é mais fácil concentrar minha raiva nela. Ela é possível de ser identificada. Ela está aqui. E continua agindo de um jeito superpresunçoso sobre o fato de que toda a vizinhança está falando sobre nossa garagem.

Não suporto ficar perto dela, mas estou totalmente presa quando estou em casa.

É Violet quem finalmente me dá a ideia de outra coisa para fazer.

— Margaret está organizando um grupo pra discutir sobre relações raciais — digo a ela enquanto assistimos ao nosso programa de culinária uma tarde. — Aqui. Nesta cidade. Quantas pessoas não brancas existem aqui? Eu tenho que sair desta casa.

— Por que você não arruma outro emprego?

— Acho que é meio tarde. As pessoas já pegaram todos os turnos de verão algumas semanas atrás.

— Por que você não tenta se candidatar na Bakersfield? Está sempre cheio, e a padaria nunca tem atendentes o suficiente.

— Bem, ele claramente contratou alguém neste verão.

— O que significa que está contratando — pressiona ela. — Você é uma confeiteira de mão cheia. A torta de creme de banana que fez semana passada quase fez minha mãe chorar.

Sua sugestão cai como um raio. Passo tanto tempo mexendo em receitas, mas nunca pensei em trabalhar com isso. Só faço comidinhas para família e amigos, e porque gosto. Mas por que não tentar arrumar um emprego na Bakersfield? Eu não consigo preparar algumas das coisas complicadas na vitrine, com certeza, mas faço um bolo com cobertura de creme de chocolate que deixa qualquer um de boca aberta, uma tartelete de maçã de primeira. Eu sei fazer o básico e sou muito boa em improvisar com o que vejo na TV.

Só arrumei o emprego na sorveteria para me aproximar de Thom. A ideia de um trabalho de que eu possa gostar de verdade é meio empolgante.

— Sinto que todas as suas ideias coincidentemente são supervantajosas para você — digo com um sorriso.

— O que importa, se a ideia é boa? — responde ela, toda inocente. — Fui motivada pela possibilidade de doces de graça? Claro. Mas isso é apenas um pensamento secundário distante.

— Sempre me colocando em primeiro lugar.

— Exatamente.

É assim que acabo na Padaria Bakersfield bem cedo de manhã, assim que ela abre, com as minhas melhores roupas, que não me façam parecer uma adolescente preguiçosa, e vou pedir ao velho Bakersfield que me dê um emprego.

Ele olha para mim, sobrancelhas franzidas.

— Perdão, o quê?

— Gostaria de me candidatar a um emprego aqui — repito.

— Não tem vagas aqui — diz ele depois de pausa incrédula.

Violet me falaria para ser mais assertiva. Ela me faria vender meu peixe. Resisto a todos os meus impulsos internos de agradecer e ir embora.

— Mas eu sei que você está contratando pessoas — aponto.

— Eu não sei do que você está falando. Eu trabalho sozinho.

Ele é firme e insistente, embora eu saiba que está mentindo, porque vi um novo caixa. Ele me encara, me desafiando a contradizê-lo.

— Eu faria qualquer coisa — digo finalmente. — Chegar cedo e arrumar de manhã. Varrer os pisos. Limpar as janelas. Atender os clientes. Posso ajudar na confeitaria. Eu posso cozinhar qualquer coisa!

— Ajudar na confeitaria? — Ele me olha de cima a baixo. — O que você sabe sobre confeitar?

— Sou uma boa confeiteira.

— Qual é o seu nome mesmo?

Desenvolvimento positivo.

— Annalie.

— Certo. Você e aquela garota asiática baixinha vêm muito aqui.

Eu estremeço um pouco.

— O nome dela é Violet — eu corrijo.

Ele hesita, mas depois balança a cabeça.

— Sinto muito. Mas não preciso de nenhuma ajuda. Não tem outros lugares onde você pode conseguir um emprego?

— Eu quero trabalhar aqui.

Deixo de fora a parte sobre me demitir-barra-ser demitida da Sprinkle Shoppe. Provavelmente não melhoraria as minhas chances de ser contratada.

— Você nem precisa me pagar muito.

Boa habilidade de negociação, Annalie. Tempos desesperadores requerem medidas desesperadas.

Ele suspira.

— Você nunca vai me deixar em paz?

— Não.

Ele resmunga alto. Já tem gente parada em frente da vitrine, tentando escolher o que quer para o café da manhã.

— Então tá. Tudo bem — diz ele.

— Sério?

Estou impressionada com a minha sorte, chocada por ter convencido ele a dizer sim.

— Oito dólares por hora, nem mais nem menos. Esta primeira semana será um teste. Se não funcionar ou não for lucrativo, você vai embora.

— Entendido.

— Venha pra trás do balcão. Tem um avental extra atrás das portas duplas. É um dos meus, então pode ficar grande, mas é o que tem.

— Pera, agora? — estou surpresa, despreparada.

— Pensei que você disse que queria um emprego.

— Eu quero!

— Então sim, agora mesmo.

Eu corro para os fundos para me juntar a ele. Por sorte, coloquei sapatos confortáveis hoje. Pensei em usar salto, mas decidi que não seria sensato para uma entrevista em uma padaria.

— Atrás das portas duplas fica a cozinha. Se você virar à esquerda logo depois de entrar, tem um escritório onde eu faço e guardo toda a papelada. Você não precisa entrar lá de jeito nenhum. Eu que cuido dessa parte. À direita fica o banheiro. Você sabe fazer massa folhada?

Concordo com a cabeça, feliz por não estar começando do zero.

— Tem o que precisa na cozinha. Farinha, açúcar e sal são estocados ao longo das prateleiras, manteiga a granel na geladeira. Quero que você faça massa folhada suficiente para vinte folhas e guarde na geladeira pra que estejam prontas para amanhã de manhã. Vamos ver como sairão do forno. Não faça besteira.

Com isso, ele se volta para os clientes e me deixa com minha tarefa.

Eu timidamente empurro as portas duplas. Elas se abrem para um mundo prateado e espaçoso. O cômodo é longo e estreito, se estendendo até os fundos. Há duas ilhas, uma contra a outra, no meio, uma de aço inoxidável e uma de madeira. Os cantos da cozinha são cercados por balcões de aço inoxidável e prateleiras bem abastecidas. Há uma grande geladeira industrial de um lado e uma enorme pia de semiencaixe. O piso é de ladrilho quadriculado em preto e branco. Há grandes janelas nos fundos que dão para um terreno cercado e deixam entrar uma forte luz natural. A cozinha cheira deliciosamente a manteiga e açúcar. Esta é a cozinha dos meus sonhos.

O balcão de madeira já tem uma camada de farinha desta manhã. Eu me pergunto a que horas o Bakersfield tem que chegar para preparar todos os doces e pães para o dia, já que a padaria abre às 8h. Provavelmente lá pelas 4h da manhã.

Eu vasculho as prateleiras para reunir todos os ingredientes, me sentindo nervosa. Sei como fazer isso, mas nunca tentando me provar. Há uma despensa fechada, de madeira, com todos os tipos de extratos: hortelã, amêndoa, baunilha. Uma cafeteira no canto com um moedor, empilhada de forma organizada com diferentes tipos de grãos de café. Sacos industriais de farinha estão enfileirados em uma prateleira. Uma batedeira da KitchenAid muito grande e bonita fica na ilha de aço inoxidável.

Ok, digo a mim mesma. *Não estrague tudo.* A adrenalina corre em minhas veias. Esta é a minha chance de mostrar que realmente sei o que estou fazendo. Está tudo bem. *Posso preparar massa folhada de olhos fechados*, digo a mim mesma. Mas nunca fiz esse tanto de uma vez.

Estou mergulhada na farinha até os cotovelos, amassando o primeiro lote de massa no balcão, quando alguém que não é o velho Bakersfield sai do escritório.

— Licença — diz uma voz alarmada. — O que você está fazendo aqui?

Eu me viro e é o Daniel. Eu me pergunto se é alguma alucinação minha, já que Bakersfield não o mencionou, e Daniel parece surgir apenas para gritar comigo.

— Já não te vi antes? — diz ele. Seus olhos se estreitam. — Ah, verdade. A garota grossa da semana passada. Agora você invadiu a cozinha.

— O quê? Eu deveria perguntar o que você está fazendo aqui atrás.

— Bom, Owen Bakersfield é meu avô, então é isso que estou fazendo aqui. Mas de volta a minha pergunta.

O neto! Isso me deixa pasma.

— Vocês são parentes?

— Normalmente, ser neto e avô significa que somos parentes, sim. E você?

Não sei o que esperava da vida pessoal de Bakersfield, mas um neto britânico não estava na minha lista. Eu meio que pensei que ele era apenas um cara solitário e sem filhos.

Daniel está me encarando como se eu fosse uma idiota, e percebo que está esperando por uma resposta. Olho para minhas mãos, cobertas de farinha.

— Eu estou, hum, fazendo massa folhada.

— Certo. Eu estava fazendo uma pergunta um pouco mais geral.

Fico corada.

— Desculpe, acabei de ser contratada. Tipo, trinta minutos atrás.

— Não sabia que ele estava contratando.

— Ele não estava. Eu meio que o convenci.

Ele ergue uma sobrancelha.

— Porque você é uma confeiteira profissional?

— Humm, não exatamente. Mas sei cozinhar.

— Aham — diz ele, soando agressivamente não convencido.

Ele me olha com ceticismo, e de repente estou ciente da mancha de farinha que sinto no meu queixo, meu cabelo preso de qualquer jeito. Estou suada e, pelo reflexo do outro lado do balcão, a maquiagem dos meus olhos está borrada. Sinto como se ele estivesse me avaliando, e eu estou deixando a desejar.

— Quanto tempo você vai ficar com seu avô? — pergunto.

— Até o final do verão — diz ele, parecendo extremamente descontente.

— Estou ajudando meu avô com a contabilidade. Ele é bom para cozinhar, não tanto com os números.

— Eu nunca te vi por aqui antes.

— Isso é porque eu nunca vim para cá antes. A situação familiar é complicada. Sou de Londres.

Aceno com a cabeça, séria.

— Eu meio que percebi isso — digo, tentando fazer uma piada.

Não funciona. Ele franze a testa.

— Na verdade, você não teria como realmente saber. Nem todos os britânicos são de Londres.

Silêncio constrangedor.

— E você vai voltar no outono?

— Vou estudar em Columbia, na verdade. Nova York.

Ele diz isso como Columbi-ER, com um r extra no final.

— Minha irmã estuda na NYU.

— Hum — diz ele evasivamente, como se nada pudesse interessá-lo menos do que esbarrar em alguém que pudesse estar relacionado a mim enquanto estivesse em Nova York.

Bakersfield dá uma espiadela na cozinha.

— Ah, Daniel. Essa é a Aninha. Ela vai trabalhar aqui, supondo que seja boa na cozinha. Aninha, Daniel.

— Annalie — corrijo. — Na verdade, é Annalie.

— Certo. Não foi isso que eu disse? — diz Bakersfield. Ele se vira para Daniel. — Enfim, pare de distrair a menina. Eu não a contratei apenas para te fazer companhia.

Não posso deixar de me sentir levemente eufórica com o aborrecimento de Bakersfield sendo direcionado a outra pessoa.

— Claro que não — diz Daniel, mal-humorado, e passa por seu avô sem mais nenhuma palavra.

— De volta ao trabalho — diz Bakersfield para mim. — Me impressione.

— Sim, senhor.

Thom está tentando me chamar para sair, mas não estou com vontade. Mas sei que vou ter que responder a ele em breve.

Ainda me é estranho que Margaret possa sair e ficar falando tão publicamente sobre o que aconteceu. Sei que outros repórteres vieram pedindo notícias, mas tudo passou só por ela. Odeio isso, mas também não conseguiria fazer o que ela faz, então, de certa forma, fico grata.

A persistência de Thom é ao mesmo tempo emocionante e estranha, porque durante o ano passado inteiro, quando eu morreria por um sorriso dele, não consegui sequer um olhar em minha direção. Mas juro que não vou deixar Margaret estragar mais uma coisa para mim, não quando tudo finalmente está dando certo.

Eu: desculpa por estar sumida.

Ele: tudo bem. fico feliz de saber de você. estava com medo que tivesse desistido de mim. ☺

Eu: não. ainda não.

Ele: kkk ai. parece alguém está de olho em mim. enfim saudades. ainda quer aceitar minha oferta de levar você pra um encontro?

Eu: tão antiquado. tipo quer sair comigo?

Ele: ... depende. sua resposta vai ser sim ou não?

Eu: difícil dizer sem saber qual é o plano. tenho direito de dizer não se for algo mto perigoso ou algo mto chato.

Ele: cuidadosa, hein?

Eu: só quero saber no que to me metendo.

Ele: kkkk, td bem justo. bom a ideia é ir no coffee club no centro. podemos tomar um café, mas depois, tenho uma banda com uns dos caras do time e vamos tocar ao vivo.

Eu: nisso eu poderia ir.

Ele: é?

Eu: claro.

Ele: boa. te vejo lá.

O Coffee Club fica bem no centro da cidade, a uma quadra de distância da Padaria Bakersfield. Do outro lado da rua tem um parque circular com fontes que se iluminam de noite. É provavelmente um dos lugares mais bonitos da cidade, cercado por vários prédios históricos e um local famoso para adolescentes se pegarem. Tento não imaginar qualquer coisa do tipo enquanto passo por lá.

Estou usando um vestidinho preto com sandálias gladiadoras para não parecer arrumada demais. Quero parecer casual, como se não tivesse feito muito esforço. Aperto meus lábios, nervosa, checando o batom no reflexo da tela do celular uma última vez antes de abrir as portas.

A parte de fora do Coffee Club é simples, mas engana. É uma fachada estreita com letras monótonas no exterior de vidro. Porém, a parte de dentro é bem grande. A parte dos fundos é ampla, tipo a Padaria Bakersfield se a parede divisória e as portas não estivessem separando a parte da loja voltada para o público da enorme cozinha nos fundos.

Olho em volta pelo que parece uma eternidade. Odeio ser a primeira pessoa a chegar em qualquer lugar e ter que ficar sozinha enquanto espero que os outros aparecerem. A espera sempre gera ansiedade. Mesmo que não seja racional, sempre me deixa com medo de ter levado um bolo. É por isso que costumo pender para o lado de chegar atrasada. Hoje apareço cinco minutos depois da hora marcada. Não tanto a ponto de ser rude, apenas o suficiente para ser descolada.

A princípio, não o vejo, mas ele surge dos fundos, sorrindo.

Ele é tão bonito que já estou corando da cabeça aos pés.

— Oi — diz ele.

Está vestindo uma camisa listrada e calça vermelha. Sem dúvida está usando perfume. Em qualquer outro cara, seria demais, mas tudo é perfeito em Thom.

— Olá.

Pareço tímida. Estou tímida. Não vou a um primeiro encontro de verdade em tipo, séculos? Nunca admitiria isso em voz alta.

— Um prazer ver você aqui. — Ele se inclina para perto de modo que sua boca está praticamente encostando em minha orelha. — A propósito, você está incrível.

Posso sentir sua respiração contra minha têmpora. Quase desmaio.

— Obrigada.

— Eu estava nos fundos, organizando alguns equipamentos.

— Você está se preparando?

— Ainda não — diz ele. — Em meia hora. Tempo suficiente pra gente tomar um café. Por minha conta, claro. — Ele me leva até a fila. — O que você quer?

Sou muito indecisa, mas acabo pegando um café caramelado bem doce com o dobro da altura em chantili por cima. Thom pega um Americano. Nos acomodamos em um par de sofás perto da janela.

— Minha corrida da tarde não é a mesma sem você — diz ele.

— Desculpe — digo, provocando.

— Por que você saiu?

Dou de ombros. Não quero falar sobre isso.

— Foi por causa da Audrey?

Foi, mais ou menos, mas não realmente.

— Não. Não foi por causa dela.

— Você quebrou mesmo o ar-condicionado para sempre?

Isso me faz rir. Esqueci completamente aquele dia. Parece tanto tempo atrás, apesar de ter passado apenas uma semana.

— Só quero que você saiba que eu me demiti. Não fui demitida.

— Certo. Você saiu antes que ele pudesse te demitir.

Ele está sorrindo, então as palavras saem como uma pontada gentil.

— Não deixe ninguém te dizer o contrário.

— Achei que você era fantástica em servir sorvete. Provavelmente a melhor — diz ele. — Além disso, você era a garota mais bonita de lá.

Essa é minha deixa para me transformar em um tomate de novo.

— Aposto que você diz isso pra todas as meninas.

Ele balança a cabeça, seus olhos nunca deixam os meus.

— Só pra você.

Conversamos sobre a escola e futebol, e como ele vai acampar daqui a algum tempo. Descubro mais sobre a banda, que se chama Áudio Acidental, e aparentemente se apresenta na área quase sempre. Eles praticam três vezes por semana na casa do Thom, onde sua família tem uma sala à prova de som. São cinco pessoas, todos do time de futebol. Thom toca baixo, e ele faz uma piada constrangedora a respeito de tocar baixo daquele filme *Eu te amo, cara*, e consegue fazer uma imitação tão parecida que quase quebro uma costela de tanto rir.

Adoro ouvir sobre tudo isso. Todas essas informações sobre ele que costumavam ser tão inacessíveis e agora estão sendo compartilhadas livremente, com um simples pedido meu. Ele costumava parecer tão inatingível, mas agora, aqui está, sentado na minha frente como se estivesse aqui a minha vida toda e nós não tivéssemos perdido nenhum momento desde que a única coisa entre nós era Justin Frick.

Ele se afasta depois de quarenta minutos para ajudar o resto da banda a se preparar.

— Não poderia deixar de te dar dez minutos extras — diz.

Fico no canto do "palco", um espaço que abriram nos fundos, tomando o resto do meu café frio e observando os caras da banda conectarem as coisas e testar os microfones. Já vi os outros na escola antes, mas nunca conversamos.

Um deles, Jeremy, estava na minha aula de geometria. Sentava no fundo, só falava quando era chamado. Eu não acho que ele já olhou na minha direção duas vezes, mas me cumprimenta junto com os outros caras: Mike, Brayden e Cameron, que os caras chamam pelo sobrenome, "Jones". Eles são todos lindos e em forma, com bronzeados incríveis e sorrisos perfeitos. São todos brancos.

— Prazer em te conhecer, Anna — diz Mike, o vocalista.

Meu nome não é Anna, mas odeio corrigir as pessoas.

— Igualmente.

Os outros caras parecem legais, mas distantes. Thom diz que estavam muito animados para me conhecer, mas obviamente é só por educação. Isso era meio que algo obrigatório para eles. Tento não ficar chateada com isso. Eles provavelmente estão todos concentrados na apresentação.

No momento em que estão se aquecendo, o Coffee Club está quase três quartos cheio, com pessoas chegando o tempo todo. Muitas delas são pessoas que reconheço do colégio. Aceno para Alexa, que morava no meu bairro quando eu era mais nova, mas se mudou para outro lugar no sétimo ano. Embora não sejamos mais próximas, ela sempre foi simpática na escola. Outras pessoas do time de futebol. Líderes de torcida. Todo o grupo de dança está aqui. E vejo Audrey, que me vê antes que eu possa desviar o olhar. Para meu alívio, ela não vem até mim, mas parece surpresa por um momento ao me ver aqui.

Na verdade, ela não é a única. Um monte de gente está me encarando, talvez porque essa não seja bem minha praia, e eu nunca teria aparecido para assistir à Áudio Acidental se não fosse por Thom. Não que eu não goste de música ao vivo, mas esses eventos são para os populares, aos quais não pertenço.

Ainda assim, sou lembrada, de modo desconfortável, de que estar aqui com Thom no Coffee Club — e acho que na escola, se formos adiante com isso — permite que eu me misture de um jeito que não acontece quando estou com Violet e Abaeze. Quando estou com Thom, pareço só mais uma garota branca. Por alguma razão, isso me faz sentir culpada.

Não há ninguém na multidão de que possa me aproximar, mas tento ser corajosa. Fui convidada. Fico um pouco de lado, para ter uma boa visão de Thom e Mike, mas não bem na frente. Muito intimidador.

O bom de estar em um show é que ninguém está prestando atenção em mim. Os olhos das pessoas estão grudados no palco, principalmente quando a música começa. O repertório do Áudio Acidental é o que acho que descreveria como pop rock. É muito barulhento para um café, e não ajuda que eu esteja do lado direito de um alto-falante enorme. Mas o público aparenta gostar bastante, e várias pessoas parecem saber as letras das músicas.

Eu apenas fico de pé e danço de leve enquanto os assisto tocar no palco. Mike tem uma voz bem decente. Fico impressionada ao perceber que eles são bem bons para uma banda do ensino médio. Os dedos de Thom agarram o instrumento e voam para a frente e para trás nas cordas. Mike segura o microfone com as mãos e canta direto nele, a boca a centímetros de distância.

Thom pega o microfone e descreve a próxima música. Todos na plateia estão ouvindo extasiados e depois aplaudindo quando ele fala o nome. Os meninos no palco sorriem. A confiança deles irradia por todo o espaço. Estou convencida de que parte do que torna a música boa é a sua presença. Eles estão gritando para o público cantar junto ou bater palmas e, vez ou outra, eles apontam seus microfones para a multidão e nos pedem para cantar certos versos. Eles estão acima de nós como deuses.

Sou minúscula na plateia abaixo deles. As meninas ao meu redor estão gritando, e uma delas grita:

— Você é muito gostoso!

Sou totalmente ofuscada pela chuva de afeto vinda da multidão. Um grão de areia, perdido e quase invisível contra a luz esmagadora do Áudio Acidental.

Então Thom me acha entre as massas, em meio ao cabelo bagunçado, e sorri para mim, e eu me sinto como uma deusa iluminada. Finalmente vista.

Depois do show, Thom me diz para ficar enquanto a banda guarda as coisas. Pergunto se posso ajudar, e ele ri e me diz para relaxar. Eu não posso só ficar parada lá ou vou me sentir como uma fã obcecada. Então fico no café, ajudando os funcionários a pegar algum lixo aleatório que foi jogado no chão.

Os meninos carregam tudo em seus carros e voltam para conversar por alguns minutos. Mike está vestindo uma camisa de futebol com *Thom* na frente. Está escrito *Sapo* nas costas e o grande número estampado é *69.* Mas não é uma camisa de futebol da nossa escola. Não reconheço as cores nem o time.

— Por que você está vestindo a camisa do Thom? — pergunto.

Todos os caras riem.

— É uma piada interna — Thom me disse. — Todos nós fomos para o mesmo acampamento de futebol fora do estado no verão passado. Na verdade, vamos voltar em algumas semanas. Ganhei essa camisa e, obviamente, Mike, sendo a pessoa madura que é, adorou o fato de que meu número era sessenta e nove.

— Não foi um acidente — diz Mike. — Tínhamos fichas de inscrição para os números das camisas e Thom saiu mais cedo naquele dia, então escolhi a dele. Opa. Achei que você ia adorar!

Ele dá uma cotovelada em Thom alegremente. De repente estou envergonhada, ficando vermelha. Aquilo foi uma indireta ou só uma brincadeira? Thom gosta mesmo de sessenta e nove? Começo a pensar na mecânica disso, que só serve para me deixar mais nervosa. Começo a me perguntar com quantas garotas Thom já transou, e se ele espera que eu tenha feito isso também.

— Acho que foi um trote, já que era meu primeiro ano — diz Thom.

— Peguei uma a mais pra mim — diz Mike. — Como recordação.

Thom suspira com exasperação e sussurra para mim, como se tivesse um segredo:

— Mais uma vez, como eu disse, muito maduro. Enfim, o que você achou do show?

— Foi fantástico! — elogio. — O som de vocês é tão bom. Vocês deveriam participar de uma competição de TV, como o *The X Factor* ou algo do tipo.

Todos eles me dão um olhar meio desconfiado, e percebo que o que disse foi algo nada a ver. Ir a um programa de TV para cantar não é legal. É vergonhoso. Uma pessoa descolada não diria isso.

Um silêncio constrangedor se prolonga talvez por várias eras.

— Fico feliz que tenha gostado — fala Jones finalmente, acabando com minha humilhação.

— Acho que é melhor a gente deixar Thom com o encontro dele — diz Mike, o que poderia ter sido um gesto gentil, mas que também faz com pareça que ele está tentando se livrar de mim. — Obrigado por vir ao show. Foi um prazer conhecer você, Anna!

Todos eles saem pelos fundos o mais rápido que podem, deixando eu e Thom a sós.

— Desculpe — diz ele depois que desapareceram.

— Pelo quê?

— Meus amigos são meio burros às vezes. Não fazem por mal. Eles te acharam ótima.

Eu não acredito de verdade nisso, mas é algo legal a se dizer e alivia um pouco a dor. Entendo. Eu não sou o tipo de pessoa que Thom normalmente namora. Sou tímida, não tenho muitos amigos, e sou meio devagar. Não faço as piadas certas nos momentos certos. Às vezes, quando estou perto de pessoas que estou tentando impressionar, sinto que todas as palavras dentro de mim estão embaralhadas e quero dizer coisas, mas estou constantemente pensando em como tudo vai sair errado. Além disso, fico muito atenta ao meu corpo e as minhas mãos. Sou basicamente uma tartaruga desajeitada andando perto dos populares.

Eu gostaria de poder ser confiante que nem a Margaret. Ela não era popular, mas nunca se importou. Quanto a mim, deixo isso me consumir por dentro até me convencer de que todos estão pensando a respeito tanto quanto eu, o que, logicamente, sei que não tem como ser verdade.

— Vamos — diz Thom, colocando o braço em volta dos meus ombros e me guiando para fora do café agora vazio. É noite lá fora, e hoje à noite, o céu está tão limpo que chega a ser surpreendente. — Estou muito feliz que você veio.

— Eu também.

— Todo mundo já foi embora. Você não precisa mentir pra mim e me dizer que fomos incríveis. O que você realmente achou?

— Eu achei que foram incríveis, *de verdade*. Não acredito que eu nunca ouvi vocês tocarem antes.

Ele sorri, satisfeito.

— Espero que isso mude. Você deveria ir a mais shows.

— Eu definitivamente vou fazer isso — prometo.

— Que bom — diz ele. — Porque eu gosto mesmo de você.

Seus olhos se enrugam enquanto ele sorri. As partes ruins do dia de repente desaparecem e quero viver neste momento para sempre.

Oito

Margaret

Há assuntos sobre as quais nunca posso falar.

Um, meu pai.

Quem ele era ou onde ele poderia estar. Ou mesmo *como* ele era. Na minha casa, não há fotos dele. Não me incomodava muito quando eu era mais nova, porque não percebia que era estranho. Parte de ficar mais velha, acho, é perceber que nem tudo que a sua família faz é normal ou aceitável.

Só mais tarde me dei conta de que era estranho mamãe ter se livrado de todas as suas fotos. Eu tenho uma vaga noção de como ele se parecia nas minhas memórias, mas não sei se essas memórias são confiáveis ou algum truque mental que meu cérebro inventou para preencher um buraco fora do comum. Não é como se eu não soubesse a identidade do meu pai. Eu sei quem ele é e sei seu nome. Eu lembro o suficiente para saber o que estou perdendo.

Dois, o motivo pelo qual Rajiv e eu nos separamos.

Ainda dói quando ele surge em uma conversa entre mim e mamãe.

— Rajiv e eu estamos trabalhando juntos — digo a ela em algum momento depois da primeira semana.

— Ah — diz ela, avoada. — No escritório de advocacia?

— Sim.

Ela dá um tapinha na minha mão.

— Bom ficar em contato com seus amigos do ensino médio.

É como um tapa. Não éramos apenas amigos. Concordo com a cabeça, incapaz de contradizê-la, até mesmo agora. Ela nem pisca ao pensar em nós trabalhando juntos. Não está nem um pouco preocupada. Acho que isso deixa pior.

Quando vou para o trabalho agora e nos cumprimentamos de manhã, observo seus olhos. Espero ele trazer à tona o quanto foi horrível a minha traição. O motivo pelo qual ele nunca me ligou ou me mandou uma mensagem depois da noite em que tudo acabou. Ele nunca faz isso. Sempre me pergunto se é porque ele superou, ou se decidiu que simplesmente não suporta falar sobre o assunto, como eu.

Deixo essas coisas enterradas lá no fundo. Embora ache que sou muito diferente da minha mãe, em alguns aspectos somos iguais. Minha família guarda seus segredos. Todas nós temos coisas que não dizemos.

A Fisher, Johnson faz uma atividade uma atividade beneficente anual no verão. Deve ser uma chance de retribuir à comunidade, com o bônus de os estagiários conhecerem melhor os advogados. Este ano, é um voluntariado em um restaurante comunitário local.

Todos nós nos reunimos de manhã em nossas melhores roupas casuais para pôr as mãos na massa. O restaurante comunitário fica a cerca de quinze minutos a pé da firma. A calçada é bem estreita, então todo mundo se junta aos seus colegas mais próximos para conversar. E é claro, Rajiv e eu ficamos no final do grupo, olhando um para o outro.

— Vamos? — diz ele.

Ele está vestindo uma camiseta branca leve com gola em V e calça jeans. A parte desagradável do meu cérebro percebe que as calças fazem sua bunda parecer incrível. Eu imediatamente me viro para olhar para qualquer lugar menos lá.

Andamos atrás de todos. Ficamos melhores em quebrar o silêncio nos últimos dias, mas ainda não encontramos o ritmo certo.

— O artigo sobre a sua família é o que todo mundo está falando — diz ele. — Entre as pessoas que nos conhecem, pelo menos.

Eu sei. Não uso muito as redes sociais, mas tenho visto algumas coisas. As pessoas também me mandam mensagens. Não respondo. Não tem muito o que eu tenha a dizer a ninguém daqui. Na maioria das vezes, são condolências, exceto uma.

— Você viu o post do Sean Reynolds?

Rajiv estremece.

— Sim. Mas ele sempre foi um idiota. Eu ignoraria.

Sean era da nossa turma no ensino médio e um dos copresidentes da equipe de debates. Ele tinha muitas opiniões sobre tudo e odiava quando alguém discordava dele. Seu avô já foi o prefeito da cidade. Seu pai estava na câmara municipal. Ele sempre teve uma atitude de dono do lugar, não importava onde ele estivesse. Nós brigamos muito no ensino médio quando ele perdeu a posição de presidente de classe para mim. Ainda estava no conselho estudantil, e nunca concordamos em nada.

Ele compartilhou o artigo do jornal, mas escreveu um longo post sobre como o artigo estava retratando injustamente a comunidade e como eu estava fazendo parecer que a cidade inteira era racista. *É compreensível que Margaret esteja chateada, mas não é desculpa para apelar a uma questão racial, e seus comentários afastam potenciais aliados*, ele escreveu. *Tal resposta a um incidente isolado e infeliz nos divide ao invés de nos unir.*

Enquanto muitas pessoas comentaram em meu apoio, teve muita gente curtindo e compartilhando o post também. Tentei não buscar uma vingança pessoal contra todas aquelas pessoas.

— Não posso acreditar que ele realmente disse que *eu* apelei a uma questão racial. — Balanço a cabeça. — Aparentemente sou eu quem está errada, apesar de alguém ter escrito um xingamento preconceituoso no *meu* portão. Tenho essa teoria de que só as pessoas racistas mais discretas falam em apelar a uma questão racial. Claro que o Sean tinha que fazer esse incidente ser sobre ele, como sempre.

— Você não deveria deixar ele te incomodar — diz Rajiv. — Ele claramente não mudou.

— A questão é que muitas pessoas concordam com ele! Pensam que eu falar publicamente sobre racismo é mais ofensivo do que um crime de ódio. As pessoas prefeririam que eu apenas ficasse triste, sozinha e de boca fechada. Então eles poderiam ser os heróis e expressar simpatia sem se sentir desconfortáveis. Meu trabalho não é evitar que as pessoas se sintam desconfortáveis.

— Posso ver que Nova York não acalmou você.

Olho para ele bruscamente.

— Relaxa — diz ele com um sorriso. — Estou brincando. Concordo com você. Não deve pegar leve com ninguém. Mas também não vai convencer Sean. Ele só fez isso para causar problemas. Você sabe que ele nunca vai aprender a ver nada da perspectiva de outra pessoa. — Ele encolhe os ombros. — Por que se importar com pessoas assim? Se tudo que você tivesse feito fosse chorar para o repórter, mesmo assim ele teria dito que você estava exagerando.

Eu resmungo.

— Quando você se tornou tão sábio?

— Sempre fui sábio. Você é que raramente me ouvia.

— Rá, rá.

— Enfim, você está gostando de Nova York?

— Amando — digo. É verdade. — É tudo o que eu imaginava que viver em uma cidade grande poderia ser.

— Parece que foi uma boa escolha — concorda ele.

— A melhor. Você não imagina. Nunca não tem coisas pra fazer. E tudo o que você poderia querer está ao seu alcance. Tipo, eu posso comprar um sanduíche de café da manhã feito na hora andando cem metros. Posso pedir pizza às três da manhã. Posso comer a melhor comida tailandesa a qualquer hora. Posso ir para os melhores museus do mundo em cinco paradas de metrô. E é tão diverso. Ninguém nunca vai te olhar estranho, porque ninguém é parecido e sempre tem alguém mais estranho na próxima esquina. — Não paro de falar, mas não consigo me conter. Contar sobre a cidade me lembra do quanto sinto falta de estar lá.

Chegamos ao restaurante comunitário. Rajiv e eu logo ficamos responsáveis por descarregar as caixas de doações nas prateleiras dos fundos, provavelmente porque somos jovens e podemos continuar nos curvando sem quebrar nossas costas. Diferentes latas de legumes e sopas precisam ser organizadas em suas seções.

Rajiv abre uma caixa de papelão cheia de latas.

— Eu passo pra você, e você coloca na prateleira?

— Claro.

Ele pega uma lata e me entrega.

— Sopa de tomate.

Eu pego a lata e procuro pelas etiquetas nas prateleiras até encontrar o lugar certo. Fico na ponta dos pés para colocá-la no lugar.

— Sabe, eu nunca fui pra Nova York — diz ele. — Eu tenho um primo em Nova Jersey, mas isso é o mais próximo a que já cheguei.

— Você deveria ir visitar.

— Talvez. Eu não tenho ninguém com quem ficar ou passear.

Um incômodo paira no ar. É fácil esquecer que não somos mais nada um para o outro, o que significa que não faz sentido para nós nos visitarmos.

— Macarrão instantâneo de frango.

Ele entrega outra lata. Nossos dedos se tocam na troca. Eu coro e me afasto.

— A menos que você queira dar um rolê.

— Ah.

Eu ouvi direito?

— Foi só uma sugestão — diz ele de forma suave, claramente interpretando mal minha hesitação.

— Não sabia se você iria querer. Não pensei que fossemos amigos.

— Ok — diz ele. — Não como amigos. Mas eu precisaria de um guia turístico. Eu não sei nada sobre a cidade.

Não posso conter o sorriso. Por que ele está sendo tão legal? A tensão entre nós diminui.

— Como guia turístico. Posso fazer isso. Você vai me pagar? Não ofereço meus serviços de graça.

— Se você tiver um preço razoável.

— Me dê um retorno — diz ele, sorrindo. — Creme de milho. Pega.

Ele me joga uma lata, e eu a pego.

— Não jogue coisas — brigo com ele. — Você sabe que a minha coordenação é horrível. Eu vou derrubar e então ficaremos encrencados.

— Não está fazendo nenhum esporte na faculdade?

— Definitivamente não. — Enrugo o nariz.

Esportes era uma coisa que eu nunca poderia fazer, especialmente depois de minha tentativa fracassada de jogar tênis.

— Acho que é muito difícil aprender algo novo na faculdade.

— Não necessariamente — diz Rajiv. — Eu comecei algo novo.

— O quê?

— Break — Ele sorri timidamente.

Acho que não ouvi direito.

— Como é que é?

— Eu comecei a praticar breakdance, você sabe, a dança.

— O que te fez começar?

Ele estica as costas e me dá uma lata de feijão-verde.

— Nossa faculdade tem um evento, antes de as aulas começarem para os calouros, em que todos os clubes montam estandes na quadra principal, distribuindo panfletos e tentando fazer com que as pessoas se inscrevam. As pessoas do estande do breakdance eram legais, e eu queria tentar algo novo.

— Uau. Estou impressionada.

— Por quê? Você pensou que eu era muito nerd pra isso? — provoca ele.

Definitivamente não. Rajiv nunca fez parte dos populares no ensino médio, mas ele tinha uma atitude descontraída que fazia com que as pessoas gostassem dele, mesmo que não fossem seus amigos. Ele nunca parecia estranho ou desconfortável. Sempre parecia à vontade, não importava onde estivesse. Ninguém jamais o teria chamado de nerd.

Ele está especialmente não nerd agora, tão relaxado em suas roupas casuais. Seu jeans envolve seus quadris perfeitamente. A luz reflete nos brincos nas orelhas. Seu cabelo longo e solto é uma revelação, e eu gostaria que ele o tivesse quando eu ainda podia passar minhas mãos nele. Estar perto dele me deixa mais calma, menos ansiosa.

— Você nunca foi nerd — digo secamente, rindo do termo. — Mas parece que a faculdade está funcionando bem para você.

Rajiv decidiu ficar no estado e ir para a Universidade de Illinois estudar história, com a intenção de ir posteriormente fazer direito, como eu. Então, talvez tivéssemos terminado depois que cada um seguisse o seu caminho, de qualquer jeito.

— Estou gostando. É longe o suficiente para que eu possa inventar desculpas para não voltar para casa quando minha mãe quer, mas perto o suficiente para que eu possa voltar quando quiser.

— Seria bom voltar para casa no Dia de Ação de Graças — admito.

As passagens para casa de Nova York nessa época são sempre absurdamente caras e super não compensam, visto que as férias de inverno começam três semanas depois. O Dia de Ação de Graças foi mais solitário do que pensei que seria, especialmente com muitos alunos indo embora naquela semana.

— Aposto que é difícil para sua mãe você estar tão longe.

Ele soa genuinamente compreensivo, o que é surpreendente para mim, já que sabe o que a minha mãe pensa dele.

— Ela e Annalie parecem estar bem sem mim. Enfim, vamos parar de falar sobre nossos pais — digo rapidamente. Isso traz memórias dolorosas. — Você vai me mostrar algumas de suas novas habilidades de dança?

Ele ri.

— Não achei que você tivesse interesse em breakdance.

— Não tenho, no geral, mas com certeza estou interessado em ver *você* dançar.

— Você só quer tirar sarro de mim.

— Não! Só parece tão diferente de algo que você faria.

— Bem — diz ele, sorrindo lentamente —, muitas coisas podem acontecer em um ano.

É um lembrete de todo o tempo que perdemos. Porém, o jeito como ele diz isso me deixa esperançosa em vez de triste.

No fim, desempacotamos e organizamos cerca de vinte e cinco caixas de latas. O pessoal do restaurante comunitário acaba arrastando Rajiv e eu para o balcão para servir porções.

Enquanto trabalhamos no turno do almoço, Jessica e eu conversamos sobre como ela é a única sócia na empresa e como foi parar lá. Ela fez faculdade de direito em Chicago e decidiu voltar para casa para ter filhos. Suas credenciais são superimpressionantes. Estou deslumbrada.

No final do dia, ela me diz que está feliz por eu trabalhar lá durante o verão, e se eu quiser uma carta de recomendação para a faculdade de direito, ela está mais do que disposta a fornecê-la.

Vejo Rajiv passar o dia com Johnson, o outro fundador da firma.

Ele é um homem robusto, menor e mais jovem que Fisher, com um cabelo ruivo vibrante que ainda não foi tocado pelo cinza. Os dois parecem estar se dando bem.

Rajiv parece tão diferente de todos que trabalham aqui, com suas orelhas furadas e cabelos extravagantes. Ele parece uma estrela do rock. Estou meio surpresa que um lugar mais conservador o contratou, mas por outro lado, eles seriam tolos em recusá-lo. Ele é perfeito para o trabalho. Além disso, é carismático o suficiente para conseguir conversar com quase todo mundo. Posso imaginá-lo sentado no outro lado de uma mesa de mogno, conversando pacientemente sobre um caso com seu cliente. É engraçado como somos tão diferentes e ainda acabamos seguindo a mesma carreira.

Em uma época, formávamos uma boa equipe.

Nos conhecemos no primeiro ano do ensino médio.

Fomos para diferentes escolas no ensino fundamental que alimentavam uma grande escola do ensino médio na cidade. Estávamos na mesma aula de história. No início do segundo semestre, a professora nos reuniu em grupos de três para um trabalho. Falaram para nós que o objetivo era nos ensinar a ser "colaborativos", como no "mundo real". Nos disseram que todos nós teríamos a mesma nota, então seria bem importante trabalhar em conjunto.

Mas é o seguinte: foi tudo uma farsa total. Trabalhos em grupo são péssimos. O que sempre acontece é que a única pessoa que se preocupa com sua nota faz todo o trabalho, e o resto do grupo se aproveita. Eu odiava isso.

Não podíamos escolher nossos grupos. O meu era composto por mim, por um cara chamado Todd e por Rajiv. O trabalho era fazer um perfil detalhado de um determinado país; geografia, comida, cultura, história etc. Tínhamos que escrever um artigo sobre cada tema. Nosso país era Mauritânia.

Eu não era amiga de ninguém em história geral. Era a menina que levantava a mão para cada pergunta e nunca desviava os olhos do professor durante toda a aula. Portanto, não tinha muitas informações sobre Todd e Rajiv.

Todd era pálido, sorridente e faltava aula quase tanto quanto aparecia. O tipo de cara para quem eu teria que fazer todo o trabalho.

Rajiv era um cara quieto que costumava sentar perto dos fundos da sala, mas não lá no fundão. Ele chegava na hora, conversava com as pessoas ao seu redor, mas não parecia estar em um grupinho ou ser melhor amigo de ninguém. Ele era um borrão em minha mente. Um pontinho no meu radar. Parecia alguém com quem eu poderia contar para fazer a parte dele e não estragar tudo.

Fomos para o canto. Eu disse a eles em termos bem claros que íamos tirar um dez no trabalho, e que se eles não se importassem com a nota que tiravam, então deveriam pelo menos ter a decência de não estragar a minha.

Rajiv tinha um leve sorriso no rosto.

— Você está zoando com a minha cara? — exigi.

Ele balançou sua cabeça.

— Definitivamente não.

Comecei a dividir o trabalho, explicando quem faria que parte.

Todd bufou.

— Desculpa. Você tem um problema?

Ele revirou os olhos para mim.

— Sim. Tenho.

— E o que é?

— Você não pode simplesmente decidir quem vai fazer o quê.

— Por que não? Alguém tem que fazer isso.

— É, bem, eu não recebo ordens de uma garota.

Eu podia sentir minhas orelhas ficarem quentes.

— Desculpe, você tem cinco anos? Tem medo que eu tenha piolho?

— Você não pode ser o líder deste grupo. Meninas não podem ser líderes. — disse ele como se fosse um fato, nem mesmo um insulto. Dava para notar que realmente acreditava nisso. — Quero dizer, há uma razão para não termos mulheres na presidência.

Acho que foi o mais perto que cheguei de ser violenta em sala, porque eu seriamente teria dado um soco nele se Rajiv não interrompesse. Ele agarrou minha mão, o que teria sido uma grande violação da minha bolha pessoal, exceto pelo fato de que eu estava em tanto choque e raiva que não estava em posição de detê-lo.

— Ok, ok, vamos todos respirar fundo. Margaret, acho que o seu plano parece ótimo. Todd, cale a boca e faça o que mandamos pra gente poder tirar dez.

Alerta de spoiler: Todd não fez nada. Rajiv e eu acabamos fazendo tudo sozinhos.

Mas, em algum momento entre seu primeiro sorriso e quando disse a Todd para calar a boca, eu me apaixonei por ele.

— Como é estar de volta em casa no verão? — me pergunta Rajiv por cima de alguns tacos de peixe.

Passamos a almoçar juntos após o evento do restaurante comunitário. Normalmente, caminhamos até um dos restaurantes por perto, já que estamos no centro, e nos sentamos nas mesas de piquenique do parque no final do quarteirão. Como uma regra não dita, não falamos do passado. É tão fácil. Se alguém me perguntasse há um mês se isso era possível, eu nunca teria acreditado.

— Sendo sincera? Provavelmente o mesmo de quando eu morava aqui antes. Muita tensão. Evitamos falar umas com as outras. Superdivertido.

Ele ri.

— E o que fez você pegar um emprego de volta aqui no verão? Sempre pensei que você queria ir para o oeste da Califórnia. Uma boa oportunidade.

— Eu me inscrevi em algumas coisas. Não sei. Talvez no próximo verão. Não era a hora certa — diz ele vagamente, desviando o olhar. — Você também não pretendia deixar Nova York.

Então ficar aqui não era sua primeira opção. Conheço Rajiv o suficiente para saber quando há algo que ele não quer falar. Antes, eu sempre conseguia tirar isso dele. Mas agora, não acho que seja o meu lugar fazer isso.

— Acredito que era o destino que nós dois estivéssemos aqui — diz ele finalmente. Não com flerte, mas com seriedade. — Meu horóscopo...

— Ah, fala sério. — Tenho que rir.

— Muitas coincidências.

— Você é muito supersticioso.

— Concordo em discordar. Nossos horóscopos sempre diziam que não éramos compatíveis — ele brinca.

Essa referência à nossa antiga vida não me passa despercebida.

— Bem, nesse caso, não posso discordar.

Ficamos em silêncio um pouco depois disso. Penso em como é estranho estar sentada aqui com meu ex-namorado, alguém que eu estava convencida de que nunca mais veria na vida, brincando sobre nosso antigo relacionamento como amigos.

— Alguma notícia sobre o caso? Algo que eu possa fazer pra ajudar? — diz ele enquanto jogamos fora nossos guardanapos e recipientes de papel.

— Nenhuma notícia — respondo. — É uma droga. É como se eles tivessem levado todas as informações e, em seguida, tivessem entrado em um buraco negro. Não sei se algum dia vou receber alguma atualização ou o quê.

— Hum. Talvez espere mais uma semana. Imagino que eles tenham que entrevistar os vizinhos e tal.

— Quer dizer, é o mínimo — digo secamente. — Mas quem sabe? Ninguém parece se importar muito com isso. Ninguém se machucou.

— Você acha que foi apenas um crime aleatório?

Tenho pensado muito nisso.

— Não — digo lentamente. — Não acho. Acho que foi alguém que pelo menos nos conhece um pouco.

Nós nos olhamos em silêncio, não querendo pensar muito sobre isso, antes de voltar para dentro.

Meu terno está coçando. É um tecido de lã, bege-claro, um conjunto, com bolsos bordados e decote arredondado. Parece apropriado para o verão, mas sinto como se estivesse morrendo de calor. Estou usando salto branco de couro envernizado pontudo na frente, que aperta meus dedos dos pés, transformando tudo em um único dedo gigante.

Fico olhando para Rajiv, que também está de terno. Um marinho simples. Eu nunca o vi de terno antes. Fica bom nele, admito. Tão bom que não tenho certeza se o terno melhora a sua aparência ou ele melhora o terno.

Estamos sentados em um tribunal, assistindo a um julgamento. Estamos aqui já faz uma hora depois do almoço, após já termos passado ali três horas pela manhã. Um dos advogados da firma está cuidando do caso. Somos apenas estagiários, é claro, então não podemos nos sentar à mesa com os outros. Em vez disso, estamos na plateia.

É um tribunal estadual bastante impressionante. O prédio foi construído no início do século XIX, quando a cidade foi fundada. Foi maravilhosamente restaurado ao seu esplendor original. As paredes e os pisos são de mármore branco limpo, cheio de veios cinza-claros. O teto é embutido com uma delicada guarnição de ouro. O banco, onde está o juiz e onde se sentam as testemunhas quando são chamadas, e também os outros bancos são de madeira polida.

É um caso de quebra de contrato e fraude entre duas empresas, e estamos representando o réu. O advogado adversário está fazendo um exame direto.

Almoçamos no Subway da esquina com Richard, o advogado principal, e conversamos mais sobre sua carreira e suas opiniões sobre o julgamento até agora. Richard tem um sotaque sulista elegante que faz com que você acredite em tudo o que ele diz em uma declaração de abertura, e com que todas as perguntas que faz às testemunhas pareçam razoáveis e amigáveis. É engraçado como algo tão simples como um sotaque ou um tom de voz, ou até mesmo como você move os braços, pode ter um impacto em seu sucesso como advogado de defesa. É um papel surpreendentemente teatral. A parte de advocacia com que mais tive contato até agora é a parte da papelada, então isso é muito mais interessante.

Você não tem permissão para digitar em seu computador no tribunal, então Rajiv e eu estamos tomando notas cuidadosamente. Ou pelo menos eu estou anotando as coisas no meu bloco de notas amarelo. Rajiv rabisca algo a cada cinco minutos mais ou menos. Minhas notas parecem um esboço bem datilografado. Eu me inclino para olhar para as anotações de Rajiv. Elas são pouco legíveis. Ele sempre teve uma caligrafia terrível. Quando eu faltava à aula e ele me emprestava suas anotações, eram menos do que inúteis. Eu não conseguia ler e elas não pareciam capturar as partes realmente importantes. Mas ele ainda tirava notas tão boas, ou melhores que as minhas, nas provas..

Rajiv escreve algo em uma página, rasga-a silenciosamente de seu caderno e me passa.

Cerro os olhos para tentar ler o que ele escreveu. Olho para ele e balanço a cabeça. Ele ergue uma sobrancelha. Escrevo de volta no papel: *Por favor, escreva usando letras reconhecíveis. Isso não faz sentido nenhum.*

Ele está reprimindo um sorriso, assim como eu. Escreve de forma mais deliberada desta vez e passa o bilhete para mim. Sinto como se estivéssemos no ensino médio, mas nossos celulares estão desligados e em nossas bolsas. Mensagens de texto não são permitidas no tribunal. *Você está realmente fazendo uma lista de perguntas para o Richard?*

Ele está espionando minhas anotações. Faço uma careta para ele.

Isto era pra ser um exercício de aprendizagem, RAJIV. Coloco o ponto final com convicção extra para que a caneta faça um baque suave no bloco de notas.

Você e suas listas, ele escreve. *Isso era para ser divertido.*

O que há de errado com as listas? Escrevo furiosamente. *Elas te mantêm organizado. Não critique até tentar.*

A essa altura, ele desistiu de qualquer pretensão de passar o papel de volta. Ele está ao meu lado, então o papel fica entre nós, e nós dois estamos inclinados sobre ele. Está em seu bloco de notas, o que não é ruim porque ele provavelmente não estava anotando de verdade.

Ahhh, Margaret. Você me fez tentar tantas vezes. Nunca aderi.

Sua perna vestida de azul-marinho está pressionada contra a minha. Seu ombro empurra o meu.

Pare de me distrair do julgamento.

Eu quero dizer isso de várias maneiras. Eu me sinto mais quente do que o normal onde seu corpo está tocando o meu, e está tornando duplamente difícil me concentrar.

Tá bom, ele rabisca. *Não quero interromper esta experiência educacional.* Ele se recosta. Provavelmente é melhor. A escrita dele está ficando cada vez mais confusa a cada troca. Mas ele não se move, então nós dois ainda estamos grudados.

Dou uma espiada nele, e Rajiv não parece perturbado de forma alguma. Não consigo dizer se está tentando me perturbar de propósito.

Mas por qual razão? Não é como se estivesse mais a fim de mim. Certo? Penso na garota em seu Instagram — uma vida totalmente nova que eu não poderia saber. Ele teve meses para tentar voltar comigo, e não tentou. Nem uma vez. Ele está sendo simpático agora, mas certamente não vai fingir que tudo é o mesmo que era antes. Não resolvemos nenhum dos problemas que nos separaram. E, quando ele me viu pela primeira vez neste verão, ele agiu como se quisesse que eu fosse atropelada por um caminhão. Definitivamente não teve nenhum grande plano de mestre em vigor naquela época. O que significa que, se suas intenções em relação a mim mudaram, elas aconteceram só por causa da minha proximidade acidental. Não há nada menos sexy do que isso. Eu não quero ser conquistada só porque estava por perto, a opção mais acessível.

Após cerca de dez minutos, Rajiv se debruça sobre o papel novamente. *EI*, ele escreve.

Por que você está gritando? (No papel.)

EU SÓ PENSEI QUE SERIA MAIS FÁCIL PRA VOCÊ LER A MINHA LETRA SE EU ESCREVESSE TUDO EM MAIÚSCULA.

Que gentil. Você é horrível em ficar quieto.

ESTOU MUITO QUIETO.

De uma perspectiva literal, acho.

SOU UMA PESSOA MUITO LITERAL.

Agora sou eu que estou tentando não rir.

Richard vai acabar percebendo e vamos ficar encrencados.

CASO VOCÊ NÃO TENHA NOTADO, RICHARD ESTÁ UM POUCO PREOCUPADO AGORA. TENTANDO FAZER COM QUE O NOSSO CLIENTE NÃO SEJA CONDENADO POR FRAUDE.

Não é um processo criminal. Nosso cliente não pode ser condenado por nada. O júri vai ficar do lado do reclamante ou do réu.

SABE-TUDO.

Você vai me fazer rir. Pare com isso.

TEM CERTEZA? VOCÊ PARECE SUPERSÉRIA.

Eu tenho que cobrir o rosto e segurar a borda de madeira do banco para evitar que meu corpo trema de tanto rir.

TÃO DESRESPEITOSO, ele acrescenta.

Você está sempre me causando problemas, eu acuso, minha letra ficando cada vez pior.

NÃO É MINHA CULPA SE VOCÊ SEMPRE QUER PARTICIPAR.

É verdade. Eu geralmente gosto de seguir regras, a menos que acredite que a regra é moralmente errada, mas Rajiv gosta de desafiar regras benignas que não fazem sentido para ele. Como não usar meias muito estampadas que são uma distração ou não comer uma banana inteira porque parece muito sexual. Todas as coisas que ele achava que eram estúpidas no ensino médio.

E ele fazia quebrar as regras parecer tão divertido, como quando ele e alguns outros decidiram organizar um dia de matar aula para calouros pela primeira vez na história da escola. Os veteranos normalmente matavam aula sem problemas, nenhuma falta, mas não era aceitável que nenhuma outra turma fizesse isso.

Como presidente do corpo estudantil, eu não aprovava, mas como namorada, não resisti à tentação de matar aula para ir ao parque de diversões.

Todos nós pegamos detenção.

Toda a turma de calouros teve que se sentar no auditório — o único lugar grande o suficiente para caber todos nós — em silêncio por quarenta e cinco minutos depois da aula no dia seguinte.

Ele sempre foi meu calcanhar de aquiles.

Ele está escrevendo no papel novamente.

Estou ajudando com os Sabores da Ásia neste fim de semana. Quer ir ver? Comigo?

Sabores da Ásia é uma feira de comida com todos os restaurantes asiáticos locais da cidade.

Percebo que ele não escreveu essa parte em letras maiúsculas. Eu me pergunto se escreveu, em vez de perguntar depois que saíssemos do tribunal, porque é menos estranho escrever do que dizer em voz alta.

Eu realmente quero dizer sim. Quero. Mas tenho certeza do que dizer sim significaria. Isso iria muito além dos claros limites de relacionamento que estabelecemos até agora. Temos sido cuidadosos em falar apenas sobre assuntos seguros no trabalho. O que nós estávamos fazendo na faculdade, que filmes vimos. Sem sair juntos depois.

Eu não respondo de imediato, então ele começa a escrever novamente.

Ingressos de graça já que estou envolvido. Como você pode recusar?

Ele me observa com atenção. E ele está certo — eu não posso recusar, embora a taxa de entrada não seja a parte difícil de resistir.

Ok, escrevo claramente. Eu tento não atribuir nenhum significado para o golpe baixo de animação em meu estômago quando ele abre um sorriso. *Não tem nada entre nós*, digo a mim mesma. Até os horóscopos dizem isso.

★

Saímos do tribunal pouco depois das 17h. Cubro os olhos contra o sol, piscando para me ajustar da escuridão do tribunal para o brilho exterior. Richard está lá dentro conversando com o advogado adversário. Eles eram colegas de classe da faculdade de direito. É engraçada a rapidez com que as pessoas podem passar de acusações dramáticas contra o outro lado para velhos amigos rindo e dando tapinhas nas costas.

Rajiv e eu estamos nos degraus da frente.

— O que você achou? — pergunta ele.

— Foi interessante. Estou feliz que tivemos que ir.

— Quão longa é a sua lista de perguntas? — Ele sorri.

— Vinte e sete perguntas — admito de má vontade. — Teriam sido mais se você não tivesse me atrapalhado.

— Você pode me agradecer mais tarde.

Uma mulher mais velha, que reconheço como parte do júri, sai do tribunal e para nos degraus perto de nós.

— Oi — diz ela, encostando no meu ombro. — Eu vi você derrubar isso na saída.

É um lenço de seda que amarrei na alça da bolsa. Deve ter se soltado e caído no chão.

Eu pego, agradecida.

— Obrigada.

— De nada, querida — diz ela. — A propósito, de onde vocês são? Vocês dois, quero dizer.

— Nós somos daqui — digo com firmeza. — Desta cidade. Illinois.

Ela sorri.

— Ah, mas antes disso.

Sinto a sensação de irritação formigando em um instante.

— Nós nascemos aqui — digo a ela.

— Seus pais, então.

— Meu pai é americano-irlandês.

Rajiv está olhando para mim e sabiamente decidindo ficar de fora. Eu sei aonde a mulher está tentando chegar, mas me recuso a dar essa satisfação para ela. Isso se tornou meio que um jogo para mim a essa hora, para ver, apesar da minha extrema falta de cooperação, como as pessoas persistem até chegar à pergunta real: *por que você não é branco?*

Seus olhos se arregalaram.

— Você foi adotada? — pergunta ela.

— Não.

— É coreana? — ela tenta novamente. Eu reviro meus olhos para Rajiv muito visivelmente. Ela parece surpresa com minha brevidade com ela.

— Não. Eu sou parte chinesa. Ele é indiano. Obrigada por jogar.

Agarro o braço de Rajiv, e marchamos em direção ao estacionamento sem olhar para trás.

— Ela está nos encarando — ele sussurra para mim enquanto eu o arrasto para longe.

— Eu não ligo.

Não tenho certeza de para onde estamos indo, pois não quero ficar sem rumo no estacionamento sob o olhar da mulher, então o levo para o meu carro. Eu entro. Ele aproveita minha deixa e desliza para o banco do passageiro.

Ficamos ali sentados por um minuto, sem dizer nada.

— Hum — diz Rajiv. — Como já estamos no seu carro, quer, tipo, dirigir ao redor do tribunal por um tempo? Acho que vai ser estranho se ficarmos sentados aqui, sem nos movermos.

Ele estica o pescoço e olha para as portas do tribunal.

— Ela está falando com alguém e olhando pra gente. Provavelmente dizendo a eles que você é uma orientalzinha grossa.

Eu tenho que rir.

— Tá.

Eu giro a chave na ignição, e o motor desperta com um ronronar. Saio do estacionamento e vou para a rua. Não parece certo estar dirigindo com Rajiv. Ele é seis meses mais velho do que eu, então, no ensino médio, nos acostumamos a ser ele aquele que nos levava por aí. Tento não ficar nervosa com ele me julgando dirigindo.

Estou na segunda volta e tentando decidir quantas vezes deveria dar a volta no tribunal quando o celular de Rajiv toca. O meu celular ainda está desligado na minha bolsa. Eu deveria ver e ter certeza de que mamãe não ligou.

Ele olha para a tela por alguns instantes.

— Você se importa? — pergunta ele educadamente. — É a minha mãe.

— Imagina — digo.

Eu resisto ao desejo de dizer a ele para não mencionar que ele está comigo, mas provavelmente, ele é inteligente o suficiente para não falar isso sem minha ajuda.

— Oi, mãe — diz ele.

Vandana Agarwal é uma mulher baixa e larga, mas poderia muito bem ter dois metros de altura, já que sempre parece ser a pessoa mais importante em qualquer lugar.

Ela e eu só falávamos de passagem. Ela raramente sorria. Não que fosse necessariamente uma coisa ruim. Afinal, minha mãe sorria muito para Rajiv, mas tinha poucas coisas boas a dizer por suas costas.

Eu posso ouvir sua voz baixa do outro lado da linha, mas não o suficiente para entender o que está dizendo.

— Estou saindo do julgamento — diz ele. — Indo pra casa agora. — Pequena mentira. — Sim, eu posso pegar isso no caminho pra casa. Está bem, amo você. Tchau. — Ele desliga a ligação.

A última vez que vi a mãe dele foi na formatura do ensino médio. Ela estava de pé com o pai de Rajiv, um distinto homem alto de terno cinza. Ele é um anestesista do principal hospital da cidade. A sra. Agarwal estava usando um vestido rosa brilhante bordado com flores. Tivemos uma turma de formandos de um pouco mais de cem pessoas; era difícil evitar a família de alguém, mas especialmente difícil para nós não notarmos a presença um do outro, já que éramos duas de talvez oito famílias asiáticas.

Cruzamos nossos caminhos enquanto todos se reuniam após a cerimônia, tirando fotos com amigos, comemorando o marco. Rajiv não conseguiu fazer contato visual comigo, mas sua mãe, sim. Ela se virou quando estávamos passando sem jeito e olhou direto para mim. Eu vi um piscar de simpatia em seu rosto, e então não pude mais vê-la. Ela foi tomada por outro grupo que passou conversando entre nós. E foi isso. Nós nunca nos falamos depois que Rajiv e eu terminamos, e não a vejo desde então.

— Bem, eu deveria ir — diz ele, sem olhar para cima.

O clima no carro fica claramente para baixo. Eu me pergunto o que sua mãe disse para ele no telefone. Talvez nada. Apenas a presença de nossas mães é francamente suficiente para desenterrar as más lembranças.

— Então te vejo neste fim de semana no Sabores da Ásia?

— Claro. Sua mãe vai estar lá? — desabafo, incapaz de me conter.

Ele me olha engraçado, e não consigo dizer se está chateado ou surpreso.

— Não — diz ele depois de um instante. — Ela não vai estar lá.

Eu encosto e o vejo sair do carro, sua mandíbula apertada enquanto ele se afasta.

Acho que nunca saberei o que ele disse para a mãe depois que terminamos. A diferença entre mim e Rajiv, independentemente do que nossos pais sentiram, é que, apesar de tudo, ele sempre nos colocou em primeiro lugar. Eu, quando precisei, não fiz o mesmo. Então, antes que eu percebesse, o perdi. Nunca vou conseguir superar isso. A culpa queima.

Nove

Annalie

Não há nada como a felicidade de ouvir Thom Froggett dizer que gosta de mim. A memória é como uma música chiclete que não consigo tirar da cabeça. Fica passando na minha mente várias e várias vezes, e sempre me enche de prazer, como uma árvore de Natal acendendo de uma vez só.

A única coisa que estraga um pouco a minha mais pura felicidade é a Violet me atazanando para saber se agora estamos juntos ou não.

Nós nunca falamos sobre isso, então não sei.

Violet não entende por que não posso simplesmente perguntar para ele.

Mas como as pessoas saem perguntando esse tipo de coisa? Como toco no assunto se não surgir naturalmente? Parece tão ultrapassado perguntar se a gente está namorando. É como se eu fosse perguntar se ele quer namorar firme. Posso até imaginar ele rindo da minha cara. Não quero ser uma garota desesperada. Quero ser tranquila, casual. Eu consigo ser casual.

Além disso, Thom e eu estamos trocando mensagens direto ao longo do dia. Mantenho as coisas leves e provocadoras. Não forço nada. Não é o suficiente? Com o tempo vai ficar óbvio que estamos juntos, e posso ser paciente.

Enfim, nós ainda nem nos beijamos, embora estejamos planejando outro encontro.

★

É bom que eu tenha algo pelo qual esperar, porque a primeira semana na padaria é dura. Pensei que tinha sido contratada porque fiz uma massa folhada razoável, mas Bakersfield logo me joga um balde de água fria.

— Muito duro — diz ele sobre minha primeira leva de scones. — Você bateu a massa demais. E a textura está errada. Não misturou a manteiga e o açúcar na medida certa, então ficou muito denso. Jogue fora. Tente de novo.

E esses foram bons comentários. No começo ele limita o meu tempo sozinha na cozinha, e a pressão de seus olhos sobre mim é controladora.

— E se você quebrar algo? — pergunta ele. — Esses equipamentos da KitchenAid valem mais que a sua vida.

— Então, se tivesse um incêndio, você salvaria os equipamentos em vez de mim? — digo, em uma tentativa de aliviar o clima.

— Sim — diz ele sem nem hesitar. — E não seja fresca.

Volto a esfregar o aço inoxidável até ver meus poros no reflexo.

A única vez em que eu me sinto um pouco melhor sobre mim mesma é nas poucas ocasiões em que o Daniel tem a má sorte de ir na cozinha.

Ele aparece enquanto estou lá com o Bakersfield e diz:

— Quando você tiver terminado aqui, preciso que vá até o escritório. Não consigo descobrir onde estão as anotações das despesas.

— Elas estão na segunda gaveta do topo do armário — diz Bakersfield, irritado. — Eu já te falei.

— Não estão lá — insiste Daniel.

— Você não está procurando direito.

Daniel leva a mão até a testa como se estivesse esperando uma intervenção divina para manter a paciência.

— Só vem aqui quando tiver acabado.

— Você deveria estar facilitando as coisas pra mim — resmunga Bakersfield.

— É, bem, eu não teria que estar organizando seu armário se o seu contador não tivesse te demitido, o que, por sinal, eu nem sabia que era possível. Pensei que isso só acontecesse ao contrário.

Eu tusso para esconder uma risada.

Bakersfield se vira e alterna seu olhar feio entre mim e Daniel. Encaro a bancada e começo a jogar farinha mais agressivamente, como se fosse a coisa mais interessante no mundo.

— Nenhum respeito! De nenhum dos dois. Pensei que pelo menos os europeus deviam ser educados.

— Você pensaria o contrário se visitasse algum dia. Estarei no escritório — retruca Daniel. — Passe se quiser ou não. É o seu negócio, não o meu.

A porta se fecha.

— Do que você está rindo aí? — grita Bakersfield para mim. — Acha que isso é engraçado?

Levanto minhas mãos, ofendida.

— Eu não disse nada!

— Se tiver que fazer esses scones uma *terceira* vez, vou te mostrar quem é que demite quem por aqui.

É um dia abençoado quando, depois de uma semana e meia, Bakersfield finalmente me deixa sozinha na cozinha sem ficar por cima do meu pescoço. Acho que passei no primeiro teste e ainda estou empregada. Só tenho permissão para fazer scones por enquanto, mas é um progresso. Como a rainha absoluta da cozinha, posso fazer intervalos quando estou cansada de ficar em pé, e posso colocar música.

Coloco músicas melosas da Taylor Swift no volume máximo e fico dançando enquanto misturo a massa melada.

Bem quando estou cantando o segundo verso de "You Belong with Me", Daniel aparece, sério como uma pedra.

— Licença.

— Sim?

— Pode abaixar o volume?

Estou me sentindo um tanto generosa hoje.

— Claro. — Abaixo o volume. — E não vou cantar. Admito que não sou uma boa cantora.

Seus lábios se viram e formam um sorriso do tipo que, se você piscar, perdeu. Mas logo seu comportamento inteiro volta a ser sério.

— Enfim, o que eu tinha que te falar é que o carregamento de mirtilo dessa semana vai atrasar.

Como cliente fiel, eu sabia que todas as frutas no verão eram frescas, vindas de fornecedores locais. Falta de mirtilo não é uma boa notícia.

— Mas eu estou no meio de uma fornada de scones de mirtilo — digo, não tão generosa.

— Certo, e se você tivesse checado a geladeira, teria notado que não tem mirtilo lá.

Jogo as mãos para o ar, formando uma nuvem de farinha.

— É, e o que eu vou fazer agora?

— Meu avô está cuidando do balcão. Eu posso comprar os mirtilos no mercado.

— Tipo uma quantidade industrial de mirtilos?

— Correto. — Ele parece muito animado com a ideia.

— Está bem — digo. — Acho que então só vou esperar até você voltar. Ele não se mexe.

— Sim? Precisa de algo mais de mim?

— Eu não tenho carteira de motorista.

— Ah. Quer dizer aqui nos Estados Unidos?

— Quero dizer em qualquer lugar — diz ele, parecendo irritado. — Você pode dirigir nos Estados Unidos com uma carteira do Reino Unido. Eu só não tenho uma. — Ele dá de ombros — Não preciso ter carro em Londres. Mais um dos meus erros em vir pra cá.

Suspiro.

— Tá, então por que você seria designado pra comprar os mirtilos?

— Você pode me levar? — Ele parece sofrer só de ter que perguntar.

— Você não pode pegar um Uber ou algo do tipo?

— E acha que um motorista do Uber simplesmente vai deixar eu encher seu porta-malas com uma quantidade industrial de mirtilo no caminho de volta?

— Isso lá é verdade.

Talvez a expressão na minha cara pareça aflita o suficiente. Ele passa a mão no cabelo escuro.

— Olha, desculpa.

— O quê?

— Desculpa por ter sido um idiota nas últimas semanas. Não tem nada a ver com você. Eu meio que estava descontando em todo mundo. Prometo ser legal se você me levar ao mercado.

— É sério?

— É sério.

Estendo a mão e ele aperta, parecendo estar se divertindo.

— Fechado. Meu carro está lá trás. Só vou lavar as mãos.

De algum modo, a viagem de dez minutos é a porta de entrada para Daniel começar a falar como se eu estivesse cronometrando seu tempo e fosse cortá-lo se continuasse por muito tempo. Enchemos o carrinho com, bem, basicamente todos os mirtilos que conseguimos comprar no mercado.

Ele faz careta.

— É minha culpa. Eu tinha toda uma ideia de como seria vir pros Estados Unidos e me aproximar do meu avô, mas nem passei perto.

— Você não conhecia seu avô antes?

— Não, nós éramos distantes até ano passado. Não eu, por assim dizer. Meu pai. Ele e meu avô... bom, eles nunca se deram bem. Não poderiam ser mais diferentes. Meu pai sugeriu cuidadosamente que talvez não fosse a melhor ideia mergulhar de cabeça assim, já que eu não o conhecia muito bem e nunca tinha saído do Reino Unido. Mas sabe, na minha cabeça, meu avô e eu íamos nos dar bem.

— O que aconteceu entre seu pai e seu avô?

— A Padaria Bakersfield esteve aqui desde sempre. Meu avô começou quando era bem novo. Acho que a vida toda pensou que o meu pai ia querer tocar o negócio. — Ele ri. — Bom, o meu pai odeia confeitar. É bem ruim na cozinha no geral, o que posso comprovar por experiência própria.

Nunca teve interesse em gerenciar um pequeno negócio. Ele ia bem na escola e queria fazer direito e política internacional. Só conheço meu avô das poucas semanas que passei aqui até agora, mas acho que ele quase não sabe do que se passa fora deste estado. Ele não conseguia nem entender o que meu pai queria fazer. Enfim, tudo acabou explodindo com o tempo. Meu pai disse para ele que não queria nada com o negócio e por fim acabou indo trabalhar numa ONG em Londres, onde conheceu minha mãe. E a gente sempre morou na Europa.

— E seu pai nunca disse nada sobre seu avô?

— Assim, eu sempre soube que o meu pai era americano. Acho que os dois pararam de se falar e nenhum dos dois teve coragem de entrar em contato com o outro.

— Então quem entrou em contato primeiro?

— A minha mãe, na verdade. Depois que decidi fazer faculdade nos Estados Unidos. Ela achou que já chegava. Meu pai e meu avô nunca seriam os primeiros a ceder. Acho que têm isso em comum, uma incapacidade de estar errados. Incrível como meus pais conseguiram ficar casados por tantos anos.

— Incrível — repito, sorrindo.

Posso perceber que, pelo jeito que ele fala sobre eles, seus pais são muito felizes. Não penso muito sobre o meu próprio pai, em parte porque, quando ele surge no assunto, a mamãe fica toda tensa, e Margaret entra num mau-humor sem igual. Mas às vezes eu sinto um baque de — o quê? Um vazio, talvez. De ser lembrada de algo que você nunca percebeu que perdeu.

— E aí?

— E aí que eu tive essa ideia de, em vez de visitar por um final de semana, tipo num feriado ou, sei lá, depois que me mudasse, passar o verão com meu avô. Você sabe, pensei que eu descobriria uma relação profunda com um parente perdido e exploraria minhas raízes americanas, como algum especial emocionante da BBC.

Sua boca se retorce ironicamente.

— Pelo visto não está indo do jeito que você esperava?

— Isso é pouco. — Ele faz uma careta — Ele mal me tolera. Passa a maior parte do dia em silêncio. Quando abre a boca, todas as vezes é para dizer como o meu pai fez a escolha errada trinta anos atrás. Repete tanto isso que até eu imploro para que voltemos ao silêncio. Ele não parece perceber que, se o meu pai tivesse feito outra escolha, eu não existiria.

— Sinto muito.

— Para ser sincero, andei pensando que seria melhor desistir e voltar pra Londres. Mas aí teria que ouvir meu pai dizer "eu te disse" um milhão de vezes. — Ele passa a mão pela nuca. — Isso talvez fosse pior do que ouvir as grandes críticas de meu avô.

— Parece que todos os homens Bakersfield são mais parecidos do que se imagina.

Ele me olha torto.

— Minha mãe disse o mesmo pra mim quando liguei pra reclamar.

Dou risada.

— Bem, acho foi muito corajoso da sua parte vir pros Estados Unidos pela primeira vez e ficar numa cidadezinha em que não conhece ninguém.

— Corajoso ou idiota. Nada do que geralmente sou.

Escolhemos o caixa de autoatendimento, assim não temos que explicar ao caixa por que estamos comprando um milhão de pacotes de mirtilo, quando percebo uma menina da minha sala. Ela faz contato visual comigo, e seu rosto se transforma em câmera lenta de reconhecimento para compaixão.

— Ai, não — resmungo. — Vai, vai, vai. Passa mais rápido.

— Que foi?

— Só vai logo!

É tarde demais. Gemma Morgan vem até nós. Não tenho nenhum lugar para me esconder. Por um momento, eu me imagino saindo correndo e deixando o Daniel pagar sozinho por nove quilos de mirtilo.

— Oi, que bom te ver — diz Gemma.

Algo estranho a se dizer, considerando o fato de que acho que Gemma só falou comigo duas vezes na vida, e uma para pedir emprestada uma caneta na aula de literatura avançada.

— Ouvi dizer o que aconteceu na sua casa.

Ela fica analisando meu rosto, como se estivesse esperando que eu chore ou grite sobre a injustiça ou não dê importância como se não fosse nada de mais. Mas não sei qual é a reação certa.

— É — digo, me sentindo estranha.

Daniel continua passando os mirtilos sem se apresentar, e eu não o apresento nem digo mais nada. Gemma balança de um lado para o outro.

— Sinto muito — diz ela depois de muitos segundos.

O som do leitor de código de barras apitando soa alto em meus ouvidos. Seria cômico se não fosse assustador.

E depois? Deveria dizer obrigada? Eu também? Estou bem? Todas essas coisas não parecem certas, tipo dizer *você também* quando um garçom te diz para aproveitar sua comida. Imagino vivenciar de novo alguma versão dessa conversa uma centena de vezes no primeiro dia de aula.

— Pois é — digo, depois de me atrapalhar. — Hum, enfim, preciso ir. Correria. Bom te ver. Tenha um ótimo verão!

Pego três sacolas e quase dou com tudo nas portas automáticas da saída, em uma tentativa de fugir para o estacionamento.

Colocamos tudo no porta-malas e estou arfando e bufando enquanto desabamos nos assentos no carro.

— Então — diz Daniel enquanto recupero o fôlego. — Isso foi estranho. Quer explicar o que aconteceu?

Coloco as chaves na ignição e bufo.

— Na verdade não, mas acho que não vai ter jeito.

— Isso vai valer a pena — digo a ele enquanto esperamos pelos scones de mirtilo assarem.

É final de tarde agora, horas após a nossa ida ao mercado. Depois que ele ajudou a descarregar tudo, não parecia justo não deixar ele provar o produto final.

— Então, você na verdade é metade chinesa? — é a primeira pergunta de Daniel depois que eu lhe conto a história da garagem.

A pergunta surge toda vez que as pessoas descobrem. Sempre espero as pessoas me dizerem que não pareço nada chinesa. Quando eu era mais nova, isso costumava me deixar feliz, porque geralmente diziam isso como um elogio. Só percebi mais tarde que não era.

— É mais fácil dizer em relação a minha irmã. Ela se parece com a minha mãe.

É a minha resposta padrão para dar início a uma série de perguntas adicionais constrangedoras.

Ele inclina a cabeça.

— Ah, legal — diz ele simplesmente.

A resposta dele me surpreende da melhor forma.

— E ainda sem ideia de quem possa ter feito? — ele continua.

— Esse é o trabalho da polícia. — Dou de ombros — E da minha irmã — acrescento, enrugando o nariz.

— Parece que vocês não se dão muito bem.

— Pois é. E não está ajudando em nada.

— Bem, isso foi uma coisa repugnante de ter acontecido. E sinto muito pela dificuldade que está causando para sua família.

De alguma forma, vindo dele, não é tão ruim, embora talvez seja o jeito que ele está olhando para mim, direto nos olhos, sincero. Eu sei que é genuíno.

— É mesmo repugnante — repito. — Só espero que passe logo.

O forno apita e tiro as formas. Com as luvas, coloco um scone em um prato e passo para ele.

— Está quente. Cuidado.

Eu o observo, ansiosa.

Ele assopra, delicadamente pega o scone entre os dedos e dá uma mordida hesitante. Posso praticamente ver seus olhos se revirarem.

— U-au — diz ele, e eu brilho. — Isso está incrível. Você é realmente uma boa padeira. Meu avô deveria ter você como neta em vez de mim.

— Obrigada. Quer dizer, eu passei *muito* tempo assando scones semana passada porque seu avô disse que eles não estavam bons, então acho que a prática leva à perfeição. Mas a boa notícia é que agora ele me tolera.

— Me ensina — diz ele brincando. — Se eu pudesse cozinhar assim, talvez meu avô me amasse.

— Mas ele ama você.

— Não tanto quanto ele te ama, se isso é o que você faz.

Fico corada, e comemos nossos scones em silêncio.

— Acho que eu provavelmente deveria voltar pros livros. Obrigado por me levar. Pra ser sincero, se eu passar outro dia enfiado no escritório sem falar com ninguém, sou capaz de enlouquecer.

— Até mais, Daniel.

Ele para na porta.

— Até.

Só percebo muito mais tarde, quando estou dirigindo para casa, que ele não precisava ir comigo comprar os mirtilos. O pensamento me faz sorrir.

— Eu te prometi que te levaria pra outro lugar além da sorveteria — diz Thom.

Estamos no centro durante o entardecer. As bordas escuras dos prédios sombreados cortam o céu cintilante. É a minha hora favorita do dia. E Thom e eu acabamos de comprar crepes doces na creperia local. Agora estamos só andando por aí, olhando as vitrines das lojas enquanto passeamos. O ar é fresco e agradável nas minhas pernas de fora. Hoje a noite parece mágica.

— De alguma forma parece que todos os nossos encontros envolvem coisas doces — digo enquanto subimos a rua.

— Coisas doces para uma garota doce. — Ele sorri.

— Que cafona.

— Mas verdade.

Ele segura a minha mão. Meu coração dispara. Tento gravar tudo sobre essa noite na minha mente, para eu poder revivê-la e nunca esquecer. Quero lembrar o doce cheiro de verão. Quero lembrar a sensação dos seus dedos entrelaçados aos meus. Tenho certeza de que esse é o começo do resto da minha vida.

Passamos pela padaria, e vejo Bakersfield lá dentro, levemente iluminado contra a única luz atrás do balcão. Ele está varrendo antes fechar a loja.

— Ah, consegui um novo trabalho aqui.

— Na padaria?

— É.

Thom levanta suas sobrancelhas.

— Você realmente é a rainha das sobremesas. Você é tão boa em confeitaria quanto você é em servir sorvete?

— Melhor.

— Difícil de acreditar. Você era incrível lá atrás pegando sorvete.

Tento não ficar completamente vermelha. Se isso fosse a Inglaterra Vitoriana, eu precisaria de alguns sais e um divã para desmaiar.

Ele coloca o braço ao redor das minhas costas, a mão envolvendo minha cintura.

A fonte localizada bem no centro da cidade, na diagonal da frente da padaria, está toda iluminada com lâmpadas subaquáticas e luzes cintilantes nas árvores. O parque do beijo, como chamam.

Sentamos em um banco. Minha cabeça se encaixa embaixo de seu queixo. Eu me sinto trêmula e nervosa, mas elétrica com as possibilidades. A água brilha contra as luzes.

Engulo em seco. Não contei isso para Thom, mas nunca beijei ninguém antes, e tenho certeza de que ele sim. E se eu for horrível? E se minha boca não souber se mexer do jeito certo? Como é que as pessoas aprendem a beijar?

Acho que prefiro morrer a ouvir dizer que beijo mal.

— Annalie?

— Aham?

Tento ficar calma e não analisar demais as coisas, o que é completamente impossível. Não posso olhar para ele. É muito intenso. Eu sei que ele está olhando para mim. Ele coloca a mão embaixo de meu queixo e vira meu rosto. Sangue corre para minha cabeça e me sinto tonta, mas ele está firme ao meu redor. Ele se inclina para baixo.

O momento em que ele está vindo até mim, sua iluminada pele dourada a centímetros de mim, dura segundos e uma vida inteira ao mesmo tempo.

Mas então seus lábios estão nos meus e não consigo pensar em mais nada. Estamos nos beijando.

Estamos nos beijando!

Estou imóvel e apavorada, mas também triunfante. Seus lábios estão firmes contra os meus, e consigo sentir sua língua passar em meus lábios de leve. Não consigo nem fechar os olhos de tão nervosa, então eu o encaro, a centímetros de distância de seus olhos fechados. Graças a Deus que ele não consegue me ver.

Finalmente, ele para pra respirar, e eu sou uma nova pessoa.

— Esse foi o meu primeiro beijo — solto, sem conseguir me conter.

— Sério? — diz ele, pausadamente. Ele parece ter dificuldade em achar o que dizer depois. — Uau. Que fofo. — Me sinto aliviada. Ele segura a minha mão. — Foi bem bom pra um primeiro beijo, hein?

— Acho que sim.

— Fico feliz que tenha saído comigo hoje, A.

— Eu também — sussurro. Uma pausa. Limpo a garganta. — Eu, hum, devia ir pra casa.

— Peraí. Está falando sério? — Ele parece desapontado.

— Sim.

De repente estou me levantando, com as pernas moles. Não sei o que me fez dizer isso. Não quero ir para casa. Quero ficar fora a noite inteira. Quero dançar até o sol raiar. Mas estou muito cheia de emoções, e não acho que consigo manter essa versão descolada de mim mesma na frente de Thom por muito tempo. Talvez dez minutos. Quinze. Tudo vai por água abaixo depois disso.

Preciso ligar para Violet. Ou pular na cama. Ou tomar cinco doses de café *espresso*. Mas não posso estar nesse parque com Thom.

Isso parece a forma errada de reagir a ter beijado um cara que pode ser o meu suposto namorado (beijá-lo faz com que seja automaticamente meu namorado?) — esse desejo de passar *menos* tempo com ele em um momento crucial, em vez de *mais*. Ainda assim, não posso conter minha fuga.

— Vem comigo até o estacionamento? — digo por cima do ombro.

— Claro, está bem. — Ele parece tanto surpreso quanto entretido, mas ele me alcança. — Você é boa em dar uma de difícil.

— Eu?

— Tenho a sensação de que você está sempre fugindo de mim. — Ele dá um sorrisinho. — Logo, logo terei você por mais de um encontro curto.

— Logo — digo, me sentindo avoada, tonta. — Tenho que deixar o mistério no ar.

Enquanto nos aproximamos da Padaria Bakery, percebo uma figura alta parada na frente da fachada. Não sei quando ele apareceu. Ele se vira para trancar a porta. Está escuro agora, e estamos longe das luzes. Mas ainda consigo reconhecê-lo.

É o Daniel. Ele me vê.

Ele não diz nada. Só arruma os óculos, coloca a chave no bolso e vai embora na outra direção.

Dez

MARGARET

O painel no banco de trás do meu carro é enorme. Foi difícil colocar para dentro, e não sei como vou tirá-lo. Fico encarando aquilo, protegendo os olhos da luz forte do céu azul.

— Oi!

Rajiv vem andando pelo estacionamento com um grande sorriso.

— Você veio!

— É claro que vim.

— Ai, não — diz ele enquanto se aproximava. — Você tem um painel gigante de justiça social?

Ele espia a janela de trás. Passei ontem à noite juntando fotos da nossa casa, cercada de fatos e estatísticas sobre crimes de ódio contra americanos de origem asiática. Supus que o assunto teria uma boa audiência no Sabores da Ásia.

— Não aja como se você estivesse surpreso.

— Não estou nem um pouco surpreso.

Ele não parece surpreso. Na verdade, está com uma cara de cachorro contente. É tão radiante que não dá para não ficar feliz perto dele.

— Guardei um lugar pra você perto da barraca da minha tia.

— Tudo bem para sua tia?

— Sim, claro. Minha tia Amita. Você já conheceu ela, acho. Ela gosta de você.

Eu me seguro para não dizer: *Então é a única da sua família.*

Ele abre a porta.

— Bom, vamos lá, então.

O painel não é tão pesado, só é grande, e suas dimensões fazem com que seja difícil para uma pessoa só carregar. Mas ele coloca debaixo do braço com toda a facilidade.

O Sabores da Ásia fica num velho centro comercial ao ar livre que tem vários espaços vagos. É um lugar feio, de telhado reto, mas o aluguel do espaço é muito barato. Embora esse evento pudesse ser na parte de fora no verão, por alguma razão, sempre foi na área interna.

Entramos para o suave sopro de ar frio artificial e pegajoso, e os cheiros saborosos de óleo de gergelim e especiarias. Há uma sala de conferências principal onde as pessoas estão montando filas e filas de barracas, forradas com grandes bandejas com tampas metálicas. O tapete é de uma cor vermelha acastanhada com manchas escuras. Ele se dobra rigidamente sob nossos pés enquanto cruzamos os corredores, passando pelo pho e banh mi, tiras de espetinhos de cordeiro picante chinês, rolinhos primavera e arroz frito, xiaolong bao, naan e chana masala.

Os estandes de comida estão intercalados com estandes de arte, onde as crianças podem montar lanternas de papel e fazer arte de hena nas mãos.

A taxa de entrada é de quinze dólares, e aí a comida e as atividades são de graça.

É meio cafona, principalmente as artes — elaboradas para serem mais divertidas do que educacionais —, mas é uma boa oportunidade para restaurantes asiáticos locais terem mais visibilidade.

Rajiv para em uma barraca de comida indiana e coloca o painel no carpete.

— Oi, tia — diz ele, indo dar um beijo na bochecha de uma mulher de meia-idade.

Ela parece com a mãe dele, mas com traços mais sutis e arredondados, e está com um grande sorriso no rosto.

— Aí está ele — ela afirma. Então olha para mim por cima do ombro dele e acena. — E Margaret! Faz tempo que não te vejo.

Ela não mostra nenhum sinal de desconforto, vem direto em minha direção e me dá um abraço que me pega de surpresa.

— Ouvi dizer o que aconteceu com a sua família — diz ela, sussurrando em meu ouvido. — Fico feliz que você tenha vindo aqui falar sobre isso.

— Obrigada — respondo, emocionada.

Eu encontrei a tia Amita uma única vez em um piquenique de família a que o Rajiv tinha me convidado. Apesar de eu não ter passado muito tempo lá, ela foi extremamente simpática comigo, e de um jeito genuíno.

Rajiv puxa sua tia para o canto por um segundo e diz alguma coisa para ela em voz baixa, e as sobrancelhas dela se franzem. Ela concorda com a cabeça. Ele se afasta e volta para perto de mim.

— O que foi? — pergunto.

— Nada. Não se preocupe.

Ele está escondendo algo, mas o quê?

— Vamos arrumar isso, hein? — diz ele, apontando para o painel.

Colocamos na mesa. Ele dá alguns passos para trás para ler, e eu o observo, tentando não me distrair muito com o jeito que ele franze a sobrancelha e nem com seus cílios lindos.

— Isso é ótimo. De verdade, você deveria reutilizar isso para um trabalho em grupo na faculdade.

Nós dois sorrimos, lembrando-nos do primeiro que fizemos juntos.

— Ei, escuta. Eu tenho que te pedir um favor, na verdade — diz ele.

— Hummm?

— Você conhece a professora Schierholtz?

— Na verdade, sim, conheço — digo, surpresa. — Professora de história? Ela deu aula de história oriental como requisito de educação básica ano passado. Eu ia na sala dela toda hora, e vou pegar outra matéria com ela ano que vem. Por quê?

— Ela mesma. Na verdade, ela tem ênfase em história da dança. E, bem, é... — Ele se atrapalha.

— Vai. Desembucha. O que é?

Ele passa a mão na nuca, olhando para longe.

— Olha — diz ele, falando bem rápido, como se ele quisesse soltar tudo antes que eu possa dizer não. — Sei que isso é uma coisa estranha a se perguntar, mas estou tentando conseguir uma bolsa para fazer uma pesquisa sobre a história do breakdance, e ela é o principal nome na área nos Estados Unidos. Quero trabalhar com ela, mas não estudo na NYU, e pra conseguir a bolsa preciso confirmar que tenho um professor, seja da minha universidade ou de outro lugar, pra supervisionar. E preciso fechar com alguém em duas semanas pra conseguir cumprir o prazo da bolsa, ou então vou ter pensar em um conceito totalmente diferente. — Ele pausa para respirar. — Sei que a gente já namorou, então é meio estranho te pedir pra passar meu contato e dizer coisas boas sobre mim, mas...

Ergo as mãos na hora.

— Para. Só cala a boca, agora. Claro que vou falar com ela e peço pra ela te orientar. Não seja ridículo. Só porque a gente tinha horóscopos ruins não quer dizer que eu não te ache brilhante.

— Sério?

— Mas é claro! Vou entrar em contato com ela a tempo de cumprir seu prazo.

— Não, quero dizer a parte em que você disse que acha que eu sou brilhante.

Empurro o ombro dele de leve.

— Não vamos ficar animados demais. Além disso, não vou falar pra ela que estou recomendando meu ex-namorado. Seria estranho. Vou dizer que somos amigos. Nós somos, não somos?

— Claro, claro. — Ele abre um sorriso largo para mim. — Obrigado, Margaret. De verdade.

— Eu sei. Eu sou muito generosa.

Passo uma hora e meia cuidando da minha barraca e respondendo perguntas de pessoas que passam por ali. É meio como ser uma daquelas pessoas persistentes, que distribuem panfletos nas ruas e observam que todo mundo joga o papel descaradamente no lixo mais próximo, antes mesmo de chegar na quadra seguinte. Rajiv está ajudando a tia, mas de vez em quando olha para mim e me dá um joinha.

Recebo reações variadas. Algumas pessoas estão realmente horrorizadas e dizem como é importante o que estou fazendo. Outras pessoas se aproximam por curiosidade, talvez pensando que estou fazendo algum tipo de apresentação sobre a história local, e então as vejo rapidamente desviarem os olhos e tentarem sair de perto quando percebem do que se trata.

Mas, por fim, Rajiv me convence a sair da barraca para provar algumas comidas novas.

— Você tem que comer. Você comeu alguma coisa desde o café da manhã?

— Não, mas...

Ele agarra minha mão e me puxa para fora.

— Vamos. Derrotar o racismo pode esperar.

A mão dele na minha é quente e macia. Sua pele na minha pele imediatamente causa um choque elétrico, mas depois volta a ser confortável. É tão fácil voltar a ser o que já fomos um dia. Nossas mãos ainda se encaixam uma na outra. Talvez nossos corpos também. Fico tão surpresa que sou incapaz de soltar ele.

Ele não parece notar nada disso enquanto passamos pela multidão.

— Estava querendo provar esses bolinhos de porco.

Sem palavras, sigo atrás dele, ainda conectados. Penso na primeira vez em que ele disse que me amava, e como naquele momento eu não conseguia imaginar um futuro sem ele. Penso em como nunca poderia ter adivinhado que no começo do verão eu estaria aqui de volta com o Rajiv, como se nada tivesse acontecido.

Eu me pergunto se ele sente o coração bater mais rápido como o meu está batendo agora.

Dividimos uma porção de bolinhos de carne de porco, uma tigela de pho, naan de alho e japchae, sentados na calçada lá fora, onde tem espaço para deixar a comida ao nosso redor, observando os carros entrarem e saírem do estacionamento.

Tenho medo de dizer a coisa errada e quebrar esse encanto ou estragar o momento. As pernas dele estão ao lado das minhas, e eu me lembro da curva de seus joelhos. Sorrio e tento não parecer estar me apaixonando por ele de novo.

— Já parou pra pensar nos velhos tempos? — pergunta ele com a boca cheia de macarrão.

Sua pergunta me pega de surpresa, mas consigo me conter e não revelar nada. Sim. Muitas vezes. Não que eu queira que ele saiba disso.

— Como assim? — Dou um meio sorriso, incerta. — Claro que sim. Mas estou feliz por não ter que ficar em Illinois.

Ele ri.

— Claro que não. Não esperaria isso de você.

Dou uma cutucada nele de leve.

— E você?

— Bem, sim — diz ele, em voz baixa. — Coisas acontecem e ainda penso em contar pra você primeiro. Aí lembro que você não é mais a primeira pessoa para quem eu devia contar.

Também sinto isso. Toda vez que leio algum post idiota no Reddit e quero mandar pra alguém. Toda vez que assisto a um programa de TV que faz referência a uma piada que ele já fez para mim, ou escuto uma música que já ouvimos juntos, ou leio um novo livro de ficção científica, gênero que nunca tinha lido até Rajiv me apresentar. Às vezes, a vontade de contar para ele sobre uma coisa nova com que estou lidando é esmagadora. Porque o fato é que nós temos uma história, uma história muito específica que dá significado a experiências de um modo que eu nunca conseguiria replicar com outra pessoa. Mas, quanto mais tempo se passa desde que terminamos, mais diferentes nos tornamos. Diminui a quantidade de memórias que compartilharemos juntos, e mais perto ficamos de nos tornarmos estranhos de novo.

Olho para ele e me deixa indescritivelmente triste, o afastamento lento entre nós dois.

— Tenho certeza de que você encontrará outra pessoa para quem contar as coisas primeiro. Um cara como você deve ter muitas opções.

Tento fazer uma gracinha, mas acaba saindo chata e sem graça. Penso na garota no Instagram dele de novo. Não sou patética o suficiente para perguntar sobre ela.

De qualquer maneira, eu não devia me importar. Mas me importo.

— Elas não são como você — diz ele baixinho.

Meu coração está disparado, mas estou olhando para minhas pernas porque tenho medo do que pode acontecer se olhar em seus olhos. E, por mais que eu saiba que, bem no fundo, ainda há magia aqui, não sei se quero que a gente volte a ficar junto como antes. Nada é diferente agora. O que são segundas chances a não ser uma oportunidade de estragar tudo outra vez?

Ele pega um guardanapo e traz para perto do canto dos meus lábios, limpando gentilmente.

— Você está com molho hoisin no rosto.

É tão íntimo que minha respiração falha.

Antes que a gente possa fazer algo de que se arrependeria, meu celular começa a tocar e acaba com o momento.

Nove vezes de dez, é só spam, mas eu sempre checo.

Voilà, essa é a décima vez. O identificador de chamada diz que é da delegacia de polícia.

Mostro para o Rajiv.

— Bem, atende! — diz ele.

Atendo.

— Alô?

— Alô, é a Margaret Flanagan? — É uma mulher no outro lado da linha. Consigo ouvir ela digitando ao fundo.

— É ela.

— Aqui é da recepção do departamento de polícia. Estou ligando sobre o boletim de ocorrência que você enviou na segunda, vinte e seis de maio.

— Sim?

Meu estômago aperta de ansiedade. Acho que espero que eles me digam que pegaram a pessoa, que alguém foi preso ou vai ser acusado.

— Certo. Bem, a situação do caso está suspensa agora. — Ela soa fria, mas entediada, como se fizesse vinte chamadas desse tipo todo dia.

— Peraí, desculpa, o quê?

Rajiv está me olhando, franzindo o rosto.

— O caso está suspenso — repete a mulher no outro lado da linha.

— Não, eu te ouvi da primeira vez. O que isso significa?

Ouço ela suspirar.

— Significa que não temos pistas confiáveis no momento, então o caso vai ser colocado em pausa até que evidências adicionais sejam descobertas.

— Sem pistas confiáveis? Eles falaram com todo mundo? Os vizinhos? Procuraram outros crimes recentes na cidade para ver se há alguma semelhança? — Estou praticamente gritando no celular.

— Desculpe. Eu não tenho nenhuma resposta pra você. Só tenho o número do caso, o processo e a situação.

Não posso ficar brava com essa mulher. Ela não tem nada a ver com o caso e não pode fazer nada para me ajudar.

— Obrigada — consigo falar. — Você vai me avisar se a situação mudar?

— Sim, com certeza. Tenha um bom dia, srta. Flanagan.

A ligação termina. Olho para Rajiv.

— Eles estão suspendendo o caso. Sem pistas.

— Ah, Deus, que horror. Não tem nada mais?

— Não acredito — digo, convicta. — Não acredito que eles tenham procurado tudo. Só não é prioridade para eles. — Eu me levanto, furiosa, punhos cerrados. — Não dá pra contar com nada esses dias a não ser com você mesma.

A raiva de quando cheguei em casa pela primeira vez, que ficou enfraquecida e enterrada, surge de volta.

Isso deixa meus pensamentos precisos novamente. Isso me faz lembrar de que não voltei para casa para ter um romance de verão com meu ex-namorado. Isso me tira daqueles sentimentos nostálgicos e leves e me coloca de volta no mundo de fatos difíceis.

— Tenho que ir — digo para ele.

Ele parece desapontado, mas junta o nosso lixo pacientemente e joga em uma lixeira perto.

— Está bem — diz ele. — Posso ajudar a levar suas coisas de volta pro carro?

Eu concordo com a cabeça. Vamos para dentro. Não seguramos as mãos dessa vez.

O Sabores da Ásia está quase acabando, as pessoas estão indo embora. Todas as minhas coisas estão no final da fileira.

Tia Amita nos vê enquanto estamos indo até sua direção e corre até nós.

— Eu não sei como aconteceu — diz ela — Eu só saí por cinco minutos.

— O que aconteceu? — pergunta Rajiv.

Ela aponta, trêmula. Nós olhamos para onde está apontando. Meu painel está sujo de comida, como se alguém tivesse passado por lá e despejado um pote inteiro de molho nele. Estou furiosa.

Tia Amita pegou o painel e guardou com cuidado atrás da mesa.

— Eu não vi — diz ela. — Talvez tenha algum vídeo da câmera de segurança?

A bondade dela acalma a minha raiva.

— Está tudo bem — digo para ela, gentilmente. — Não é sua culpa. Duvido que tenha alguma câmera de segurança nesse prédio velho.

Mas o comentário da tia Amita me dá uma ideia. É óbvio — tão óbvio, na verdade, que imaginei que a polícia teria investigado. Eu sei que não investigaram. É claro que não.

Tenho que ir para casa, agora.

— Você ainda quer levar pra casa? — pergunta Rajiv sobre o painel.

Os olhos dele brilham. Uma vez ele me disse que quando alguém me machucava, ele sentia a dor. Tudo que ele queria fazer era me deixar segura. Eu me armo e endureço meu coração. Meus olhos estão secos. O ar--condicionado parece mais frio do que antes.

— Não — digo. — Pode jogar fora.

★

Chego à nossa rua sem saída e alguém está do lado de fora guardando as compras.

Bem a pessoa que eu estava esperando. É a sra. Maples, a senhora que mora do outro lado da rua da nossa casa.

Ela sempre foi gentil de um jeito tipo de vizinho intrometido. Ela nos trouxe um monte de biscoitos algumas semanas depois que papai foi embora. Disse que queria ver como a mamãe estava, mas sinceramente, também parecia que só queria confirmar que meu pai tinha mesmo ido embora. Ela morou sozinha todos os anos em que esteve aqui, mas sempre nos dizia para chamá-la de sra. Maples. Eu nem sei qual é o primeiro nome dela. Às vezes vejo um cara de uns vinte anos ir à casa dela e ficar lá por alguns dias, então vai embora de novo.

Percebo que, embora a sra. Maples tenha morado na casa da frente durante toda a minha vida, eu não sei nada sobre ela. É a mesma coisa com o resto dos vizinhos. Eu sei ainda menos sobre eles. E presumo que também não saibam muito sobre nós.

Ela tira as sacolas do porta-malas, seu cabelo branco brilhando sob o sol quente da tarde.

A entrada da garagem dela fica de frente para a nossa, quase exatamente em frente.

Eu salto para fora do carro e aceno para ela.

— Oi, sra. Maples!

Ela faz uma pausa enquanto corro para atravessar a rua. Ela aperta os olhos para tentar me ver.

— Margaret — eu lembro a ela.

— Claro! Margaret. Voltou da faculdade? — pergunta com um sorriso.
— Onde você foi parar mesmo?

— Nova York.

— Ah, isso mesmo. A cidade grande. Como você vai, querida? Passei na sua casa algumas semanas atrás com um pouco de comida. Sua irmã estava em casa — comenta ela, compreensiva, e sussurra de um modo conspirador:
— Eu ouvi o que aconteceu. Horrível, simplesmente horrível.

Eu forço um sorriso tenso. Meu rosto parece todo errado. Nunca consegui lidar bem com compaixão. Mas mesmo eu sei reconhecer que não vou convencer essa senhora a me deixar entrar em sua casa sem um nível maior de simpatia do que geralmente sou capaz de mostrar. Ouço Rajiv ressoando na minha cabeça, a única vez em que ele respondeu atravessado a um professor, que disse que eu era tagarela. *Isso é o que é incrível nela*, ele retrucou.

— Foi horrível — repito.

— A polícia já descobriu quem foi o responsável?

Eu balanço a cabeça.

— Sinto muito, querida. Simplesmente não consigo imaginar o que levaria alguém a fazer isso. Aqui não é esse tipo de lugar. — Sua voz abaixa. — Estou preocupada com o crime nesta cidade depois disso. Você acha que foi alguma coisa relacionada a gangues?

— Acho que não.

Tento não soar impaciente. As pessoas sempre assumem muito rápido que tudo que é desagradável em geral são "atividades relacionadas a gangues". Eu resisto à vontade de dizer a ela que o comentário dela é racista. Tenho que me concentrar em conseguir a ajuda dela.

Atrás dela, eu examino a frente de sua casa. Sua varanda, sua porta da garagem.

Bingo. Ali, no canto. Sinto uma onda de esperança. Pode ser isso.

— Bem... — diz ela, olhando para mim com curiosidade. — Tenho certeza de que vão resolver o caso uma hora. Não se preocupe.

— A polícia entrou em contato com você, sra. Maples? — finalmente solto.

Ela fica tensa.

— Não, querida. Por que eles entrariam em contato comigo?

Ela parece desconfortável. Bom, é como eu esperava. Eles apenas deixaram o caso parado por semanas e depois o encerraram sem se preocupar em fazer nada.

— Eu estava... Bem, eu estava me perguntando se teriam perguntado se a senhora viu alguma coisa.

— Ah, entendi. Eles não entraram em contato, mas, infelizmente, não vi nada. Acho que não estava em casa. E aposto que aconteceu muito rápido.

— Deve ter sido à tarde — eu insisto. — Durante o dia. Minha irmã chegou em casa antes de escurecer.

— Aham — diz ela. — Se é o que você diz. Parece que você está aqui atrás de alguma coisa.

Arrumo minha postura para ficar um pouco mais reta.

— Na verdade, estou.

— Ah? O que é?

— Você tem um sistema de segurança em casa?

— Um sistema de segurança em casa? — ela repete. — Tenho. Meu sobrinho instalou um pra mim no ano passado. — Ela ri e balança a cabeça. — Menino esperto. Ele trabalha em uma daquelas empresas de tecnologia do Vale do Silício. Eu nunca pensei que fosse necessário, mas foi um presente de Natal. — Ela encolhe os ombros. — Não sei se já cheguei a fazer uso dele. Dispara um alarme se alguém tentar invadir. Acho que você nunca sabe se está funcionando a não ser que precise.

Meu coração bate mais forte.

— Você tem uma câmera de segurança? — Eu aponto para a pequena saliência branca com um pontinho preto no canto da garagem dela.

— Aquilo? Aquilo é uma câmera de segurança? Eu acho que você está certa. — Sua voz oscila com um leve constrangimento. — Tenho que reconhecer, Margaret. Eu não sei como a coisa funciona, e meu sobrinho só vem algumas vezes por ano. Eu nunca quis admitir pra ele que eu não conseguia descobrir as configurações na internet. As fechaduras sempre funcionaram pra mim.

Tem que haver alguma maneira de acessar a filmagem. Eu não sei se o campo de visão da câmera se estende até minha casa, mas a forma como está apontada — ligeiramente elevada, voltada diretamente para a frente — me deixa tonta de emoção.

— Sra. Maples — digo cautelosamente. — Podemos verificar a filmagem? Pode ter capturado algo daquele dia.

— É claro. Entre. Receio que você terá que descobrir tudo sozinha.

— Eu me viro. Obrigada.

Entramos. Nunca vi o interior da casa da sra. Maples em todos os anos em que moramos uma de frente à outra. É muito claro por dentro. Azul-claro, amarelo-claro. E cheira vagamente a perfume. Os tetos são baixos, o que dá a sensação de aperto. Ela acende as luzes.

— Ok — diz ela. — Se me lembro bem, acho que dá para cuidar de tudo pelo computador, mas nunca tentei.

Nós viramos ao lado, para a sua sala de jantar, que parece quase nunca ter sido usada como sala de jantar. A mesa está coberta de papéis e outros itens diversos: uma escova de cabelo, um gato malhado que mia alto e salta, e um tijolão como notebook. Tudo espalhado por uma toalha de mesa com estampa florida desbotada.

O notebook é velho e chia e zumbe em protesto quando é ligado, mas enfim termina de inicializar. Espero enquanto abre todas as telas de configuração. Ela vai para a sala de estar e traz de volta um monte de papéis.

— Todos os manuais e os logins estão aqui em algum lugar. Tenho certeza de que você deve estar rindo de mim por ter todo esse equipamento chique e nunca usar.

Eu só espero que esteja funcionando, apesar de ela nunca ter checado. Folheio todos os papéis freneticamente. Eles fornecem informações sobre o site e como todos os aplicativos funcionam. Acontece que a casa inteira da sra. Maples é cheia de tecnologias de segurança. Ela tem sensores de movimento na casa e sensores de porta para cada entrada.

— Você nunca mexeu nessas coisas? — pergunto espantada.

Ela ri.

— Eu aperto o botão do meu chaveiro quando saio e aperto de novo quando volto. Isso é tudo que sei. Se funciona? Acionaria se algum intruso tentasse entrar? Não conseguiria te dizer. A câmera eu certamente nunca usei.

Ali, na última página do manual, em caligrafia caprichada, está o nome de usuário e a senha. Entro no site e faço o login. Todos os recursos instalados na casa da sra. Maples aparecem ao lado da página.

Eu clico em CÂMERA DE SEGURANÇA DOMÉSTICA. As imagens do vídeo aparecem na tela. O campo de visão está certo. Ele mostra o jardim da frente da sra. Maples, a entrada para a garagem dela, e também uma visão perfeita do portão da nossa garagem. Está mais longe e a imagem não é perfeitamente nítida, mas está lá.

— Vamos — murmuro para mim mesma.

Logo abaixo da janela de vídeo, uma mensagem em letras miúdas: "Imagens gravadas disponíveis para os trinta dias anteriores."

Olho por cima do ombro para a sra. Maples.

— Posso correr até em casa e pegar um pendrive?

Onze

Annalie

Tento conter bocejos enquanto acendo as luzes da cozinha na padaria. O céu está cinza, pontilhado com um pouco de rosa. Vai ser um dia quente, já dá pra dizer. A manhã, geralmente clara e fria, tem um toque de umidade. O que é um mau sinal, considerando que ainda são 5h30.

Nunca fui de acordar cedo, mas o trabalho de um confeiteiro é matutino. As manhãs são minhas agora, e eu as aproveito. Levantar antes de todo mundo virou minha rotina, e, apesar de ser o mais cedo que já acordei na vida, fico surpresa em descobrir que meio que gosto. As ruas estão praticamente vazias. Tudo está tão quieto na cozinha. Nunca percebi como o mundo é barulhento até ter essas manhãs para mim. É uma paz.

As portas duplas que levam à frente da loja se abrem. Imagino que seja Bakersfield, que ainda passa por aqui algumas vezes. Mas não. É o Daniel.

— Bom dia — diz ele.

Ele geralmente está impecável e arrumado, mas seu cabelo está um pouco amassado agora, como se tivesse acabado de sair da cama.

— Ah, você. O que está fazendo acordado tão cedo?

Estou surpresa.

— Pensei que encontraria você aqui. E arrumaria alguma coisa de café da manhã.

— Bem, essa parte eu consigo fazer.

Pego os grãos de café, coloco para moer e começo a esquentar uma nova leva.

Ele limpa a garganta.

— Eu também queria me desculpar.

— Pelo quê?

Seu rosto parece pegar fogo, e eu me lembro da última vez em que o vi. Do lado de fora da padaria no fim da tarde, logo depois do meu primeiro beijo com o Thom. Então começo a corar também, apesar de não ter nada do que me envergonhar.

— Então você me viu mesmo — digo, finalmente.

— Não queria me intrometer. Desculpa. Eu não devia ter saído de mansinho sem dizer nada.

— Agora você está deixando mais estranho — eu ressalto. — Era melhor não ter dito nada.

Ele balança a cabeça e fica vermelho de novo.

— Acho que eu deveria ir embora antes de piorar ainda mais as coisas.

Ele está com tanta vergonha que acabo esquecendo da minha e mudo meu foco para tentar acalmá-lo.

— Não, não faça isso — protesto. — Deixa eu te servir um café, pelo menos. Fica.

Observo Daniel enquanto eu ligo a KitchenAid para minha primeira leva de massa da manhã. É tão estranho que ele esteja aqui no centro de Illinois, na cozinha dessa padaria. Ele definitivamente não pertence a este local, parece que deveria estar em um lugar chuvoso e urbano. A pele dele dá a impressão de que vai queimar depois de ficar dez minutos no sol de verão do meio-oeste.

— O que você está pensando? — pergunta ele. — Você está encarando.

— Pensando em como deve ser estranho pra você estar aqui. Bem diferente de Londres. Como você gosta do café?

— Com leite, sem açúcar. Leite, não creme, só para ficar claro. Aprendi que tenho que fazer essa distinção.

Nós temos os dois, então não importa.

— Por que não creme?

— Só americanos colocam creme no café. É tão grosso e cremoso.

— Isso é o que deixa bom! Você não quer café cremoso?

— Não, é nojento. Seria tipo colocar manteiga no seu café.

— Tem isso aqui também, sabia? Se chama *bulletproof coffee* — digo e rio da expressão horrorizada no rosto dele.

— Choque de cultura — diz ele.

— Então imagino que você *não* gosta daqui.

— Não é verdade. Estou lidando com isso como se fosse um experimento antropológico. Estou absorvendo toda essa informação.

— E escrevendo uma tese sobre isso?

— Mentalmente. — Ele sorri. — Praticando para a universidade.

— É isso que você está estudando? Antropologia do meio-oeste?

— Eu ainda não decidi nada tão específico, mas talvez. — Ele limpa a garganta, como se fosse anunciar algo de extrema importância. — Vou fazer uma graduação dupla em economia e antropologia.

— Impressionante. Você deveria conversar com a minha irmã. Parece que se dariam bem. Ela está estudando economia e ciências políticas com ênfase em estudos do gênero na NYU. Ela é a inteligente da família.

— E você é o quê? — pergunta ele, curioso.

Dou de ombros.

— Ainda não sei. A indecisa? Minha mãe sempre me diz que tenho que planejar melhor. — Coloco farinha no balcão de mármore frio. — A única coisa em que sou boa é confeitar.

— Você podia abrir uma padaria, como meu avô.

Balanço a cabeça e sorrio.

— Não acho que eu poderia fazer isso.

— Por que não? Acho que você é uma confeiteira melhor do que ele.

— É, você não deveria falar pra ele que me disse isso *nunca*. Mas eu não posso virar uma confeiteira. Minha mãe me mataria.

— Por quê?

— Hum, ela é chinesa. Não explica tudo? Ela quer que eu seja que nem minha irmã e me torne médica, advogada ou engenheira. Ou fracassar em todas essas coisas e cursar administração. Administração parece algo de prestígio, mas não é tão difícil. E acho que não sou horrível em matemática. Se dissesse a ela que quero estudar culinária, ela surtaria.

— Parece que você tem o problema oposto do meu pai.

— É, talvez o seu avô pudesse me adotar, porque assim eu podia apenas herdar a padaria dele.

— É uma solução bem boa — diz Daniel rindo.

— Só pra ficar claro, só estou brincando em parte. Minha mãe pode ficar com você. Ela sempre quis um filho.

— Famílias são tão estranhas.

— Concordo.

— Por sorte, considerando todo o desequilíbrio do lado do meu pai, o lado da minha mãe é bem normal.

Não tenho ideia se o lado do meu pai é normal ou não.

Minha mãe nunca nos levou de volta para a China para conhecer qualquer família do lado dela. Às vezes ela nos conta histórias de quando era criança, mais como parábolas sobre como nós devemos nos esforçar mais e comer mais. Ela sempre estava com fome. Essa é a moral principal de todas as histórias.

Agora, sobre a família do meu pai, eu não sei nada sobre eles. Não sei se temos avós vivos. Se temos, não sei se sabem sobre mim e a Margaret. Eu nunca perguntei porque não quero chatear a mamãe. Margaret nunca se importou se a mamãe ficava chateada, mas também nunca perguntou sobre isso. Acho que é porque tem medo da resposta. É mais fácil imaginar do que saber. O que você imagina geralmente é menos triste.

— Seus pais vão vir visitar? — pergunto, tentando evitar que a conversa mude para um lado sombrio.

— Não, acho que não. Primeiro que meu pai ainda não fala com meu avô. Segundo que meus pais vão para Nova York no outono para me ajudar na mudança, e acho que estão bem mais interessados em passar o tempo em Nova York do que aqui.

— Mas aqui que são os verdadeiros Estados Unidos — brinco. — Certamente seu pai te contou isso?

Ele ri.

— Acho que meu pai se esforçou bastante para sair dos verdadeiros Estados Unidos, pra ser sincero. Mas eu ligo para minha mãe todo dia para contar sobre as coisas daqui. Ela acha fascinante.

— Que fofo.

— O quê?

— O fato de que você liga pra sua mãe todo dia.

— Bem, estou mantendo ela atualizada sobre meu experimento antropológico no meio-oeste, visto que nunca morou em um lugar parecido. Ela cresceu em Paris. Acha interessante.

— Escapou bem. Ainda acho muito fofo.

— Enfim, estou ficando sem coisas para contar para ela, porque esse lugar não é muito grande.

— Então você não está fazendo um bom trabalho na sua tese. E não está tentando o suficiente. Tem coisas para se ver que você nunca encontraria em Londres ou em suas viagens internacionais chiques.

— Meu pai sempre fez parecer que não era um lugar que valesse a pena explorar.

— Bem, ele está enganado.

Margaret, o pai do Daniel, o Daniel: eles são só pessoas que não são capazes de sentir o coração pulsante desta cidade. Embora o incidente do vandalismo tenha deixado um gosto azedo, isso não muda o que vejo quando ando por aí. Minha casa e o lugar que me moldou para ser quem eu sou. Rejeitar isso seria como rejeitar uma parte de mim.

— Eu posso te mostrar tudo que importa. Você vai ver — digo antes mesmo de pensar sobre o assunto.

Só penso no Thom depois que já botei para fora, e então me sinto culpada porque parece que estou chamando o Daniel para um encontro, mesmo que não esteja.

Mas ele sorri e me deixa feliz de qualquer forma.

Um barulho na porta nos assusta, um tinir da maçaneta grudenta.

— O que está acontecendo aí atrás?

É o Bakersfield. Dou um passo para trás, culpada, mesmo que não tenha feito nada de errado.

— Os croissants estão no forno?

— Sim! — digo bem rápido. — Quase prontos pra sair.

Ele passa pela cozinha, cutucando duvidosamente o forno e depois se virando para encarar o Daniel.

— Isso não é pra ser a hora da fofoca. Ela está trabalhando.

— Eu sei disso. Eu só vim me desculpar por algo — diz Daniel.

— Já com drama pessoal. — Bakersfield bufa. — Não enquanto ela estiver trabalhando.

— Olha — digo —, ele não estava me incomodando. Eu estava fazendo café mesmo.

— Eu só estava tentando ser amigável — diz Daniel, exasperado.

Bakersfield cruza os braços.

— Você deveria estar ajudando com as contas e arrumando um novo contador. Não era para ficar por aqui. Sua mãe me prometeu isso antes de te mandar para cá.

— Ah, erro meu. Pensei que eu deveria estar conhecendo meu avô, não simplesmente estar aqui como uma ajuda contratada. Talvez devesse só voltar para Londres então, e você mesmo contratasse um novo contador? Sem ninguém para intermediar.

Bakersfield endurece e ergue o queixo.

— Ninguém está te impedindo, garoto. Certeza que deixaria seu pai feliz.

Daniel passa enfurecido por mim e sai da cozinha. A porta se fecha com uma batida atrás dele.

Congelo, sentindo como se tivesse presenciado algo extremamente privado. Não ouso nem fazer contato visual com Bakersfield, que parece ter criado raízes no lugar também. Ouço ele suspirar e remexer o balcão.

Olho para cima e seus ombros parecem mais arqueados do que o normal.

— Ele quer estar aqui — digo gentilmente, sem ter certeza de que estou prestes a ser totalmente ignorada ou se ele vai me mandar cuidar da minha vida.

— Eu sei que sim.

Ele me dá um leve tapinha no ombro enquanto sai, me deixando só na cozinha. Fico me perguntando por que é tão difícil para nós dizer o que realmente sentimos às pessoas que importam.

Beijar Thom me dá essa animação silenciosa toda vez, como se ainda não conseguisse acreditar que fosse real, seu rosto sardento em minhas mãos, seu cabelo sedoso entre meus dedos. Ainda não fizemos muita coisa. Só beijar. Isso acontece em todo lugar.

— Mas *como* ele é, Annalie? — pergunta Violet um dia enquanto comíamos potes de musse de chocolate que fiz e assistíamos ao programa sobre doces na casa dela. — Você vive falando como ele é fofo, mas fica escondendo o cara como se fosse um segredo. Você vai nos apresentar alguma hora ou o quê?

Estamos aconchegadas no grande sofá da sala de estar dela e olhando o seu irmãozinho, Benji, que está dormindo tranquilamente em seu cercadinho, enquanto a sra. Faraon leva a irmã mais nova de Violet, Rose, para a aula de piano. Nós acabamos com a cozinha, é claro.

— Eu não sei — admito. — É muito cedo? Eu não quero assustar ele. Agora parece uma coisa íntima incrível só entre nós dois.

Consigo ver que Violet está magoada.

— Eu não estou tentando esconder você! — insisto.

— Parece que você está. Entendo. Eu não sou como o pessoal com quem ele costuma andar. — Ela tenta soar calma, mas sua voz vacila de leve.

— Prometo que vou apresentar vocês dois. Logo — digo para acalmá-la. — Só estou tentando entender o que exatamente somos agora.

— Você quer dizer que, mesmo depois disso tudo, vocês ainda não discutiram se estão namorando?

Está ficando cada vez mais estranho. Acho que só imaginei até aquele primeiro beijo e nada mais. Depois disso, supus que nós apenas... estaríamos juntos. Acontece que a vida real não é tão simples.

— A gente não rotulou isso — digo finalmente, como se fosse uma escolha mútua, e não eu evitando o problema.

Violet bate palmas com desdém.

— Não é tão difícil se for o certo. Tipo, com o Abaeze, eu sabia. — Seu rosto brilha com amor. — Ele está literalmente na Nigéria agora, e ainda conversamos todas as noites.

— Eu sei que nem todo mundo pode ser tão perfeito quanto você e Abaeze.

— É difícil alcançar esse nível de perfeição, é verdade.

— Eca.

Enfio o dedo na boca, fingindo um vômito, mas estou sorrindo. É impossível não se apaixonar pela fofura deles.

Ela enfia a colher na boca.

— Olha, só estou falando que, se ele não está louco pra te chamar de namorada, então talvez não seja tudo isso. Sempre lembre que você é o prêmio — diz ela.

Sinto uma onda de afeição pela minha amiga que realmente me vê do jeito que eu sempre quis ver a mim mesma.

— Eu sei, eu sei.

Ela me olha de lado.

— Certo. — Ela faz um movimento de fechar a boca com um zíper. — Já falei o suficiente sobre isso. É tudo o que eu tenho a dizer.

— *Enfim* — digo com ênfase —, como está indo agora que Abaeze está na Nigéria?

Violet olha para baixo.

— Tudo bem. Quer dizer, eu sinto falta dele. Mas provavelmente é bom para praticar pra quando formos para a faculdade e tivermos que lidar com relacionamento a distância de verdade.

— Não entendo por que vocês não podem simplesmente ir para a mesma faculdade.

— Não é porque somos tão grudados, e não aguentamos ficar quatro anos longe um do outro, que a gente vai pra mesma faculdade — diz ela secamente. — Vamos pra melhor faculdade no que vamos fazer. Ou vamos pra onde conseguirmos as melhores bolsas de estudo. Mas já te disse um milhão de vezes, o Abaeze vai pra um lugar incrível em arte. E eu provavelmente terei

que ir pra algum lugar diferente, com um bom curso de ciências ambientais.
— Seus olhos ficam com um ar sonhador. — Talvez Vermont.
— Você é tão prática.
— Temos a vida toda pra ficarmos juntos. Qual é a pressa? Não vamos tomar decisões idiotas agora que podem estragar nosso futuro depois.

Bem nessa hora, Benji acorda e começa a chorar. Violet me entrega seu pote e envolve o irmãozinho com os braços. Ela me segue até a cozinha enquanto eu começo a empilhar tudo na pia para lavar.

— Você está ficando muito boa em sobremesas. Essa musse de chocolate merecia um prêmio. Você deveria ir ao programa do Food Network.

— Rá! — Eu ensaboo a esponja e começo a esfregar. — Não acho que estão aceitando estudantes do ensino médio. Mas as coisas na padaria estão indo bem. Bakersfield confia em mim na cozinha agora. E até o neto dele, aquele cara rabugento, lembra? Ele também mudou.

— É? — diz ela, com as sobrancelhas levantadas, balançando Benji para cima e para baixo. — Me conta mais.

— Ele não é tão ruim. Não conhece ninguém aqui, e seu relacionamento com o Bakersfield é... complicado. Acho que pode estar falando comigo por desespero.

Ela olha para mim maliciosamente.

— O quê?

— Nada! Eu não disse nada. — Ela pega um pano de prato e o coloca no balcão ao meu lado. — Sem Audrey, com doces assados sem fim, e um cara britânico? Esse trabalho parece muito melhor do que o último.

— O Daniel não vem com o trabalho, como um tipo de acessório.

— Daniel — ela repete. — Sei. Espero que o Thom coloque um rótulo em você logo.

— Violet!

— Só estou brincando — diz ela. — E eu juro, essa é a última vez que falo sobre isso. Última vez.

★

Estou na cozinha da padaria, catalogando os ingredientes para o pão de banana. Daniel bebe uma xícara de chá no canto enquanto lê perto da janela.

Ele e o Bakersfield parecem ter chegado a uma trégua tensa — um acordo silencioso, mas mútuo, de não criticar um ao outro em troca de uma harmonia contínua sob esse teto. Perguntei a Daniel se ele realmente ia voltar para Londres.

— Não — diz ele secamente.

— Porque você e seu avô fizeram as pazes?

— Porque não posso admitir o fracasso.

Estou feliz por ele ter decidido ficar. Eu me acostumei com ele sentado quieto ali, onde a luz é boa. Há uma área de escritório entre a frente da padaria, por onde os clientes entram, e a cozinha nos fundos. Mas o escritório não tem janelas e é apertado.

Às vezes conversamos, mas nem sempre. É bom ter uma pessoa aqui, e quando Daniel está aqui, Bakersfield geralmente não está.

Eu olho para ele ao mesmo tempo em que ele olha para cima. Nossos olhos se encontram. Ele sorri.

— O que você está lendo? — pergunto.

— Um livro sobre o imperialismo do início do século XX.

OK. Eu já sinto que está fora do meu alcance.

— Para a escola?

Ele ri.

— Não, por diversão. Minha mãe recomendou. Pensei que, se vou ficar aqui o verão inteiro, sem nem conhecer alguém, deveria pelo menos ler um pouco. É bem interessante. Você quer pegar emprestado?

— Não, tudo bem.

— Não é o tipo de leitura que você curte?

— Isso é algo que a minha irmã provavelmente gostaria.

— E do que você gosta?

Eu dou de ombros.

— Ficção. Livros fofos. — Ele sorri de leve. — Você acha que não sou muito inteligente.

— Não — diz ele com ênfase. — Só porque você não gosta de ler os mesmos livros que eu? Isso não faz de você menos inteligente.

— Tudo bem. Eu *sou* a mediana da minha família — digo a ele, sorrindo.

— Duvido muito. — Ele faz uma pausa. — Você fala muito sobre sua irmã, como se ela fosse melhor do que você.

— Bem, ela é. Você tem irmãos?

Ele balança a cabeça.

— Sempre quis ter.

— Minha irmã, Margaret, é mais velha. Eu me pergunto o que ela queria como irmão ou irmã. Sempre esteve presente durante a minha vida inteira, obviamente, então nunca pensei sobre o que gostaria de ter se tivesse a escolha.

— Ser filho único pode ser muita pressão — diz ele.

— Mas não tem ninguém com quem se comparar, pelo menos. Era difícil estar à altura de Margaret. *É* difícil. — Eu expiro alto. — Queria não ter pedido pra ela voltar pra casa.

Daniel cruza o espaço até o fogão e acende a chama para reaquecer a água restante na chaleira.

— Você não gosta dela.

— Não, eu amo ela. É claro — digo imediatamente. — Nós apenas temos ideias muito diferentes sobre como queremos lidar com as coisas.

— Por exemplo?

Eu me sento em um banquinho e me inclino para a frente.

— Bom. Por exemplo, ela é dois anos mais velha que eu, certo? Então, no ensino médio, eu era caloura quando ela estava no terceiro ano. Nossa mascote do ensino médio é o dragão, porque, bem... — Eu faço uma careta. — Antigamente, o nome dele era "Xing Ling".

Ele quase cospe seu chá.

— O quê?

— Quero dizer, tipo, bem antigamente. Nos anos 1970 ou sei lá.

— Isso não é "bem antigamente".

— Você sabe o que eu quero dizer.

— Por quê?

— Por que aquela era a mascote? Acho que, originalmente, havia uma grande moda em torno do orientalismo nesta área, e acharam que seria uma ideia legal. Quem sabe? Tenho que admitir, nossa cidade não tem o histórico mais incrível desse tipo de coisa. — Eu me sinto na defensiva só de contar essa história. — De qualquer forma, eles mudaram o nome porque, com o tempo, todos perceberam que era ofensivo. Mas aí, no meu primeiro ano, algumas pessoas da minha classe tiraram uma foto no jogo de futebol com a mascote dragão, fazendo sinais de paz e puxando os olhos de propósito.

Ele estremece.

— Eu sei, não é bom. Mas basicamente, foi um bando de garotos idiotas que provavelmente dedicaram menos de dois segundos pra pensar naquela foto. Foi postado no Instagram. Margaret era presidente do corpo estudantil naquela época, e ela *surtou* quando viu. Ela queria que todo aquele pessoal fosse expulso. Ela fez uma campanha completa pra isso, passou petições, teve várias reuniões com a administração, chamou seus pais. Isso durou semanas e houve até cobertura da imprensa. No final, ela concordou em parar se recebesse um pedido público de desculpas completo dos alunos envolvidos.

Na época, achei que era de mau gosto, mas não que fosse grande coisa. Agora, a expressão facial de Daniel me faz pensar se não levei a sério o suficiente.

Eu me lembro da maneira como as pessoas olhavam para mim, como não queriam sentar comigo no almoço porque achavam que eu seria muito sensível se dissessem alguma coisa desagradável. Eu fiquei tão abalada.

— Não estou dizendo que aquele pessoal não estava errado, mas também foi o meu primeiro ano do ensino médio. Ela é minha irmã e todo mundo sabia disso. Você pode imaginar que aquele pequeno incidente não me fez ganhar milhares de amigos. E não estou convencida de que todos saíram dessa situação sentindo que aprenderam alguma coisa. A maior parte das pessoas só pensaram que a Margaret era uma verdadeira vaca que não aguentava uma piada. — Eu olho para baixo. — Eu sei que é horrível, mas fiquei tão feliz quando ela se formou e foi embora. E então *isso* aconteceu. Deus, não tenho ideia de por que liguei pra ela naquele dia.

Daniel franze a testa.

— Você não quer descobrir quem vandalizou sua garagem?

— Claro que sim. Mas eu gostaria mais que isso não tivesse acontecido, ponto. E, agora que aconteceu, eu gostaria de deixar isso pra trás. Eu sei que você acha que este lugar é um fim de mundo sem sofisticação comparado a Londres, mas é minha casa, sabe? Eu faço parte daqui. Gosto da cidade e gosto das pessoas. E não quero que Margaret torne minha vida mais difícil do que precisa ser.

— Parece que as coisas são complicadas.

— É — concordo. — Acho que meus sentimentos são complicados. Eu me sinto culpada por não estar mais irritada com isso. Mas para que, sabe? Prefiro apenas deixar passar a ficar pensando nisso pra sempre.

— Acho que as pessoas podem ter opiniões diferentes sobre a melhor maneira de enfrentar problemas.

Eu ocupo minhas mãos servindo uma xícara de chá para mim também e envolvo a xícara quente com os dedos.

— Obrigada — digo. — Não era minha intenção usar você como terapia.

— O que mais estou fazendo? Sentado no canto, lendo sobre o imperialismo do início do século passado — responde ele ironicamente. — Você ia me levar pra dar uma volta na cidade, não ia? Me mostrar o que há de bom nesse lugar?

— Ah, sim. — Eu tinha me esquecido disso.

Meu telefone vibra. Eu checo. Sorrio — é uma mensagem do Thom, e ele quer saber se pode vir me ver no meu "ambiente natural".

Olho para Daniel, que está me observando digitar. Ele pode ficar aqui atrás porque seu avô é o dono do lugar, mas não posso deixar um cara aleatório entrar na cozinha só porque ele quer. Isso é provavelmente uma forma garantida para eu ser demitida, e eu quero continuar nesse emprego. Ainda assim, acho que posso confiar nele para guardar um segredo.

— Ei, você acha que seu avô vai voltar aqui?

— Provavelmente não — diz ele lentamente. — Por quê?

— O cara com que estou namorando... — me sinto corar ao dizer isso — ... ele quer passar aqui rapidinho. Apenas por um minuto. Não conte.

Ele me olha com ceticismo.

— Não acho que meu avô ia gostar se eu deixasse um estranho entrar aqui atrás. Mentira, posso te falar: ele vai me matar.

— Por favor — eu imploro. — Por favor, por favorzinho. Ele só quer ver a cozinha gigante de que tanto falo. Você pode voltar pro escritório e fingir que não sabe de nada. Eu juro, vou fingir que você não estava envolvido.

Ele tem uma expressão relutante, e sei que o convenci.

— Tudo bem, tudo bem. Relaxa. Eu não sou dedo-duro.

— Obrigada!

Eu me sinto levemente culpada por pressionar o Daniel, mas mando uma mensagem para Thom. Quase no minuto em que aperto "enviar", ouço uma batida na janela dos fundos.

— Aah, deve ser ele — diz Daniel secamente. — Foi rápido.

Claramente, Thom estava esperando para obter o sinal verde. Eu abro a porta. De pé nos degraus da frente estão Thom e toda a equipe do Áudio Acidental.

— Surpresa! — diz ele.

— Ah, oi — digo, aflita. Fico nervosa de trazer a turma toda aqui, mas estou feliz em ver Thom. — Que surpresa.

Mike entra primeiro.

— Foi minha ideia. O Thom está sempre elogiando seus doces.

Mike é definitivamente o líder do grupo. Ao contrário dos outros meninos, ele é mais robusto e mais baixo, com cabelos castanho-escuros e nariz arrebitado. Mas noto que os outros caras ouvem tudo o que ele diz. Seu pai é um executivo de uma grande companhia de seguros da cidade. Eu nunca estive lá, mas todo mundo diz que a casa dele é incrível. É um ótimo lugar para festas bêbadas e selvagens, do tipo que os policiais adoram. Do tipo para o qual eu nunca seria convidada e, mesmo se fosse, do tipo que a minha mãe me mataria se descobrisse que fui.

Eu me afasto lentamente.

— Vocês podem entrar por um segundo, mas depois têm que ir embora. — Odeio parecer tão rígida.

— Entendido, gata — diz Thom, piscando para mim maliciosamente. — Vamos sair daqui a pouco.

Eles se reúnem lá dentro, e noto Daniel parado um pouco atrás de mim.

— Quem é...

— Este é o Daniel — digo, cortando-o. — Daniel é o neto do sr. Bakersfield. Ele está visitando, da Europa.

— Prazer em te conhecer, parceiro. — Daniel oferece a mão.

Esta é provavelmente a apresentação mais formal que Thom já recebeu, mas ele pega a mão de Daniel e aperta. É meio engraçado ver os dois, porque, mesmo que o Thom não seja baixo, Daniel é tão mais alto. Eu nunca vi o Thom parecer desconfortável antes, mas é o que acontece agora.

— Eu tenho alguns cupcakes de chocolate.

Eu ofereço aos meninos uma bandeja.

— São deliciosos — diz Mike, depois de morder um. — Thom não estava brincando. Profissional.

— Obrigada.

Daniel fica parado por mais alguns segundos antes de limpar a garganta.

— Eu vou, uh, voltar para o escritório. Muita contabilidade para fazer. Matemática. Coisas chatas. Vejo você por aí, Annalie.

— Tchau — digo, animada, tentando ignorar o Thom encarando-o. Observo a porta da cozinha se fechar atrás dele. Eu me viro e Jones está cutucando a KitchenAid. — Ei, não... — Pareço mais brusca do que pretendo. Suavizo a voz. — Essas coisas não são minhas.

— Esta cozinha é uma loucura — diz Jeremy, maravilhado com todas as prateleiras abertas. — Olha... tem uma prateleira inteira de grãos de café. Você ganha coisas grátis como parte do trabalho aqui?

— Não, na verdade não.

— Você só come o tempo todo?

Eu rio.

— Não. Acredite se quiser, depois de passar dias seguidos cozinhando, se empanturrar perde um pouco a graça. Só significa que terei que fazer mais.

Olho nervosa para a porta, esperando e rezando para que Bakersfield não decida voltar aqui e ver como estou indo. Ele normalmente não faz isso, mas se os caras ficarem e continuarem fazendo barulho, ele pode ouvir. Um terror passa diante dos meus olhos, onde imagino Bakersfield vendo cinco adolescentes sujos bisbilhotando sua estimada cozinha, deixando impressões digitais e germes em tudo. Adeus, trabalho de confeitaria.

Meu desconforto deve ter ficado evidente, porque depois de um tempinho eles param.

— Então, acho que vamos nessa, mas estou feliz por ter te visto — diz Thom, apertando minha mão. — Quer sair mais tarde?

Respiro, aliviada.

— Depois que meu turno acabar? Claro. O que vocês vão fazer?

— Tentar não nos meter em muitos problemas — diz Mike, me dando um sorriso. — Vamos.

Eles saem, rindo e sussurrando, e fico sozinha na cozinha de novo. Estou feliz que eles se foram, mas de alguma forma, ainda tenho a sensação de ser o parasita estranho, observando de fora para dentro.

Thom e eu vamos ver um filme depois que meu turno acaba. Sem os caras, para meu alívio. É um filme de ação desmiolado, mas nós só ficamos nos beijando no fundo do cinema, que honestamente é algo que eu sempre sonhei, mas nunca pensei que aconteceria comigo. Fico muito nervosa o tempo todo achando que alguém vai nos ver. Estou ficando melhor nos beijos. Pelo menos, é o que eu acho. Não faço ideia do que trata o filme.

Depois saímos para o ar frio da noite, com o braço dele frouxo ao redor da minha cintura. Ele me acompanha até o meu carro. Ele me inclina contra a porta e me beija, profunda e lentamente. Fico arrepiada. Isso está acontecendo de verdade? Imagino-o me beijando assim perto do meu armário, nos degraus da escola.

— Isso é divertido — diz ele quando paramos para tomar ar.

— É mesmo — concordo.

Eu tento soar leve sobre isso, não muito desesperada. Consigo sentir eu tentando não falar nada. *Não faça isso*, digo a mim mesma. *Não fale.*

— Isso quer dizer que sou sua namorada agora?

Tarde demais. Na agonia do momento, estou com medo demais de olhar para o rosto dele para ver sua reação, então em vez disso olho para a gola de sua camisa. Um milênio inteiro se passa enquanto espero que ele responda. Morro lentamente, me odiando por sucumbir à insegurança, à carência.

Ele ri, e seus olhos castanhos se enrugam enquanto sorri.

— Claro. Acho que sim.

Está acontecendo. Sinto como se tivesse escalado até o topo de uma montanha e agora estou olhando para o mundo lá embaixo. Estou acima de tudo. Thom Froggett é meu namorado. *Meu namorado.*

É engraçado como você nunca sabe quando tudo vai mudar. Como isso vai te pegar desprevenido, e quando percebe que aconteceu, está lá, imaginando quando entrou nessa nova realidade e desejando poder refazer seus passos.

Chego em casa e encontro Margaret sentada no círculo amarelo sob a luz da cozinha, olhando severamente para mim com seu notebook, os olhos sombrios.

Eu paro.

— Encontrei imagens do dia em que os vândalos picharam o portão da nossa garagem — diz ela sem rodeios.

Eu pisco.

— Como?

— A sra. Maples, do outro lado da rua. Acontece que ela tem uma câmera de segurança.

— Ah.

Ela vira o notebook para mim.

— Acho que você deveria assistir — diz ela.

Dou um passo para trás instintivamente, me encolhendo.

— Eu tenho mesmo? — solto sem querer antes que possa sequer pensar nisso.

É o que eu costumava falar quando Margaret me dizia o que fazer quando criança, e eu não queria. Eu nunca podia simplesmente dizer não.

Ela suspira.

— Sim.

Não sei do que tenho medo. Eu me aproximo do notebook. Balanço a cabeça, e ela aperta o play.

O vídeo surge na tela em cores nítidas. É de tarde, e as filmagens não são distorcidas como imaginei que fossem filmagens de segurança.

O que eu vejo:

Dois meninos de cabelos escuros surgem de uma borda da tela, vão para o nosso gramado e depois para a garagem. Eles picham tão rápido que é quase em um piscar de olhos. Aquelas palavras horríveis aparecem no portão da nossa garagem. Ver aquilo de novo me dá náuseas. Não dá para ver os rostos dos meninos, mas dá para ver as suas costas.

Um deles está vestindo uma camisa de futebol, e as cores são familiares. O número é 69, e aposto que, se der um zoom, verei que o nome na parte de trás é SAPO.

O que sinto:

Como se o chão fosse puxado debaixo de mim em um sonho. Aquele momento de cair antes de acordar, no qual não dá para saber a que distância está o chão ou se é que ele existe.

Não estou olhando para Margaret. Estou afundando em algum lugar distante.

Por muito tempo, eu era a única garota chinesa em toda a minha turma. Não que desse para saber que eu era chinesa. As pessoas nunca sabem. Eu nunca falei chinês na escola. Eu comia lanches prontos em vez da comida que a minha mãe preparava para mim, para que ninguém soubesse que eu era diferente. Sabia, instintivamente, que se encaixar era fundamental. Sabia isso do jeito que as tartarugas marinhas sabem rastejar até o oceano no momento em que eclodem.

No segundo ano do fundamental, uma menina chinesa de San José, na Califórnia, se mudou para nossa cidade e entrou na minha turma.

Ela era muito quieta. Tinha uma franja pesada e um corte de cabelo de tigela (o mesmo que eu tinha aos três anos, mas que felizmente já tinha crescido quando comecei a ir para a escola de verdade). Ela era baixa para a idade e não gostava de falar. A professora pediu que compartilhasse seu nome com a classe e ela se recusou. Em vez disso, entregou ao professor um pedaço de papel com o nome, também escrito foneticamente, porque o nome dela era Li Chu.

— Li Chu — diz o professor, estendendo o som do *u* em um ponto de interrogação.

Li Chu não acenou nem balançou a cabeça, pelo que pude perceber, então o professor supôs que estava certo.

— Por favor, deem as boas-vindas à sua nova colega de classe — o professor instruiu a turma.

Seu assento designado não era ao lado do meu, mas eu não conseguia parar de olhar para lá. Eu sabia que ela era chinesa. Não sabia se ela conseguia perceber que eu era também. Só fui conhecer Violet um ano depois e, embora já tivesse visto outras garotas como nós na TV e na escola chinesa dominical, era estranho tê-la na sala.

Depois da escola, todos nós esperamos na fila para o ônibus vir nos buscar. Basicamente não tinha supervisão de professores.

Não lembro como começou.

Em um minuto estávamos todos na fila. No minuto seguinte, as pessoas gritavam "LIXO, LIXO, LIXO" para Li Chu, e então um menino começou a puxar os cantos dos olhos e a rir. Foi uma sensação estranha, ver isso acontecer. Quase como se eu estivesse fora do corpo. Eu estava paralisada, com muito medo de me mover e ser notada. Muito medo de dizer qualquer coisa.

Eu não sabia nada sobre Li Chu. Não sabia de que sabor de sorvete ela gostava ou o que fez sua família se mudar para nosso canto de Illinois. Não sabia qual era a cor favorita dela. Eu mal sabia como era a voz dela.

Eu a observei ficar ali, parada. Ela não chorou nem reagiu. Só olhou para a frente, mas não ousei fazer contato visual com ela.

Tudo o que eu sabia era que ela e eu éramos iguais, galhos arqueados das mesmas raízes. Ninguém podia ver isso, mas eu sabia. E tudo que pude fazer foi assistir e não dizer nada, sabendo, lá no fundo, que eu tinha sorte. Sorte de ser o mesmo por dentro, e não por fora, onde todos podiam ver.

Margaret estuda meu rosto. Eu me pergunto o que ela vê. Minha visão não está focada para fora; estou olhando para dentro. Quase não consigo mais olhar o vídeo. Estou observando o redemoinho na minha cabeça. Cenas e cores. Luzes e sons. Acho que vou vomitar bem ali no chão.

— Você reconhece esses caras? — Sua voz não trai nada.

Eu fecho os olhos. Sim. Não consigo ver seus rostos, mas sim, sim, sim.

O que digo, Margaret? O que posso dizer? O próximo momento vai mudar tudo, não importa o que aconteça.

Meus olhos se abrem.

— Não — eu me ouço dizer, me escondendo do jeito que faço melhor.

A expressão de Margaret se fecha, desapontada.

É tarde demais agora.

Doze

MARGARET

— Saúde — diz Rajiv, batendo seu milk-shake no meu copo de refrigerante. — Estou impressionado que você tenha encontrado o vídeo.

— Obrigada. Foi sua tia que me deu a ideia, quando mencionou as câmeras de segurança do centro comercial.

Tomo um gole da minha bebida, sentindo o gosto de conforto e infância. Estamos no Steak 'n Shake local, onde todos costumavam ir depois dos jogos de futebol. Alguma coisa nele me faz sentir em casa. A parte de que eu sinto falta, pelo menos. Rajiv me convenceu a fazer uma rápida comemoração depois do trabalho quando contei que entreguei o vídeo à polícia, que reabriu o caso.

— Bem, eu vou ter que dizer isso a ela. Como eles eram?

Eu balanço a cabeça.

— Não sei o que esperava. Pareciam jovens. Estudantes do ensino médio, provavelmente.

— Você mostrou pra Annalie?

— Sim. Ela não os reconheceu. Não dá para ver o rosto deles.

Eu me lembro da sua expressão pálida e tensa enquanto assistia ao vídeo. Eu pressionei e insisti, convencida de que ela tinha que pelo menos ter um palpite. Ela retrucou que não queria chutar e que estava cansada de ser constantemente lembrada de algo que estava no passado. Ela foi direto para a cama depois, sem outra palavra.

— Bem, se anima. É um grande passo. E, além disso, foram vestindo camisas de futebol, né? Idiotas. Devem ser camisas de escolas daqui.

Eu dou de ombros.

— Não reconheci. Talvez tenham comprado em algum lugar. Passei três horas pesquisando diferentes lojas de varejo por aquele tipo de camisa, mas tem muitas opções personalizadas, e as cores não são tão especiais.

— Eles vão encontrar os caras.

A convicção em seus olhos é intensa. Não consigo me lembrar da última vez que alguém olhou para mim desse jeito. Nenhum dos caras com quem saí em vários encontros na NYU, cada um deles tão indistinguível quanto uma das mil folhas do mesmo carvalho.

— E depois, vamos comemorar novamente.

Sentamos em silêncio, bebendo. Apesar de toda a paz que temos um com o outro no trabalho, ainda parece um território inexplorado ir a algum lugar por vontade própria, apenas para estarmos juntos.

— Sabia que, por muito tempo, eu não suportava vir aqui? — diz Rajiv baixinho.

— O quê? No Steak 'n Shake?

Ele concorda com a cabeça.

— Por quê?

Ele me olha com uma expressão de surpresa misturada com frustração.

— Você não lembra.

Ele sempre foi mais sentimental do que eu.

— A gente ia vir aqui depois do baile. Você que queria, lembra? Vir aqui em seu vestido de baile. — Ele faz uma careta.

— Ah, verdade — digo, quase inaudível.

De alguma forma, de todas as coisas que aconteceram naquela noite, esse detalhe em particular não ficou na minha mente. Para mim, parecia insignificante diante da enormidade dos destroços. Se eu tivesse me lembrado, nunca teria concordado em vir aqui.

— É por isso que você me trouxe aqui? Para a gente falar sobre isso?

— Não. Quer dizer, talvez uma pequena parte de mim quisesse isso. — Ele suspira e dá um meio sorriso irônico que é mais uma cara feia. — Nunca conversamos sobre isso.

Sim, nunca conversamos sobre isso. Depois daquele dia, não nos falamos mais, até este verão. Tem algumas coisas que não dá para voltar atrás. Não gosto de pensar nisso, em nada disso, porque relembrar essas memórias é como estar à beira de um poço que não consigo ver o fundo. É seguro estar na borda, mas fatal se inclinar para a frente.

No entanto, aqui estamos, onde tudo terminou.

Era apenas uma questão de tempo até que o segredo fosse revelado, então quando Annalie deu com a língua nos dentes, parecia que aquele nosso tempinho extra havia terminado. Antes que nossa mãe soubesse sobre nosso relacionamento, eu ainda podia sonhar que, quando descobrisse, não teria problemas com isso.

Eu estava errada.

Em casa, mamãe misturava seus comentários cortantes nas sopas e nos mexidos, espalhava-os entre as roupas lavadas, me cumprimentava com eles quando eu chegava em casa.

— Você não deveria sair com ele — dizia.

— Por quê? — eu queria saber. — Por que você não gosta de pessoas de pele escura?

Não tem nada a ver com raça, ela dizia. É cultura. É comida. É o fato de que eu era jovem e estava desperdiçando meu tempo. É querer conversar com um genro em chinês.

Nós discutíamos sem parar, e eu tentava expor e mostrar para ela seu racismo e hipocrisia. Eu falhava porque ela nunca dizia essas coisas abertamente. Mas, com a minha família, as coisas nunca eram ditas em voz alta.

Eu aguentava a tensão porque, no fundo, acreditava que isso se resolveria com o tempo. Em algum momento, ela cederia. Em algum momento, mudaria de ideia. Ela tinha a capacidade de mudar por mim. Eu acreditei nisso.

Rajiv travava sua própria briga em casa com a mãe. Ela não entendia por que ele não podia namorar qualquer uma das garotas indianas que apresentou a ele. Ele implorou para ela me encontrar, me conhecer melhor. E, enfim, ela concordou. O plano era ir jantar com a família dele e tirar fotos antes do baile.

Esse era o plano.

Não acabou desse jeito.

Começou de forma tão simples. Um rasgo no meu vestido na noite do baile. Uma solução fácil para minha mãe.

— Fique quieta — disse ela, irritada. Eu estava mudando o peso de um pé para outro, checando a hora no meu celular. — Tanto esforço para um garoto bobo.

Eu já estava nervosa por conhecer a sra. Agarwal.

— Por que você tem que ser assim? — perguntei, me afastando dela abruptamente.

— Assim como?

— Ah, para. Você odeia o Rajiv. Só fala. Só fala o que você realmente quer dizer. O que você vai fazer, nunca mais falar comigo? Ele está aqui para ficar, tá? — Minha voz foi se tornando cada vez mais alta até que eu estava gritando.

— Ele é muito diferente. Você vai se arrepender se ficar com ele — ela insistiu. — Escuta. Escuta o que digo. — Ela agarrou meu pulso. — Não sou só eu. Você acha que a família dele vai mesmo aceitar você como uma filha? Chinesa e indiano... nunca vai funcionar. Eu briguei com minha ma e meu ba, não dei ouvidos a eles, e pra quê? Seu pai me deixou sozinha aqui de qualquer forma. Ele nunca conseguiu me entender, e eu nunca consegui entender ele. Vai ser o mesmo com você. Você sempre estará do lado de fora.

— Isso não é verdade.

Ela deixou cair os braços.

— Eu pensei que você fosse uma garota esperta — disse ela calmamente, seu rosto sem emoção, exceto por um pequeno tremor no lábio. — Eu não te criei para ser estúpida.

Suas palavras cortaram profundamente.

— Isso não é estúpido.

Eu a estava desafiando, provocando-a para dizer a coisa que mais doeria. Parecia perigoso, mas também um grande alívio. Eu queria sentir a dor agora, e não mais tarde.

— Me diz — eu falei bruscamente. — O que você vai fazer se der certo e nos casarmos um dia? Vai continuar agindo assim? O que você vai fazer, mamãe?

O silêncio era mortal. Eu sabia que tinha ido longe demais.

— Mei liang xin. — *Ingrata. Cruel.* — Você escolheria ele em vez da sua própria mãe? Eu não preciso de uma filha assim. Se ficar com ele, não será mais minha filha.

A agulha ainda estava no meu vestido. Ela não tirou. Vi em seus olhos uma lágrima brilhando, mas que nunca caiu. Mamãe não chorava. Ela me deixou sozinha.

Eu a forcei a botar um limite, e ela fez isso. A quem mais eu podia culpar além de mim mesma?

Sempre acreditei que a mamãe poderia mudar, porque eu era sua filha e ela me amava como ninguém.

Ela passava as noites costurando até sua visão ficar turva para que pudéssemos pagar a hipoteca e continuar na nossa casa depois que meu pai foi embora. Pagou as aulas de arte, as aulas de piano e o professor de tênis. Ela chorou quando conseguiu nos levar à loja de brinquedos pela primeira vez para comprar qualquer brinquedo que quiséssemos. Ela nos disse várias e várias vezes que, não importava o que acontecesse com ela, desde que pudéssemos sobreviver, todo o seu sofrimento teria valido a pena. Seus sacrifícios eram reais. Ela me amava. Eu nunca questionei isso.

Sabia que, no fundo, ela estava com medo, mas pela primeira vez, senti medo também. O medo de perdê-la para sempre, depois que meu pai partiu e meus avós haviam morrido muito tempo antes. Minha mãe, minha raiz. Não importava o quanto ela estivesse errada, eu não conseguia imaginar cortar relações com ela. Havia uma velha canção de ninar chinesa — uma criança sem mãe é como uma única folha de grama. Virar as costas para sua mãe era o pior crime imaginável.

Algumas coisas podiam ser consertadas. Um vestido, uma briga. Algumas coisas não podiam.

Eu não fui ao baile.

Rajiv terminou comigo no dia seguinte.

Agora estamos aqui, e Rajiv está quieto e imóvel, esperando que eu diga alguma coisa. Sinto o espaço entre nós enquanto o mundo ao redor, alheio, continua a fazer barulho.

— Sinto muito — falo, querendo dizer muito mais do que eu quis dizer qualquer coisa, mas sabendo que nunca poderia ser o suficiente.

— Você simplesmente me largou. Na noite do baile. Minha mãe contratou um fotógrafo, preparou a casa, fez um milhão de pratos para você se sentir bem-vinda. Eu liguei pra você onze vezes. — Ele faz uma pausa. — Eu só tirei meu smoking às 22h.

Suas palavras me rasgam. Não digo nada. Não há nada que eu possa dizer agora que compense isso.

— Como você pôde fazer isso? — pergunta ele.

Ele não parece zangado. Só triste. Simplesmente quer saber. Rajiv, meu lindo e engraçado Rajiv. Ele nunca conseguia esconder nada quando falava, e agora, mesmo agora, sua voz sangra de emoção. Eu o magoei, e ainda sinto cada pedacinho dessa dor.

Olho para o meu colo. A vergonha me sufoca a garganta.

— Eu sei que não conserta as coisas ou muda o que aconteceu, mas eu sinto muito, muito mesmo. Penso naquela noite o tempo todo. Achei que, depois de tanto tempo, pararia de sentir sua falta, mas não, não posso...

Está muito perto agora, perigosamente perto — o que eu nunca quis admitir para mim mesma, até no vazio do meu dormitório, os corredores cavernosos cheios de rostos estranhos que eu não conhecia.

Eu coloquei nosso amor em uma caixa e a guardei, mas ela esparramou e abriu, e o conteúdo está se espalhando, subindo, em todos os lugares, todos os lugares. Não há mais onde esconder. Não consigo me conter e, no momento, nem quero. Eu sou limalhas de metal, e ele é um ímã a todo vapor.

— Eu nunca esqueci você — digo a ele. É a verdade. E agora é tarde demais para voltar atrás.

Sua expressão, quando digo isso, é transparente, cheia de desejo, e eu sei que só há uma direção para seguirmos daqui.

— Meus pais vão passar a tarde na casa da minha tia Amita.

É tudo o que ele tem a dizer, então saímos do restaurante e atravessamos a cidade a toda velocidade.

É incrível que não fomos parados. É a viagem mais longa e mais curta da minha vida. Mal consigo me lembrar do trajeto e, antes que eu me dê conta, estamos no quarto dele. Ele está fechando a porta e estamos sozinhos. Os lábios e o corpo dele estão nos meus, e voltamos a ser quem éramos.

Era tão cansativo me lembrar o tempo todo de todas as coisas ruins, mas aqui estamos, enfim, e estou pronta para deixar isso para lá. Sinto um alívio enorme e esmagador. Amar, simplesmente.

Estou tão acostumada com esse ângulo do quarto dele; já vi essa imagem um milhão de vezes. A luz do sol se inclina através da janela como se fosse um dia qualquer, mas não é.

Senti falta disso, e disso, e disso. O tempo passa e não passa.

Está acontecendo.

Nós caímos para trás na cama, e sinto que posso ver a maciez de sua pele até as chamas na superfície do sol e talvez até todas as estrelas piscando nos confins do universo.

É a sensação do primeiro dia de verão, de estar totalmente desperto para cada molécula, de gritar para todo mundo ouvir: estamos vivos.

Depois, deitamos na cama, entrelaçados, e em silêncio e eufóricos. Queria que pudéssemos ficar lá para sempre. Fecho os olhos e finjo que este é o nosso apartamento. Estamos na nossa própria cama, e não temos nada para fazer pelo resto do dia além de sentir os lençóis na pele, ouvir nossa respiração sincronizar como se estivéssemos compartilhando um único par de pulmões.

Mas, com o tempo, meu medo de ser pega penetra pelas ponta dos meus dedos. Pego meu telefone e as roupas.

— Eu vou indo. Seus pais vão pirar se virem meu carro na sua garagem.

— E daí? — Ele me puxa para um beijo antes que eu possa escapar. — Fica — pede ele.

— Hum, bem. Ainda não sei se estou preparada para esse confronto. É melhor esconder a camisinha na lata de lixo.

Eu me visto enquanto ele me observa, sem palavras.

Faço uma pausa na porta, maravilhada ao perceber como tudo é fácil quando somos apenas nós dois, mas como se torna complicado tão depressa quando o resto do mundo inevitavelmente se intromete. Já estou começando a sentir o início da inquietação por estar com Rajiv. Nós fomos descuidados. *Eu* fui descuidada. Já passamos por isso antes.

Meu olhar se fixa nele, envolto no lençol. Não quero ir. Quando sair deste quarto, não sei o que vai acontecer com a gente.

— O que foi? — Rajiv pergunta enquanto fico ali parada.

Eu balanço a cabeça e atravesso o quarto para um beijo de despedida.

— Nada — minto.

Ele sorri.

— Está bem.

Eu podia ficar aqui. Eu podia escolher continuar vivendo neste momento, só mais um pouco.

— Vejo você no trabalho — digo a ele, e me afasto.

Deixo a porta aberta para que ele possa me ver desaparecer.

Chego em uma casa silenciosa. Annalie não está aqui. Eu sei que ela está passando o verão trabalhando na padaria, mas também suspeito de que esteja encontrando motivos de propósito para não estar em casa e evitar cruzar meu caminho.

Mamãe está sozinha na cozinha, e na mesma hora sinto uma onda de culpa.

— Você está com fome? — pergunta ela como forma de saudação. — Estou fazendo bing para a igreja esta semana.

Eu a observo estender a massa que deixou crescer mais cedo e polvilhar farinha no rolo. Achata a massa e vai girando aos poucos até formar um círculo plano perfeito, com um milímetro de espessura. Ela esfrega na superfície uma camada brilhante de óleo vegetal, espalha um punhado de cebolinhas em fatias finas por cima e polvilha com sal. Eu sempre amei a maneira com que ela faz os cortes na diagonal, então as cebolinhas aparecem no bing como lindas fitas verdes.

Ela enrola a massa em espiral até formar um charuto, com todo o óleo, sal e cebolinha embrulhados no meio, e o achata de leve.

Apesar de não estar com fome, fico com água na boca em expectativa à saborosa crocância dourada e à massa macia por dentro, depois de cozida e fatiada.

Embora eu saiba que não tem como mamãe saber de onde estou vindo, a paranoia ainda me domina. Será que consegue sentir o cheiro dele em mim? Será que vê o que aconteceu na minha cara? Annalie sempre dizia que eu era boa em esconder o que estava pensando, mas me parecia que a única coisa que nunca consegui esconder era como me sentia em relação a Rajiv. Eu me mexo, desconfortável.

— Deixei o vídeo na delegacia — digo a ela para preencher o vazio.

— Está bem. — Ela tira a farinha das mãos. — Espero que isso acabe logo. Você está muito preocupada.

Seu comentário é como um tapa na cara. Mamãe é especialista em me irritar da maneira mais rápida, sem desperdiçar palavras.

— O que você quer dizer? — exijo saber.

— Aiya, sheng yin xiao yi dia'er — diz ela, irritada. *Abaixe sua voz.* — Eu só acho que você está muito envolvida. Deixe a polícia descobrir.

— A polícia não está fazendo um bom trabalho, mãe.

— Nem sempre isso tem que ser problema seu. Você já tem muito o que fazer. E estamos bem agora. Essas coisas acontecem. — Ela suspira e balança a cabeça, parecendo decepcionada. — Wo zhe ge nu er, lao zhao shi. — *Essa minha filha, ela sempre procura problemas.*

Sempre à procura de problemas. É assim que mamãe me rotulou desde a infância. A filha mais velha que não conseguia se comportar como deveria.

Annalie, a boazinha, que vestia mais um casaco no inverno quando mandavam, que nunca levantava a voz e que se matriculou obedientemente em todas as aulas que a mamãe mandava. Minhas notas eram melhores, mas essa era a única coisa a meu favor.

Escuta o que eu digo, era o mantra da mamãe, uma advertência a que me acostumei de tanto que ela dizia. Na cabeça dela, eu só dava ouvidos a mim mesma, e era apenas uma garota boba que não sabia o que era bom.

Engolindo em seco, me viro para subir, minha felicidade anterior totalmente esmagada, mas mamãe ainda não terminou de falar.

— Às vezes é bom ouvir o que as outras pessoas lhe dizem — continua ela. Ela bate na massa com mais força do que precisa, a voz agitada. — Quando eu vim para os Estados Unidos, sua lao lao e seu lao ye ficaram preocupados. Eles não queriam que eu viesse para cá com um wai guo ren, um estrangeiro, mas eu estava tão determinada. Não escutei meus pais. E aí esse homem me larga aqui, no meio do nada, com duas filhas e nenhum dinheiro. Eu fiquei com muito medo de voltar pra contar para lao lao e lao ye o que aconteceu, então continuei aqui. E agora eles morreram. Tarde demais.

Fico quieta. Mamãe quase nunca fala sobre meu pai.

Dou uma olhada pela sala, onde há fotos em preto e branco de mamãe quando era jovem, e fotos minhas e de Annalie ao longo da vida. Meu pai devia estar em algumas fotos, nas primeiras viagens que fizemos, mas não há sinal dele. Nenhuma foto dele e da mamãe.

Na minha cabeça, tenho uma imagem dele, mas não lembro como ele é, não de verdade. A memória pode ser uma coisa complicada. Eu me pergunto como seria nossa família se ele tivesse ficado. Eu não tenho as palavras para perguntar à minha mãe. Sei que é melhor ficar quieta.

Ela continua.

— Mas aqui eu estou, uma mulher chinesa, wai guo ren em todos os lugares. Sem marido. Inglês ruim. Aprendo chi ku, comendo amargo, aprendendo a fazer parte de onde ninguém me quer.

Seu rosto está vermelho. Se eu não soubesse melhor, diria que seus olhos estavam cheios de lágrimas. Mas mamãe não chora. Quase nunca a vejo chorar.

— Você queria nunca ter vindo para cá?

— Claro que não — diz ela brevemente. — Eu quero estar aqui. Mas queria ter vindo com outra pessoa. — Ela faz uma pausa por um momento. — Aprendo a fazer parte desta comunidade sozinha. — No final, sua voz assume um tom de orgulho duro. Ela levanta o queixo e me olha bem nos olhos. — Mas não aprendo a fazer parte desta comunidade reclamando.

Estou dilacerada. O que posso dizer em resposta a isso, mãe?

Ela enxuga os olhos furtivamente com as costas da mão e se vira para o fogão.

Essa é minha mãe, que criou a mim e minha irmã sozinha, que é a razão de estarmos neste país e não em outro lugar.

Gostaria de poder falar com ela do jeito que eu quero. Gostaria de poder fazê-la entender meu coração, ou que eu pudesse entender o dela, mas entre nós há um oceano inteiro que nunca seremos capazes de atravessar.

Mamãe tira o bing da panela, deslizando a massa para a tábua para cortar. Ela corta como se fosse uma torta, em seis fatias. Ela coloca um pedaço em um prato e empurra na minha direção. Eu assopro e dou uma mordida cuidadosa. Meus dentes trituram a camada externa crocante até as camadas internas almofadadas, fazendo barulho como uma cebola. O gosto é salgado e delicioso, mas perdi a animação pela comida.

— Como está o seu estágio? — ela me pergunta.

— Bem — digo sem tom. — Está bem.

Ela limpa o balcão com um pano molhado, esfregando vigorosamente um ponto manchado no canto.

— Rajiv mandou um oi. Ele espera que você esteja bem — digo, forçando a mim mesma. Estou ansiosa e nervosa. Estou tensa de esperança e enjoada de medo.

Ela para de limpar de repente.

— Ah, sim. Você está trabalhando com ele. Está tudo bem?

— Está tudo bem, mamãe.

Eu me sinto tonta, quero contar tudo a ela. *Você se esforça com tudo, então não me diga que simplesmente não consegue,* ele já me disse antes. Tenho que contar tudo a ela, para que Rajiv e eu tenhamos uma chance.

— Ele foi pra Universidade de Illinois, né?

— Sim.

Ela volta a limpar, molhando novamente o pano na pia.

— Você fica tão longe durante as aulas. Muito longe. — Suas palavras são como se estivesse lembrando a si mesma, em vez de conversar comigo.

— Sim — sussurro, e sinto um buraco frio no fundo do estômago.

— É bom que você terminou com ele — diz ela secamente. — Vocês dois eram tão jovens. Melhor concentrar na faculdade, encontrar alguém mais parecido com você.

Suas palavras estão carregadas de um aviso, pelo menos é o que me parece.

Eu gostaria de poder gritar com ela. Gostaria de poder culpá-la por minha infelicidade. Observo sua expressão tensa e retraída — mais velha do que antes, mas ainda imóvel. O peso de sua oposição e meu medo de perdê-la caem sobre mim mais uma vez. Todas as coisas que ela me disse antes do fim voltam. Meu desejo de lutar se dissipa, uma onda recuando, que afunda de volta no oceano à noite.

Humilhada, empurro o prato para longe.

— Vou tomar banho.

Eu fujo para o andar de cima e me retiro para o banheiro. Tiro a roupa. Ligo a água e espero ficar tão quente que embaça os espelhos. Eu lavo minha culpa.

Treze

Annalie

Quando eu disse a Margaret que não sabia quem estava no vídeo, estava falando a verdade. Eu não sabia com certeza. Mas sabia que a probabilidade de ser Thom ou um de seus amigos era alta. Quer dizer, eu tinha visto as camisas personalizadas! Quais eram as chances de que fosse outra pessoa que por acaso tivesse mais ou menos a mesma idade, estivesse usando as mesmas roupas e também tivesse escolhido minha casa em especial?

Deve haver alguma explicação, digo a mim mesma. Thom e seus amigos não tinham nada contra mim. Com certeza poderiam explicar o que realmente tinha acontecido. Ou talvez não fossem eles. Eu podia acreditar nisso, se o Thom me falasse isso, bem na minha cara.

Mas, quando fui deitar para fugir de Margaret (eu tinha certeza de que ela sabia que eu estava mentindo), fiquei sentada na cama com as luzes apagadas por horas. Percebi que tinha me comprometido com essa mentira, talvez para sempre. E teria que continuar mentindo, para minha irmã e provavelmente para Thom. Eu não poderia me imaginar perguntando a ele algo assim. Como poderia?

Eu queria tanto que ele me dissesse que não era ele, que ele e seus amigos não tinham nada a ver com isso.

No entanto, havia um medo maior que eu não podia dizer ou sequer pensar. Ele continuava tentando entrar em minha mente, se infiltrar em meus sonhos, e continuei o empurrando para longe. E se eles *estivessem* envolvidos? Eu não sabia a resposta para essa pergunta, mas também não sabia como poderia continuar saindo com Thom sem que ele visse isso escrito na minha cara.

Fiquei acordada na cama a noite inteira, me remexendo e virando, incapaz de parar de ver o brilho da tinta vermelha no portão da nossa garagem, as cores brilhantes das camisas.

Na manhã seguinte, Margaret está na cozinha quando desço as escadas. Sua expressão é tão determinada que é como se tivesse ficado acordada a noite toda, tentando arrancar a resposta do computador à força.

Ela está repetindo o vídeo várias vezes, os dentes cerrados com tanta força que tenho medo de que tenha problemas com o dentista.

— Você tem que parar — digo de leve, tentando afastar minha ansiedade profunda.

— Eu fico assistindo para ver se encontro alguma pista — ela murmura. — Esses caras escolheram nossa casa porque sabem que moramos aqui. Devem ser da área. Provavelmente estudam na nossa escola.

— Bem, você tem que ter cuidado com acusações infundadas. Não temos nenhuma prova disso.

— Não te incomoda que alguém que estuda com você possa fazer isso com sua casa? — pergunta ela.

— Eu não sei se era alguém da escola — retruco, virando-me para que meu cabelo cubra o rosto. Pego um pão doce de uma cesta de bambu ao lado do fogão. — E, no momento, você também não.

Saio da cozinha.

Sou uma péssima mentirosa.

— Aperte o cinto — digo. — Se prepare.

Daniel está sentado no banco do passageiro da frente do meu minúsculo carro de duas portas. *Espremido* é provavelmente a descrição mais precisa. Ele é tão alto que suas pernas estão praticamente em um ângulo de quarenta e cinco graus.

— Parece confortável — digo a ele, tentando não rir.

Ele me dá um olhar de reprovação.

— Eu deveria aprender a dirigir enquanto estou aqui. Não sei o que estava pensando.

— Por que você não consegue uma licença provisória e pede ao seu avô para te ensinar?

Ele ri.

— De jeito nenhum ele vai concordar em passar tanto tempo no carro só comigo.

— Tão ruim assim?

— Eu realmente deveria ir para casa, mas não posso dar ao meu pai essa vitória, e minha mãe está tão emocionada com toda essa situação de vínculo familiar. Ela acha que tenho uma chance de quebrar o embargo familiar. Não posso admitir a derrota.

— Por que vocês não fazem algumas atividades de interação ou algo do tipo?

— Tipo o quê?

— O que ele gosta de fazer?

— Confeitar?

— Todos nós podemos confeitar juntos!

Daniel faz uma careta.

— Parece terrível. Eu não sei cozinhar merda alguma.

— A confeitaria é diferente. É mais ciência do que arte. Qualquer um consegue seguir as instruções.

— Sou bom em ciência — ele admite —, mas quando eu cozinho, é como se as leis da física e da natureza se dobrassem para estragar as coisas. Sinceramente. Isso é o que acontece todas as vezes.

— E quantas vezes você tentou?

— Tipo, três.

Eu caio na gargalhada.

— Três vezes é suficiente para o universo me dizer que não herdei os genes do meu avô nessa área.

— Certo — digo. — Outra coisa. Você pode descobrir algo pra ver com ele. Filmes? TV?

— Ele só gosta de livros. Ele pensa que a Netflix ainda é um programa de troca de DVD.

— Você só precisa encontrar um meio-termo com ele. Dê uma chance.

— Certo. Ei, você podia vir jantar com a gente ou algo assim. Ele teria o que conversar com você.

— Aham — digo evasivamente. — Pode ser.

Estamos dirigindo pela rua principal da cidade. Abro as janelas para uma brisa entrar.

— Sem ar-condicionado?

—Janelas abertas é melhor. — Ligo o rádio e procuro a estação certa.

Daniel parece atordoado.

— Música country?

Eu lanço um olhar e um sorriso para ele.

— Absorva tudo. Hoje é pra ser uma experiência educacional, lembra?

Ele suspira, tentando se jogar para trás, mas sem sucesso. O topo de sua cabeça roça o teto do carro. Ele parece ridículo.

Eu me pergunto como Thom se sentiria se eu fosse jantar com os Bakersfield, sem contar com todas as coisas que já estamos fazendo juntos.

Por outro lado, tenho evitado ele nos últimos quatro dias, então não sei como ele se sentiria. Eu dei desculpas sobre meus estranhos turnos da padaria e tive várias atividades "familiares". Ele não suspeitou. Por enquanto. Mas não posso simplesmente ignorá-lo até ir para a faculdade. Ele é meu namorado. Vou ter que falar com ele alguma hora.

Eu não sei como será quando isso acontecer.

Eu não contei para ninguém. Nem mesmo para Violet. Sinto que, se eu não disser nada, se essa informação continuar trancada na minha cabeça, talvez deixe de existir. E quem sofreria se isso acontecesse? A garagem está limpa. Nada mais aconteceu. Margaret vai voltar para a faculdade. Vou continuar namorando Thom. Tudo terá sido um pesadelo ruim do qual acordamos e que nunca mais vai se repetir. O que vamos ganhar se dissermos algo?

E se fosse mesmo Mike? Pior, e se fosse Thom? Como posso suportar saber a resposta?

— Para onde você está me levando? — pergunta Daniel.

— Você está com medo?

Ele levanta uma sobrancelha.

— Eu deveria estar?

— Confie em mim. Você vai amar.

— Eu não amei nada até agora, então estou cético. — Ele examina os céus. — Vai ser ao ar livre? Acho que deve chover mais tarde.

Neste momento, uma nuvem branca fofa flutua preguiçosamente no horizonte, mas o sol está felizmente imperturbável. O ar está pesado de calor, então a brisa que entra pelas janelas é bem-vinda.

Eu dou de ombros.

— O clima aqui é imprevisível. Qualquer coisa pode acontecer em cinco minutos. — Eu tiro o cabelo do meu pescoço. — Espero que chova. Com essa umidade, cairia bem.

— *Carpe diem*, então.

— Esse é o espírito.

Estou dirigindo pela rua principal seguindo em direção aos arredores da cidade. Paramos em um sinal vermelho e eu olho para ele, ainda desconfortavelmente apertado no banco do passageiro. Apesar de já ter passado metade do verão aqui, não parece que ele pegou nem um leve bronzeado. Seu nariz está ligeiramente vermelho.

— Você se queimou?

— Hã?

— No nariz, quero dizer. O sol é bem forte aqui.

— Ah, certo. Sim, estou acostumado com aquele sol fraco e o tempo enevoado e molhado. Minha pele não bronzeia, só assa como uma lagosta.

Eu ri.

— Encantador.

— Não é culpa minha!

— Quer dizer, você é bastante charmoso quando quer ser. Tipo, não no começo, quando você era um total rabugento comigo.

— Claro — ele retruca, ignorando minha última provocação. — Os britânicos são sempre encantadores. É uma das nossas principais características.

— Todo aquele charme foi bem usado em casa? Deixando um rastro de corações partidos atrás de você?

Não posso acreditar que perguntei isso. Quase parece que estou flertando com ele ou tentando descobrir se tem namorada. O que eu não estou! Nos dois casos. Obviamente. Porque já tenho um namorado, que eu... bem, se ainda não o *amo* exatamente, estou chegando lá.

Daniel levanta uma sobrancelha para mim, e eu juro que ele pode ouvir todo o meu monólogo interno.

— Por que, está interessada?

Estou corando tanto que poderia muito bem ser eu que estou assando como uma lagosta.

— Estou comprometida — digo friamente, muito mais do que me sinto de verdade no momento.

— Não fique muito animada. Eu não estava oferecendo. — Mas ele sorri, como se *estivesse*. — E sei que não posso competir com seu namorado superstar. — Ele faz uma pausa e se reposiciona em seu assento. — Namorei uma garota no ensino médio por três anos.

— Bastante tempo. Mas, namor-*ei*?

— Nós terminamos antes de eu vir para os Estados Unidos.

— Por quê? Por causa da distância?

— Ela está indo para Oxford.

Eu me sinto imediatamente inferior.

— Ela parece superinteligente. Casal poderoso.

— Ela *é* superinteligente. Mas não, não terminamos por causa da distância. — Ele dá de ombros. — Acho que eu estava muito mais empolgado com a ideia de fazer macroeconomia nos Estados Unidos do que em marcar as datas para voltar ao Reino Unido e ver minha namorada. E foi aí que ficou claro que talvez não seja normal não achar animador ver sua namorada.

— Que triste.

— Teria sido mais triste continuar namorando depois de perceber isso.

— Como ela se sentiu?

Ele apoia a mão direita no topo da abertura da janela.

— Ela também não ficou muito abalada com isso, o que confirmou que foi a decisão certa. No ensino médio, é tão fácil namorar pessoas só porque estão por perto. Mas aí você percebe que existe um mundo inteiro lá fora e que pode ter alguém com quem se sinta realmente incrível.

Eu o encaro por um instante, e então olho fixamente para a estrada.

— Enfim, como estão as coisas com o Tad?

— Thom.

— Certo.

— Você conheceu ele.

— Conheci.

— O que achou?

— Você realmente confia em uma pessoa aleatória para lhe dar feedback sobre seu namorado? Não é estranho?

— Você não é uma pessoa aleatória. — Eu dou uma pausa. Ele é meu amigo? Eu mal o conheço. — Você é pelo menos um conhecido próximo agora.

Ele começa a rir.

— Pelo menos um conhecido próximo. É uma descrição muito boa. Estou honrado.

— Bem — eu gaguejo —, o que você quer que eu diga? Meu BFF?

— Certamente não sou seu "melhor amigo" — diz ele fazendo aspas no ar. — Eu me contento com "pelo menos um conhecido próximo". Minha opinião profissional, entretanto, é que você não deveria receber feedback sobre seu namorado de "pelo menos um conhecido próximo". Então a gente tem que aumentar um pouco mais o nível de intimidade para pelo menos "um amigo casual".

— Um amigo casual está acima de um conhecido próximo?

— Eu diria que sim.

— Certo, acho que podemos fazer isso. Você está no meu carro agora — aponto.

— Ainda é território para conhecidos, Annalie.

— Trabalhando nisso, Daniel!

— Está bem, devemos voltar a esse assunto, mas antes disso, posso perguntar... e digo isso com o maior respeito... para onde diabos você está me levando?

Estamos totalmente fora da cidade agora e cercados por nada além de quilômetros de milharal. Eu viro em uma estrada de terra lateral e sigo para o campo. Ao longe, altos moinhos de vento brancos erguem-se do verde e giram preguiçosamente. As rodas do carro levantam uma nuvem de poeira marrom ao nosso redor. O ar tem aquele cheiro verde-dourado de verão, terroso e vivo.

— Acho que é para cá que as pessoas levam suas vítimas para serem assassinadas.

— Em plena luz do dia, em uma tarde de fim de semana? Você está mesmo preocupado que eu seja mais forte que você numa briga? — Reviro os olhos, sorrindo. — Estamos quase lá.

— Quase *onde*? Esse é o meio do nada.

— Olhe em volta.

Ele olha.

— É, tem milho. Milho e... — ele olha ansiosamente — ... moinhos de vento?

— É uma fazenda de moinhos de vento! — Eu sorrio, animada. — Uma das maiores do país. — Ele não parece impressionado. — Não julgue ainda, tá? É legal. Vamos ver.

Eu entro em uma estrada ainda menor do que aquela em que estávamos, seguindo pelos campos cada vez mais. Os pés de milho criam barreiras em ambos os lados do carro, uma cidade de esmeralda. A estrada leva a uma clareira. Moinhos de vento alinham as laterais. De longe, parecem palitos de dente, mas, de perto, são imensos e muito mais altos do que nós. Do carro, tudo o que podemos ver são os troncos grossos brancos, como árvores de metal crescendo no chão.

Estaciono ao lado da clareira. Descemos do carro. Daniel tira a poeira das calças. Fico de pé, apertando os olhos contra o sol.

— Você não ama o verão daqui?

Ele pensa na minha pergunta.

— É quente. Muito mais quente do que em casa.

— Adoro o calor. Tudo parece muito mais *vívido*, sabe? Isso soa estranho? Às vezes, quando estou sozinha, falo comigo mesma, e soa exatamente como esse balbucio que estou fazendo agora, mas não faço isso na frente de outras pessoas. Eu nunca vomitaria esse tipo de bobagem na frente do Thom.

Daniel se inclina para o carro.

— Não. — Ele sorri. — Eu não acho que pareça estranho. Acho que parece alguém que ama o lugar de onde é, o que é legal.

Eu levo Daniel até a base do moinho de vento.

— Tá, agora deita.

— O quê?

— Confia em mim. De costas.

— *Agora* você parece estranha.

Eu me sento e acaricio a área ao meu lado. O chão é de terra e poeirento em um raio de um metro e meio ao redor do moinho de vento, e, a partir dali, brota grama fresca e curta. Com a exceção do caminho que percorremos, milho nos cerca de todos os lados. Uma parede de um verde sólido, salpicado de borlas de um amarelo cor de mel, até onde a vista alcança.

Daniel se senta delicadamente ao meu lado.

— Tá, e agora?

Eu me deito no chão com a cabeça na base do moinho de vento, de modo que estou olhando para cima.

— Vou sujar meu cabelo! — diz ele.

— "Vou sujar meu cabelo" — reclamo de volta para ele. — Para de agir que nem um bebê e só deita.

Ele resmunga e obedece.

Desse ponto de vista, vejo o tronco do moinho de vento subindo em direção ao céu infinito. As lâminas giram devagar acima de nós, cortando o ar e depois descendo em nossa direção em uma curva emocionante, tão perto, impossivelmente perto. É vertiginoso. Parece que estou presa ao teto do mundo e que, a qualquer segundo, vou mergulhar no espaço, caindo para sempre. Parece que estou tendo uma conversa de coração aberto com a terra, sua pulsação, sua solidez vasta e segura. Estou ancorada neste lugar, um pedacinho de um universo inimaginável e infinito. É difícil descrever o sentimento, é preciso estar lá e sentir por si mesmo.

E, quando eu viro o rosto para olhar para Daniel e ele se vira na minha direção, sei que ele sente isso também.

Por um minuto, ficamos ali olhando para cima, apertando os olhos contra aquele azul esbranquiçado, que só existe no centro do céu de verão, nos recusando a quebrar o silêncio. Esta é a minha coisa favorita em todo o mundo. Eu poderia ficar aqui por horas e ver os moinhos de vento girarem. Quando fecho os olhos, ouço o suave farfalhar das lâminas e o gorjeio de insetos desconhecidos misturados com o canto dos pássaros. Parece que poderíamos estar em um lugar completamente diferente, ou em um tempo completamente diferente. Amanhã, ou cem anos atrás.

Daniel se move um pouco ao meu lado e seu braço encosta no meu. Isso me faz parar de flutuar em um sonho no éter, de volta ao meu corpo. Minha pele formiga. Eu me pergunto se talvez esta não tenha sido minha melhor ideia. Se nós dois virássemos de lado, nossos lábios estariam a um sussurro de distância.

Se nossos lábios *estivessem* a um sussurro de distância, meu corpo poderia levar essa história em um milhão de direções indesejadas.

Eu tusso e me afasto um pouco, quebrando o feitiço do silêncio.

— O que você achou? — pergunto. Minha voz soa incrivelmente alta a meus próprios ouvidos.

— Isso é legal. — Pela primeira vez, ele soa extremamente sério e admirado, sua voz despida de seu cinismo normal.

Ele se apoia no cotovelo.

— Ei.

— Ei.

— Sinceramente, obrigado por ser minha conhecida próxima neste verão. Estava bem chato antes de você decidir falar comigo.

— De nada. E eu oficialmente atualizo seu status para amigo casual.

— Incrível. Mais uma vez, estou honrado. — Ele dá um grande suspiro e olha para cima. — Mesmo que essa coisa de verão em família não tenha saído do jeito que pensei, ainda estou feliz por ter vindo para os Estados Unidos mais cedo.

— Você está animado pra ir pra Nova York?

— Muitíssimo. Faltam dois meses.

Isso mesmo. Dois meses, e então Daniel estará na deslumbrante Nova York com Margaret, depois de volta ao Reino Unido nas férias, e assim por diante. Ele nunca mais vai voltar para cá. Ele é brilhante e gentil, e seu futuro tem inúmeras possibilidades. É o tipo de pessoa que eu poderia facilmente imaginar fazendo algum trabalho sofisticado na ONU. Eu sou um pontinho na vida dele. Alguém para quem ele vai olhar para trás e pensar: *Ah, sim, eu me lembro daquela garota com quem conversei por falta de opções naquele verão.* Se é que vou alguma vez passar pela cabeça dele de novo.

Isso me faz sentir pequena e triste, o fato de ser uma nota de rodapé em sua história.

Daniel se vira para mim e faz uma pergunta sobre a cultura pop americana, e o tempo avança novamente. Não quero olhar para ele, mas olho, e é surpreendente. Tenho que desviar o olhar na hora, o que talvez seja o sinal mais claro de que estou completamente, totalmente ferrada no que se trata de amor.

Deitamos no chão de novo, olhando para cima para não termos que fazer contato visual enquanto falamos. Eu não sei quanto a ele, mas isso me parece muito mais seguro por algum motivo.

É tolice ter trazido ele aqui, à luz de tudo isso, para este lugar que é o meu tesouro, que não compartilhei nem mesmo com meu namorado. Meu namorado com quem não falo há quase uma semana. Me sinto culpada. Não é como se tivéssemos *feito* nada, mas de alguma forma, estar neste campo cercado de maravilhas naturais e artificiais parece absurdamente íntimo de uma maneira que beijar Thom nunca foi. Como se eu estivesse compartilhando algo do meu coração com alguém que não deveria.

Mas aqui estamos, de qualquer forma, em uma armadilha que eu mesma criei.

Se o eu do futuro pudesse olhar para trás e descobrir o momento exato em que estraguei tudo, o primeiro provavelmente seria quando eu deixei Daniel ir comigo comprar mirtilos, e este aqui seria o segundo.

Uma hora depois, deixo Daniel na padaria.

— Você quer entrar para um café? — pergunta ele, a mão parando na porta do carro.

Eu hesito.

— É de graça — completa ele com um sorriso.

Acho que deveria ir embora. Meu coração está disparado, e eu preciso de um tempo para pensar. Algum tempo com Thom. Vou me sentir melhor se mandar uma mensagem para ele. Talvez. Mas já estou encostando em uma vaga de estacionamento.

— Está bem — digo. — Acho que posso tomar um pouco de café.

E aí é tarde demais para retirar as palavras.

Entramos pelos fundos. Sou supercuidadosa em manter uma distância respeitosa, como se, estando longe o suficiente dele, isso vá me fazer sentir menos culpada por olhar para ele em um milharal. Quer dizer, não *fizemos nada*. Então, por que sinto que fui pega no flagra?

Bakersfield está na cozinha, o que me surpreende porque não há nada de novo para fazer hoje, nenhuma razão para ele estar aqui.

— Ah.

Ele se vira para olhar para nós.

— Vocês dois — diz ele, espelhando minha surpresa. — O que estavam fazendo?

— Ela só estava me mostrando a cidade — responde Daniel. — Vendo alguns dos pontos turísticos.

— Pontos turísticos? — questiona Bakersfield, incrédulo. — Você?

Daniel parece que está prestes a soltar alguma resposta ofensiva. Eu coloco a mão em seu braço e lhe dou um olhar insistente.

— Vamos — eu sussurro. — Lembra o que eu falei?

Ele abaixa o queixo e suspira.

— Sim, foi legal. O que você esteve fazendo a tarde toda?

— Tentando falar com o contador com quem você me colocou em contato. Ele está pedindo um monte de documentos que não tenho ideia do que são.

— Ah, eu posso fazer isso — diz Daniel. — Pode deixar comigo. Você não tem que descobrir sozinho.

— Bem, eu não tinha mais nada pra fazer, de qualquer forma. — Ele olha em volta melancolicamente. — Ter duas pessoas extras trabalhando me deixa com mais tempo livre do que estou acostumado.

— Talvez você possa se dedicar a um hobby — sugere Daniel.

— Estou um pouco velho pra isso. Mas sabe, eu gostava de pescar, quando tinha mais tempo.

Isso é bom! Não quero fazer movimentos bruscos para não perturbar aquela trégua frágil.

— Parece que pode ser uma boa — diz Daniel. — Aonde você ia?

— Tem alguns lagos próximos que estão bem abastecidos. Mas ah... — diz Bakersfield. — Isso foi há muito tempo.

— É algo que você costumava fazer com o meu pai? — pergunta Bakersfield baixinho.

Bakersfield faz uma longa pausa, seu rosto ilegível. Eu me pergunto se Daniel tocou em um ponto sensível.

— Quando ele era mais novo — diz Bakersfield, enfim. — É difícil lembrar, mas tudo era mais fácil quando ele era mais novo. Ele costumava gostar. — Sua boca se contrai, e não consigo dizer se está prestes a resmungar ou chorar. — Eu não sei muito bem do que ele gosta agora. — Sua mão aperta e solta a beirada do balcão.

Não me atrevo a olhar para ele — o momento parece muito delicado. Espero para ver se Daniel vai até ele, mas talvez ele sinta o mesmo, porque fica onde está.

Bakersfield tosse.

— Não baguncem a cozinha. Vou ao supermercado comprar coisas pro jantar.

Nós ficamos observando ele dar as costas e sair.

— Você deveria ir com ele — digo gentilmente para Daniel.

Ele balança a cabeça.

— Eu só sirvo para lembrar coisas em que ele não quer pensar.

— Eu não...

— Obrigado por me levar para lá hoje. De verdade — diz ele. — Vou para o escritório. Você pode fechar as coisas depois de tomar seu café, né?

E então me deixa lá, sozinha.

Não posso evitar Thom até o fim dos tempos. Ele me manda mensagens todos os dias, me pressionando para sairmos de novo, então, em certo momento, eu cedo.

Os pais dele vão a um jantar, então, quando saem às 15h, eles avisam com antecedência que estarão fora até as 22h. Ele me convida para jantar e ver Netflix enquanto eles estão ausentes.

Não estrague tudo, digo a mim mesma um milhão de vezes antes de ir. *Não fale nada sem ter um plano.*

Fico pensando se vou dizer alguma coisa, até chegar à porta da frente. Estou quase convencida de que vou criar coragem para perguntar a ele sobre o vídeo, mas quando ele abre a porta e sorri para mim, estou de volta à estaca zero. Tudo o que vejo é meu namorado, que passei a vida inteira tentando conquistar, parado na minha frente como um sonho tornado realidade.

O jantar acaba sendo espaguete e molho de tomate pré-pronto, mas ele adicionou um pouco de manjericão fresco do jardim, o que sinceramente é bastante impressionante para um cara da minha idade. Com certeza nenhum menino cozinhou para mim antes.

— Seus pais sabem que estou aqui? — eu pergunto enquanto comemos em sua sala de jantar cavernosa. Insisti em colocar plástico sobre a toalha de mesa, embora Thom tenha dito que seus pais não se importariam. Mas a ideia de espirrar molho de tomate em uma toalha de renda claramente cara era demais para meus nervos. Eu não queria que eles me odiassem antes mesmo de me conhecer.

— Claro. Meus pais são de boa com esse tipo de coisa. É por isso que eles me dizem quando vão sair. Eles confiam em mim.

— Deve ser legal.

— Sua mãe não confia em você?

Eu dou uma risada.

— Ela é rigorosa. Não acho que ela seja muito a favor da ideia de namoros no ensino médio.

— Que saco. Meus pais ficaram tristes por não verem você esta noite. Eles querem te conhecer.

Espera aí.

— Seus pais querem me conhecer?

— Sim, claro. Eu comentei e eles querem saber como você é. Quando você estiver pronta. Meus pais são muito legais, não são assustadores. — Ele olha de lado, girando o garfo no prato. — Acho que sua mãe não quer me convidar pra ir na sua casa, né?

Hum, bem.

Quando não respondo, ele pergunta:

— Você já contou à sua mãe sobre mim?

— Não exatamente.

— Não tem problema. Você não precisa fazer isso. Quer dizer, isso não é nada sério, certo?

— Certo — digo imediatamente, sem pensar.

E então me sento de volta no meu lugar. Certo? Em um segundo ele está me convidando para conhecer seus pais, e em outro, está dizendo que não é nada sério? O que isso significa? Eu quero perguntar, mas não quero parecer pegajosa ou insegura. Não há nada mais desagradável para os caras do que insistir em definir o nível de comprometimento de alguém. Só de pensar nisso estou me sentindo cada vez menos sexy.

Ao mesmo tempo, *eu* não sei mais o que quero que sejamos. Isso não era um problema até recentemente. Você pode estar desesperado por mais compromisso e menos compromisso? Não consigo parar de pensar no vídeo e nas camisas, e tenho um desejo intenso de invadir sua cômoda e vasculhar entre as roupas até encontrar a camisa e comparar.

Margaret faria isso, se eu dissesse a ela. Mas não posso. Pelo menos não até ter certeza. Não posso simplesmente submeter Thom e seus amigos ao nível excepcionalmente alto de questionamento dela. Margaret pode estar completamente errada. Quem vai dizer? Talvez as camisas sejam mais comuns do que eu penso.

Tudo isso está girando na minha cabeça enquanto limpamos os pratos e nos acomodamos na sala para ver alguma coisa na TV.

Já fui à casa de Thom duas vezes. A mãe dele é designer de interiores, e é perceptível. A casa, antes de mais nada, tem duas vezes o tamanho da minha. Nossa casa é fofa, mas isso aqui é outro nível. Tem o dobro de banheiros do que habitantes. Eu nunca entendi por que as pessoas são tão obcecadas por ter um milhão de banheiros, mas é muito bom saber que todos na casa podem estar fazendo o número dois ao mesmo tempo em extremos totalmente diferentes da casa.

Thom veio à minha casa só uma vez, quando eu tinha certeza absoluta de que mamãe e Margaret estariam fora. Mesmo assim, passei o tempo todo apavorada com a possibilidade de uma delas entrar e nos pegar.

Tento me lembrar se ele parecia culpado quando chegou. Ele teve alguma reação estranha? Ele agiu como se reconhecesse o lugar? Eu repassei isso na minha cabeça desde então. Revisando mentalmente cada contração de sua sobrancelha e curva de seus lábios. Não há nenhum detalhe que eu tenha deixado de fora. Mas nada disso me diz nada.

Thom desliza o braço em volta de mim como se esta fosse a nossa pose mais natural.

— Você parece quieta. Tudo certo?

— Humm — digo, me inclinando mais para ele, tentando superar minha própria incerteza.

Quero aproveitar o tempo sozinha com meu namorado sem pensar demais. Quero saborear o momento sem me distrair com algo que já acabou. Quero beijar Thom sem me perguntar, lá no fundo, como seria se ele fosse o Daniel.

Principalmente essa última parte.

Colocamos um filme. É muito ruim, embora não estejamos realmente prestando atenção. Antes que eu perceba, estamos nos beijando, e é com uma urgência que não experimentei antes. Sua boca está esmagando a minha. Ele é o líder, estou apenas seguindo. No começo, estamos sentados, mas ele astutamente me manobra para baixo até me pressionar no sofá. Sinto seus quadris se esfregando nos meus, e lá está. Deveria ser emocionante, mas estou um pouco apavorada.

De repente, a possibilidade de — bem, não ser mais virgem — é iminente como nunca em toda a minha vida. Eu não estou preparada. Claro, pensei em como seria quando chegasse a hora. E claro, pensei nisso com Thom. Mas é diferente quando você está pensando em algo e quando tem um garoto em cima de você e isso pode realmente acontecer.

As mãos de Thom começaram a se mover do meu rosto mais para baixo do meu corpo, abaixo da cintura. Eu me mexo desconfortavelmente, arrepios subindo pela minha espinha. Eu mal posso acreditar em mim mesma agora, mas não quero isso. Tudo parece errado. Este momento. A logística de fazer sexo. Minha falta de prontidão mental. Eu deveria querer, mas isso me assusta mais do que nunca antes na minha vida. Ninguém em todas as minhas aulas de educação sexual, falando desajeitadamente sobre as consequências do sexo, jamais mencionou como é íntimo, como é estressante. Eu nunca vi um pênis antes na vida real. E se doer? E se eu sangrar em tudo?

Eu me afasto do beijo, e ele geme. Suas mãos estão tateando no botão do meu jeans.

— Annalie — ele sussurra.

— Ei — digo. Agarro suas mãos. — E se seus pais chegarem mais cedo?

— Eles não vão. Prometo.

Eu me esforço para me sentar.

— Vamos — ele pede. — Tenho camisinhas na gaveta. — Ele corre um polegar ao longo dos meus lábios. — Eu te quero tanto.

Ele chega perto de mim de novo.

— Eu não estou... eu não estou pronta, tá?

— Qual o problema?

Não posso dizer a ele que sou virgem. Eu me sinto envergonhada. Minha boca inexplicavelmente perdeu todas as palavras. Eu não poderia descrever, mesmo que eu quisesse.

— Nada. Só não hoje — digo sem jeito.

Ele cai para trás e suspira. Toda a tensão na sala desaparece. Eu sei que você nunca deve se sentir culpado por não querer fazer sexo, por qualquer motivo que seja, mas me sinto culpada mesmo assim. Tão culpada que estou prestes a sugerir que vamos em frente e eu vou simplesmente superar, mas ele se vira para mim e me dá um sorriso preguiçoso.

— Não vai demorar muito, eu espero? Você me deixa louco.

— Não vai — respondo, embora não saiba o que isso significa. Semana que vem? Em um mês? Em uma hora? Estarei pronta até lá? Quando estarei pronta?

E se eu fizer sexo com ele e descobrir que estava envolvido na pichação da nossa casa?

Por quê? *Por quê?* Thom nunca me deu qualquer indício de que tenha atitudes ou pensamentos racistas.

O turbilhão de perguntas ao meu redor me força a fechar os olhos e me reorientar. Não posso seguir em frente sem descobrir a verdade. Fico doente só de pensar em ser uma vítima sem saber disso. Mas, se eu perguntar, isso vai mudar tudo. Não haverá como voltar atrás. A acusação, não importa como eu a expresse, vai abrir um buraco em nosso relacionamento. A única incerteza é o tamanho do raio da explosão.

Thom me assusta ao tocar meu ombro.

— Ei, você sabe que eu gosto mesmo de você, né? Não estou só tentando te comer.

Aí me sinto culpada de novo. Eu deveria ser capaz de dar a ele o benefício da dúvida. Se eu fosse uma boa namorada, não precisaria perguntar a ele. Apenas confiaria que ele é uma boa pessoa.

— Eu *gosto* de passar tempo com você. Você é linda *e* adorável. Parece tão *fácil* passar o tempo com você, especialmente em comparação com a minha ex. — Eu fico vermelha. Ele continua. — Ei, na verdade, meus pais vão sair da cidade por uma semana inteira depois do feriado de 4 de julho. — Ele me olha um pouco esperançoso. Quando eu não respondo imediatamente, ele continua. — Talvez você possa ficar aqui?

A implicação é clara. Isso é *logo*. Duas semanas.

Num piscar de olhos, fica claro para mim que não posso não saber.

— Thom, eu tenho que te perguntar uma coisa.

— Tá?

Ele parece confuso.

— E, quando eu te perguntar, não quero que você fique bravo. Não estou te acusando de nada. Só preciso saber.

Ele ergue as sobrancelhas, mas fica em silêncio. E a sala também. É como se o episódio tivesse terminado e estivesse esperando que nós apertássemos o botão para avançar. Estamos no fio da navalha.

— Você se lembra quando aquela coisa aconteceu na minha casa? Quando alguém escreveu "Xing Ling" na garagem?

Seu corpo inteiro está parado. Ele mal acena com a cabeça, imperceptivelmente.

— Minha irmã conseguiu um vídeo com os vizinhos. — Eu tento não tremer. — As camisas... — eu sussurro. — Elas são parecidas com a sua.

A próxima pergunta leva uma eternidade para sair. Ou talvez tenha demorado apenas um segundo. Não sei. Mais tarde, será impossível lembrar exatamente como consegui dizer isso, o momento será apagado da minha mente.

— Foi você?

Apesar de tudo eu torço, com todas as forças que tenho, para que ele se volte para mim e ria. Ele vai falar que é besteira, me beijar e me chamar de boba. Vai me dizer que sente muito pelo que aconteceu e que daria um soco em qualquer pessoa que fizesse uma coisa dessas.

Ou vai ficar com raiva e me mandar ir embora. Vai insistir que nunca, em um milhão de anos, faria uma coisa dessas e ficaria insultado pela minha dúvida.

Qualquer uma dessas respostas teria sido melhor.

Em vez disso, ele não olha para mim. Eu o vejo engolir uma vez, duas vezes. Penso: *Talvez o universo acabe antes que ele responda e nos poupe*. Quando olha para mim, seus olhos estão todos pintalgados por cores diferentes da luz do abajur.

— Não fui eu — diz ele, a voz oca. Pela primeira vez em todo o tempo que o conheço, Thom Froggett parece extremamente inseguro de si mesmo.

Eu daria um suspiro de alívio, mas o tom não está certo. Não está acabado. Ele ainda não me contou tudo.

— Foi o Mike — ele solta, num tom baixo e apressado. — Mike e Brayden.

Estou chocada. Antes que eu possa reagir de alguma forma, Thom agarra minhas mãos.

— Não conta pra ninguém. Por favor — ele implora.

Nunca poderia imaginar isso. Eu o encaro sem palavras. Meu corpo não sabe o que sentir. Pulsa quente e frio. Minhas mãos, ainda presas no aperto desesperado das dele, começam a suar.

— Annalie — diz ele com urgência. — Por favor.

Eu deveria ir embora. Eu deveria ligar para Margaret. Ah, meu Deus, eu deveria fazer qualquer coisa, menos continuar sentada aqui como uma covarde. Tudo o que consigo fazer é abrir a boca e dizer timidamente:

— Mas por quê?

— Porque foi uma vez só, e ano que vem a gente vai fazer as inscrições para a faculdade, e isso poderia acabar com a vida deles de verdade — diz ele apressadamente. — Ninguém se machucou. Foi uma coisa idiota, todo mundo sabe, e eles não deveriam ter feito isso. Mas pense em como isso iria atrapalhar as coisas, né? Eles poderiam ser processados. Eles poderiam perder bolsas de estudo. E o pai de Mike mataria ele, de verdade. — Thom está falando tão rápido que é um pouco desconexo, como se não pudesse colocar as palavras para fora rápido o suficiente.

Ele está respondendo um *porquê* que eu não estava perguntando. A questão não é por que eu deveria acobertá-los. Conheço todos esses motivos. A questão é por que eles fariam isso, em primeiro lugar. Eles sabiam que eu morava lá? Deviam saber — nossa escola não é tão grande. Mas, ainda assim, eu mal os conhecia. Eu conversei com eles talvez duas vezes na minha vida. Estávamos duas classes abaixo da de minha irmã, então eles *a* conheciam, mas duvido que tenham falado com ela também.

Por que usariam aquelas palavras? Eu me lembro do que a Margaret disse há apenas alguns dias, que os criminosos provavelmente nunca mais nem pensaram no que fizeram. Thom está repetindo as mesmas palavras que eu disse a ela na época: *ninguém se machucou, ninguém se machucou, ninguém se machucou*. Foi um comentário superficial na época, e agora me sinto estúpida.

Eu me sinto tão, tão estúpida.

Thom está olhando para mim, procurando algo no meu rosto. Eu não posso dizer qual é a minha expressão agora. Traição? Fúria? Dormência? Confusão? Eu quero ser capaz de dizer a ele que não é grande coisa. Ser a garota legal que eu continuo tentando ser.

— Por que eles fariam isso? — digo finalmente.

Ele suspira.

— São uns idiotas. Foi só uma brincadeira. Sei lá. Eles provavelmente estavam meio bêbados porque tivemos o dia de folga do treino de futebol. — Ele dá de ombros, impotente.

Eu quero uma resposta melhor do que essa. Eu preciso de uma resposta melhor do que essa. Mas acho que essa é a única resposta que vou ter.

— Foi burrice. *É* burrice. Eles sabem que foi errado e nunca mais vão fazer isso. Só não estraga a vida deles por algo que já passou. Desculpa, Annalie. Você sabe que não somos assim, né? Não somos racistas. Eles não são racistas. Eu nunca seria amigo de racistas.

Ele é sincero, absolutamente insistente e inabalável em sua convicção. Ele aperta minhas mãos novamente.

— Como eu poderia namorar você se fosse racista? Eu te adoro. Por favor. Só estou contando porque confio em você. Você é minha namorada, e eu quero que fiquemos juntos.

Eu não poderia viver comigo mesma se não soubesse a verdade. Agora sei. E gostaria que não soubesse. Como vou poder encarar minha irmã? Ou minha mãe? Se elas descobrirem que escondi isso, nunca mais falarão comigo. *Se* descobrirem.

Eu quero ser corajosa, mas imagino a reação de todos na escola se eu os dedurasse que nem uma criancinha, e a polícia realmente fosse atrás de Mike e Brayden. Seus futuros destruídos. Esse seria o meu fardo, não seria? Como eu poderia viver com isso?

Pessoas cometem erros.

Não?

Isso foi realmente um crime de ódio? Ou foi apenas uma brincadeira que um bando de adolescentes fez em um dia ruim? Eu sei o que Margaret acha. E eu?

Não sei.

— Por favor — diz Thom.

— Tudo bem — eu digo a ele enfim.

Catorze

MARGARET

— Vamos ver fogos de artifício juntas. Para o 4 de julho — diz mamãe para Annalie e eu uma noite, do nada.

— Por quê? — pergunto.

— Porque sim — diz mamãe, lançando um olhar penetrante para mim. — Você passou o verão em casa. Tudo que vocês duas fazem é brigar ou ficar sem se falar. Não como uma família aqui. Não como irmãs.

Resisto à vontade de revirar os olhos. Mamãe sempre teve uma ideia tão forte de como deveria ser a relação entre nós e nos castiga por não correspondermos a ela.

— Não temos muito tempo neste verão — continua ela. — Vamos deixar de lado nossos desentendimentos para o feriado, hein?

— Só se ela quiser passar *todo* esse tempo comigo — digo sarcasticamente.

Espero que Annalie proteste, diga à mamãe que já tem planos, mas ela parece distraída.

— Claro, parece bom — diz ela. Eu sei que tem algo errado, porque ela nunca diz "parece bom" quando se trata de sair comigo.

Mamãe aparenta estar satisfeita, embora Annalie peça licença imediatamente e suba para seu quarto.

— Aconteceu alguma coisa com ela.

— Você é da jie, irmã mais velha — diz mamãe. — Pode ser mais gentil com ela? Você tornou este verão muito difícil.

Eu me enfureço. Já ouvi esse discurso um milhão de vezes da minha mãe. A responsabilidade de ser a mais velha. A filha mais velha deve ter moderação, paciência, graça. Todos os traços que eu nunca tive. E, mesmo agora, ela continua colocando a culpa por qualquer tensão em mim, não em Annalie.

— Por que tudo é minha culpa?

— Eu nunca disse isso — responde mamãe. — Um dia, quando eu me for, sua irmã será sua única família. Não se esqueça disso. Sua família deve vir em primeiro lugar.

Como se eu pudesse esquecer.

No dia seguinte, no trabalho, Rajiv está radiante. Mal consigo olhar para ele, então finjo estar extremamente ocupada com um novo lote de tarefas.

Fico pensando na última vez em que nos vimos. À luz dura do dia seguinte, o romance nebuloso parece distante. Já sinto que estou estragando tudo em casa. Por que exatamente decidi reintroduzir outra fonte de ruína para mim?

É isso que estou fazendo, afinal. Uma ruína devastadora. Um erro primoroso. Consigo ver o desgosto vindo em câmera lenta.

Rajiv interrompe meus pensamentos para perguntar se quero ir à casa dele para um churrasco no dia 4 de julho.

— Desculpe pelo aviso atrasado.

— Com a sua família? — pergunto, assustada.

Ele me olha timidamente.

— Sim.

— Eles sabem que você está me convidando?

— Bem, eu ia avaliar sua reação primeiro, e então contar. Não há necessidade de deixar eles todos empolgados para sua aparição antes que eu tenha certeza. — Ele faz uma pausa. — Margaret. Está tudo bem desta vez. Sério. Você deveria vir.

Eu gostaria de poder simplesmente mergulhar de cabeça nisso. Gostaria de poder seguir em frente sem temer que o passado nos alcançasse.

— Que pena — digo, olhando fixamente para a tela do meu computador. — Minha mãe quer que a gente passe o Quatro de Julho juntas.

Desculpe. — É verdade, mas de alguma forma, parece uma mentira para me proteger.

— Ah, entendo. — Ele parece cabisbaixo.

— Eu gostaria mesmo de ir.

— Tudo bem. Não se preocupe com isso. — Ele não me pressiona, mas fica mais quieto do que o normal pelo resto da manhã.

Penso no comentário de mamãe sobre ele estar longe durante o ano, e a última coisa que ela me disse na noite do baile. Eu me atrevo a olhar de lado para Rajiv, digitando. Eu me sinto encolher no vazio.

Mamãe, Annalie e eu trazemos cadeiras de jardim e uma cesta de baos de porco para lanchar no parque, onde vamos assistir aos fogos de artifício. Nós nos instalamos no cume de uma colina, olhando para baixo em uma encosta gramada suave, com pessoas aglomeradas tentando garantir seus lugares antes que o show comece, em meia hora. O céu está escuro. O ar está quente e esfumaçado com o cheiro persistente de churrasco.

Sentamos em nossas cadeiras e observamos em silêncio o parque se encher de outras famílias rindo, crianças balançando bastões luminosos. Mamãe mastiga seu bao.

— Lembra que fizemos isso quando vocês eram mais novas? — pergunta ela melancolicamente.

Annalie está mexendo no celular, distraída. Ela olha para mamãe e não para mim, assentindo. Eu controlo a vontade de dizer algo sarcástico — faz anos desde que vimos fogos de artifício juntas. Em vez disso, só olho para o meu colo.

É incrível que me sinta mais solitária do que nunca quando estou sentada com minha própria família.

Eu nem sei por que a mamãe se deu ao trabalho de fazer isso. Quando eu era mais nova, costumava me perguntar se ela poderia satisfazer sua necessidade humana de amor simplesmente estando fisicamente perto de alguém, em vez de compartilhar seus sentimentos em voz alta, já que nunca fazíamos isso. Eu pensei que, se me esforçasse o suficiente, poderia fazer isso também — me agarrar ao amor em silêncio.

Famílias nos cercam. É difícil para mim não imaginar, brevemente, como seria se meu pai tivesse ficado e estivéssemos nós quatro aqui. Mas algumas coisas são difíceis de imaginar. Se meu pai estivesse aqui, tudo seria diferente. Seríamos pessoas completamente diferentes. Talvez nem estivéssemos morando aqui. Seríamos mais felizes e mais próximas? Ou isso é apenas uma fantasia também?

Fecho os olhos e escuto os sons ao meu redor. O zumbido da atividade humana, o gorjeio dos grilos no chão e o ciciar das cigarras nas copas das árvores.

— Ei — chama Annalie à minha esquerda. Sua voz me surpreende e me tira do meu estado meditativo. Quando vejo, ela puxou a cadeira para mais perto de mim. Antes, estávamos sentadas com meio metro entre nós, como se fôssemos alérgicas a quebrar as bolhas pessoais uma da outra.

— E aí?

— Como estão as coisas com Rajiv?

— O quê? — Meu tom deve ter saído nitidamente chocado.

Por um segundo, meu cérebro não acompanha a situação, e acho que ela, de alguma forma, sabe que ficamos juntos.

— No trabalho? Vocês não estão trabalhando juntos? — Suas sobrancelhas se unem. Ela se recosta na cadeira. — Tá bom, desculpa. Achei que poderíamos ter, tipo, uma trégua de um dia, em vez de ficarmos sentadas aqui sem conversar por uma hora inteira.

— Não, sinto muito. Eu pensei... Deixa pra lá. — Olho para mamãe, que não está prestando atenção.

— O quê? — A compreensão surge em seu rosto. — Vocês estão namorando de novo ou algo assim?

— Shhh!

Ela sorri.

— Ah, meu Deus, vocês voltaram.

— Eu não quero falar sobre isso.

— Tá, tudo bem — diz ela, levantando as mãos. — Não temos que falar sobre isso. — Ela dá um tapinha no meu braço. — Eu sempre gostei dele, sabe. — Ela faz uma pausa. — Sinto muito por ter contado para mamãe da primeira vez. É por isso que você me odeia? — pergunta com um leve sarcasmo, mas, com Annalie, você sempre sabe quando ela está brincando para encobrir seus verdadeiros sentimentos.

— Eu não odeio você — digo com firmeza. — Não foi culpa de ninguém. Ela ia descobrir de uma forma ou outra. Mas sim, talvez você não devesse falar tão alto agora. Não sei o que está acontecendo. — Eu odeio como não consigo evitar que meu rosto se abra em um sorriso.

— Você está brilhando — ela brinca.

— Você parece particularmente animada também. Alguma possibilidade de você fazer algo que finalmente tire a atenção de mim pelo menos uma vez? Você me deve uma.

— Rá. Talvez — Ela encolhe os ombros, sua expressão se achatando novamente. — Você sabe que nem sempre escuto exatamente o que mamãe diz. Eu só não bato de frente do jeito que você faz. Mas claro, acho que posso dizer que tenho um namorado. Ou algo do tipo.

— Hã? Ou algo do tipo? — Estou intrigada.

— Estamos namorando. Ainda não sei exatamente como me sinto sobre isso. Ele está no time de futebol.

— Branco?

— Sim — diz ela, seu olhar se afastando como se estivesse se sentindo culpada. Não deveria se sentir assim. Não queria que ela tivesse as mesmas brigas com mamãe que eu.

— Popular?

Ela ri.

— Sim, muito popular.

— Então você vai ser a rainha do baile este ano?

— Eu sei que você está tirando sarro de mim, mas não precisa, porque definitivamente não vai acontecer — diz ela, sombriamente.

O perfil da minha irmã contra o brilho do céu noturno é belo. Ela é como a personagem principal de todas aquelas músicas pop de boy bands, em que a garota é bonita, mas timidamente age como se não fosse.

— Vamos ver — digo, sentindo uma ponta de aborrecimento.

Mesmo que essa popularidade não seja o que eu queria no ensino médio, ainda dói um pouco saber que todos pensam que Annalie é mais charmosa do que eu. E não há nada mais familiar para mim do que o ressentimento que vem com a competição contra sua irmã mais nova.

— Por que você sempre age como se tudo com que eu me importo fosse idiota?

— O quê?

Ela cruza os braços.

— Eu sei que você acha que ser rei e rainha do baile é bobagem. E tudo bem, provavelmente é mesmo. Mas não é como se eu estivesse fazendo campanha pra isso, e não é horrível querer que meus colegas de classe gostem de mim. Você fala dessas coisas como se fosse minha mãe. Eu não sou um bebê.

Estou genuinamente espantada.

— Eu não acho que as coisas com que você se importa são idiotas.

Ela revira os olhos.

— Aham, sei.

— É sério! Por que você pensaria isso?

— Ah, sei lá. Você nunca confia em mim para fazer qualquer coisa. Você acha que tem que assumir a responsabilidade sobre tudo porque não vou fazer as coisas direito. Acha que eu não sou "séria" como você porque minhas notas não são tão boas e eu não quero ser advogada. Então desconsidera minhas opiniões porque não são valiosas para você. — Ela marca as razões nos dedos.

— Eu não penso nada disso. — Estou envergonhada.

— Estou ouvindo isso na sua voz — ela zomba.

— Peraí — eu digo, na defensiva. — Você está sendo injusta. Toda vez que brigamos por alguma coisa, a mamãe fica do seu lado porque você é mais nova. Ela sempre gostou mais de você, e você é a filha preferida. Ela está sempre brava comigo.

— Então você desconta em mim? — ela retruca.

Ela me pega com a verdade, e isso me deixa sem palavras por um segundo, a boca aberta sem resposta. Eu suspiro.

— Por que estamos brigando sobre isso agora?

— Não sei. Não me lembro de não brigar com você. É surpresa que queira brigar com a mãe também?

Annalie pode não ser uma grande debatedora, mas de alguma forma é capaz de me irritar como ninguém mais consegue.

— Além disso — ela continua —, você age como se eu fosse um robô que só faz o que a mamãe quer o tempo todo. Eu sei pensar sozinha. Só prefiro escolher minhas batalhas. Você escolhe *todas* as batalhas.

— Eu literalmente não consigo pensar em um momento em que você não tenha feito o que mamãe queria. Vocês duas sempre se juntam contra mim. Se mamãe lhe dissesse que você não poderia usar roxo pelo resto do ano que vem, você obedeceria. — Estou sendo mesquinha e cruel, mas não consigo me conter.

— Bem, acho que quero trabalhar como confeiteira. Mamãe não vai gostar disso — diz ela brevemente.

Tudo o que eu ia dizer volta para minha garganta.

— O quê? Confeiteira?

— Eu sei, você acha que não é ambicioso ou sei lá o que, uma forma garantida de ser pobre. — Ela acena com a mão, o rosto ficando vermelho.

— Não! Eu acabei de... Eu não sabia disso.

— Você nunca perguntou — diz ela brutalmente. Ela se afasta.

Eu penso nas noites em que eu ainda estava no ensino médio e Annalie estava em casa sem nada para fazer. Ela geralmente ficava na cozinha, batendo massa e enchendo a casa com o cheiro de comida no forno. Acho que, para ser honesta, nunca pensei no que Annalie queria ser quando crescesse. Na minha cabeça, ela era muito mais jovem do que eu, muito distante de crescer e ter que fazer coisas como escolher uma carreira.

— Você poderia apenas me contar — digo. Parece pequeno e lamentável, uma oferta tardia demais.

— Tenho medo de te contar coisas.

— Sou sua irmã. Posso guardar seus segredos. Você pode me contar tudo.

Sua boca se torce com um sorriso malicioso que não entendo completamente.

— Não tudo.

Olho para Annalie, sentindo de repente que ela me parece uma completa estranha. Faz apenas um ano desde que saí de casa, e ainda assim.

Há um estalo atrás das árvores e depois um estrondo alto. O primeiro fogo de artifício foi lançado no céu noturno. Mamãe se senta, alerta.

— Olha, olha — diz ela, como se pudéssemos perder, as faíscas descendo acima de nós.

Os fogos de artifício começam em um ritmo mais lento, pequenos estalos e rajadas esporádicas, antes de construir um fluxo constante de cores. As crianças estão gritando e apontando. Eu me lembro de como, quando éramos pequenas, Annalie tinha tanto medo do barulho. Mamãe costumava tentar acalmá-la, mas Annalie sempre se agarrava a mim quando o show começava.

Agora, seu rosto virado para o céu é banhado por um brilho azul e vermelho das luzes piscantes acima. Ela olha e encontra meus olhos. Por um momento, nós duas sorrimos.

A volta de carro para casa é silenciosa, mas agradável. De certa forma, parece que finalmente experimentamos algo ótimo juntas, mesmo que seja apenas um show de fogos de artifício bobo.

Entramos em casa. Eu ligo o interruptor. Nada acontece. Movo o interruptor para cima e para baixo de novo.

— Ugh, falta de energia, parece.

Annalie espia pelas persianas da janela da frente.

— O bairro está escuro — confirma ela.

Está escuro como breu dentro de casa.

— Temos velas ou lanternas em algum lugar?

Estou fora há tanto tempo que não me lembro onde essas coisas ficam guardadas. Selos. Pilhas.

Mamãe tira os sapatos, e eles caem no chão fazendo barulho e errando o tapete.

— Acho que tem algumas na sala de costura. Uma das gavetas. — Ela começa a andar e bate o dedo do pé no canto da escada. — Ah!

— Fique aí — digo a ela, estendendo o braço. — Apenas espere aqui. Eu vou procurar.

No corredor, acendo a lanterna do meu celular para iluminar um pequeno círculo que guia meu caminho. A casa range enquanto ando bem devagar até o porão. Seguro o corrimão enquanto desço cada degrau com cuidado. O porão está quase totalmente às escuras, exceto pela janela estreita perto do teto, que deixa entrar um fino retângulo de luar.

Passo cautelosamente pelo carpete e vou para o canto onde mamãe faz suas costuras. Tem uma grande mesa de madeira com uma máquina de costura bem guardada no canto. Ela brilha em um branco fraco. Mamãe tem um armário do outro lado da parede com três fileiras de gavetas. É onde mantém suas linhas, tecidos e outros equipamentos de costura.

Annalie e eu nunca entramos aqui. Sabíamos, mesmo quando crianças, que esta era a sala de trabalho privada da mamãe. Normalmente, quando ela está aqui, fecha a porta. Dá para ouvir o zumbido uniforme da máquina de costura trabalhando.

Abro uma gaveta de baixo e ergo meu celular. Está cheia de carretéis de linha. Outra tem diferentes retalhos de tecido de algodão. Em uma outra tem uma caixa de metal e, quando a sacudo, ouço o barulho de botões. Vou procurando nas gavetas, de baixo para cima. Finalmente, chego a uma com velinhas brancas e fósforos. Uma lanterna rola no fundo.

Eu tento abrir a gaveta acima para ver se há mais lanternas ou velas lá. Uma das gavetas está cheia de papel. Não, não papel. Fotos. Eu dou uma olhada. As imagens iluminadas estão desbotadas e os cantos gastos. Pego a pilha de papéis e fico olhando sem entender. A que está no topo é a mamãe segurando um bebê, com um homem alto e ruivo ao lado dela, sorrindo para a câmera. Mamãe está vestindo uma blusa de botão branca antiquada e uma saia jeans longa. Viro a foto. Está datada do ano em que nasci. O bebê sou eu. O homem, claro, é meu pai.

Tremendo, eu folheio a pilha.

Há fotos antigas da minha mãe e do meu pai, antes que eles tivessem qualquer uma de nós. Fotos logo após o nascimento de Annalie. Fotos minhas com Annalie e meu pai na praia, sorrindo, rindo. Corro o dedo pelas imagens de leve, com medo de que o papel se desfaça em minhas mãos. Passo as mãos pelo fundo da gaveta novamente, mas só tem poeira.

Annalie chama do alto da escada.

— A energia voltou! Não precisamos mais das velas!

Fico ali sentada por um momento, incapaz de me levantar, as fotos em minhas mãos enrijecidas. Devo colocá-las de volta? Eu continuo olhando para o meu pai. Ele parece diferente do que me lembro, mas não me lembro de muita coisa.

Lentamente, fecho a gaveta, sem devolver as fotos. Meu coração dá uma guinada.

Uma memória em largas pinceladas...

Estou em um parque com mamãe, papai e a bebê Annalie. É um dia quente de verão, mas o maior medo da minha mãe por suas filhas é que elas peguem um resfriado, então Annalie está tão agasalhada que tudo o que dá para ver é o pequeno círculo de seu rosto, um tufo de cabelo claro aparecendo no topo. Ela tinha cabelo loiro quando bebê, olhos azuis doces; parecia uma criancinha branca. As pessoas sempre pensavam que a mamãe era a babá dela. Ela está sentada em um cobertor com Annalie, que está agitada.

Mal tenho três anos e estou cansada de ficar sentada com a mamãe e o bebê, então papai me leva até a beira do lago. Tudo é difuso, representado por sensações, sons e cores. Mas, ah, as cores. O azul mosqueado da lagoa, inverso do céu cerúleo, os respingos de vermelho e roxo, margaridas selvagens brancas e amarelas, e o verde, verde infinito, verde-floresta, verde-musgo, verde-esmeralda, derramando-se além da tela do meu campo de visão.

A superfície da lagoa é pontilhada com folhas e flores de lírio rosa.

— Lírio — diz papai, apontando para a água. — Esse tipo de flor se chama lírio.

Vejo patos gordos bamboleando na margem do outro lado do lago.

— Patos! — grito e corro em direção a eles, com as minhas pernas fortes e curtas de criança. Estou na idade da segurança, onde não consigo me imaginar a mais de três metros de distância de alguém que me ama e está cuidando de mim. Eu corro corro corro corro...

Eu ouço a risada do meu pai se afastando atrás de mim.

Antes que eu possa chegar lá, os patos começam a grasnar e bater as asas. Eles se espalham. As penas voam. A margem está escorregadia de lama. Meu pezinho desliza na gosma e eu caio.

Na fração de segundo antes de atingir a água, olho para trás em pânico. Vejo um lampejo do cabelo ruivo do meu pai brilhando ao sol, mas ele não está virado para mim nem me seguiu. Está andando na direção oposta, na direção da minha mãe e Annalie. Não está olhando para mim.

Eu bato na água do lago, inalando o líquido. Muito assustada para fazer um som.

A parte importante é que não consigo ver o rosto dele. E, não importa o quanto tente, não consigo fazer aparecer na minha memória imperfeita, porque ele está de costas.

Em minha mente, estou gritando: *Por que você não me seguiu, pai? Por que você não viu?*

Mas o eu de três anos, trancado em um passado congelado, continua caindo silenciosamente todas as vezes.

Eu subo as escadas. A luz amarela da cozinha atinge meus olhos, e eu pisco. Mamãe está sentada à mesa, segurando uma xícara de chá. Annalie está inspecionando o armário de lanches.

Coloco as fotos suavemente na mesa na frente da mamãe. Não digo nada.

— O que é isso? — pergunta ela.

— O papai — digo.

Annalie deixa cair o saco de batatas fritas que está segurando. Ele atinge o chão com um estalo.

— O quê?

— Fotos do pai.

Ainda estou olhando para mamãe, que não responde. Ela coloca uma mecha de cabelo atrás da orelha e aperta a boca. Estou olhando com tanta força que não ficaria surpresa se meus olhos se transformassem em lasers e queimassem sua testa.

Annalie vai até a mesa timidamente e começa a folhear as fotos. Mamãe não a impede, mas também não se move.

— Por que você não mostrou isso pra gente? — exijo. — Eu pensei que você tinha se livrado de todas as fotos. Você guardou isso e nunca nos contou?

— Ele não está em nossa vida — diz ela simplesmente. — Ele se foi.

— Ele é parte de nós! — grito, enfurecida. — Você não pode simplesmente tomar essas decisões por nós. Você sabe onde ele está? O que mais não está nos contando?

Mamãe se levanta.

— Ele não vai voltar — diz ela. — Não adianta gritar e berrar.

Ela sai da sala sem dizer mais nada.

Annalie fica em silêncio. Ela abaixa as fotos e balança a cabeça.

— E você? — digo.

Ela me lança um olhar.

— Você não está com raiva de mim.

Ela também sai. As fotos ainda estão na mesa.

Eu penso em como ninguém nesta família quer falar sobre nada. Penso em como minhas decisões são sempre influenciadas pelas opiniões da minha mãe, mas as decisões da mamãe nunca são influenciadas pelas minhas. Estou tremendo de raiva.

As olheiras devem estar ocupando meu rosto inteiro na segunda-feira no trabalho. Meu corretivo parece gorduroso na pele. Bebo café, me sentindo um pouco enjoada pela noite insone. Eu gostaria de não ter que estar aqui.

Rajiv chega trinta minutos atrasado, o que é estranho. Ele parece cansado também.

— Bom dia — diz.

— Oi. Você está com uma cara horrível — digo levemente.

— Encantadora como sempre na manhã pós-feriado. — Sua voz está mais cortante do que o normal.

Ele se senta em seu computador, folheando agressivamente a agenda na mesa.

— O churrasco na minha casa foi bom.

Estou irritada e não posso evitar. Estou tensa. Eu queria gritar na noite do dia 4, mas, em vez disso, tive que engolir minhas palavras e subir com as fotos, que enfiei no fundo do meu armário para que mamãe não pudesse recuperá-las. Passei a noite toda revirando na minha cama, vendo as imagens do meu pai piscando sob as pálpebras.

Só perguntei à mamãe se ela sabia onde ele estava para irritá-la. Sei que ela não sabe. Sei que ele não vai voltar, e que se ele realmente quisesse estar com a gente teria encontrado uma forma de voltar para nós. Meu pai nos deixou de propósito, e mamãe estava tentando nos proteger. Mas ele não estava por perto para ficar com raiva dele, então ela era a próxima melhor coisa.

E agora a próxima melhor coisa é Rajiv.

Ele está sentado ao meu lado, e sei que está de mau humor. Rajiv raramente fica de mau humor, mas quando fica, expressa isso através de um silêncio absoluto. Odeia ser confrontado, gosta de ficar fazendo bico.

Eu sou o oposto. Gritava e exigia que resolvêssemos tudo que me irritava imediatamente. As brigas mais explosivas que já tivemos foram quando eu o forcei a sair de seu mundinho frio e silencioso quando ele não queria. Sei como irritá-lo.

— Por que você me convidou para sua casa? — explodo. — Isso é algum tipo de maneira estranha de se vingar de mim pela noite do baile?

Ele parece chocado e depois sua expressão se transforma em uma carranca.

— Bem, uma pessoa normal acharia isso ótimo, um convite para um churrasco em família. Sinceramente, acho que até permitir que você venha é mais do que generoso por parte da minha mãe, considerando tudo.

Tenho aquela satisfação enjoada e pegajosa de conseguir que alguém bata de frente com a minha própria frustração.

— O que exatamente você acha que estamos fazendo agora? — questiono. — Nós dois, quero dizer.

— Não sei. Mas tenho certeza de que você está prestes a me dizer.

Eu gostaria de poder contar a ele sobre as fotos do meu pai. Eu gostaria de poder dizer que tenho medo de cometermos os mesmos erros novamente. Tenho medo de sentir a desaprovação de nossas famílias e decidir que ainda não sou corajosa o suficiente para enfrentá-las. Não acho que posso lidar com isso, a sensação do meu coração quebrando pela segunda vez. Não digo nenhuma dessas coisas, porque se tem alguma coisa que se manteve igual é que ainda não sei dizer as coisas que quero dizer.

Eu deveria ter lutado mais? Acreditava que, se ficássemos juntos, as coisas mudariam para mamãe? Somos mais velhos? Mais sábios? Minha mente está girando neste déjà vu.

— Tudo isso está acontecendo muito rápido. Eu não esperava. Sempre faço coisas irracionais quando com você — digo finalmente, me virando.

— Você acha que estar comigo é irracional? — Sua voz é dura. — Foi você quem me disse que nunca me superou. Você veio até minha casa. Você voltou para a minha cama. Vai sentar aqui e agir como se eu tivesse te atraído de volta para minhas garras como parte de algum plano mestre? Eu consegui este trabalho antes de você, tá? Você acabou de aparecer na minha vida e nunca... — Ele para e respira fundo, balançando a cabeça. — Esquece. Esquece.

— O quê?

— Nada.

— Fala.

— Você só tem que fazer o mundo girar ao seu redor o tempo todo.

Isso me atinge com força, como um tapa, porque parece algo que Annalie diria quando está tentando me machucar. Eu me sinto mais reta.

— Você está sendo cruel sem motivo.

— Ah, é? Você se lembrou do prazo da minha bolsa de estudos?

— O quê?

— A professora Schierholtz? Você ia mandar um e-mail para ela. Meu prazo é hoje.

Parece que água fria escorre pela minha espinha. Eu esqueci mesmo. Com tudo o que estava em minha mente com o vídeo do vandalismo, e depois encontrando as fotos do meu pai, perdi o controle de todo o resto.

— Eu sinto muito. Mas você não me lembrou — digo fracamente.

— De alguma forma, tudo o que eu te peço requer um lembrete, mas quando foi que você já teve que *me* lembrar de fazer algo por você? Nunca precisa de lembretes para fazer qualquer outra coisa na sua lista de tarefas. — Ele me encara. — Eu ia te lembrar na semana passada, quando te convidei para o churrasco, mas depois que você disse que não, eu realmente não queria que me fizesse nenhum favor. Não se preocupe com isso. Eu descobri outra coisa: não quero ficar te devendo nada de qualquer forma.

A última parte dói mais.

— Eu sinto muito — digo. — De verdade. Eu esqueci. Não foi minha intenção.

Ele zomba.

— Era só um churrasco — digo baixinho. De repente, estou rastejando pelas laterais de um buraco que cavei para mim mesma e estou com medo de não conseguir sair.

Ele parece tão furioso, carrancudo.

— Eu queria te contar. Eu ia te contar antes do churrasco, se você fosse. Eu finalmente senti que era hora, porque nunca havia um bom momento para dizer isso antes de saber exatamente o que éramos. Eu achava que sabia, mas suponho que estava errado.

— Do que você está falando?

Ele respira fundo.

— Minha mãe teve um tumor no cérebro e precisou fazer uma cirurgia para removê-lo alguns meses atrás. Isso é o que tenho feito neste verão, ajudando a cuidar dela no pós-operatório. Ela está bem agora, mas foi um fim de semana ruim, porque ela estava muito tonta e se sentindo mal.

Suas palavras caem como pedras pesadas no meu colo.

Estou muda. Tudo está de cabeça para baixo.

— Ah, meu Deus.

— Sim, descobrimos em abril. Tudo aconteceu rápido. Como eu disse, ela está bem agora. Ou, pelo menos, está livre do câncer, mas está lidando com os efeitos colaterais da cirurgia.

Eu não tenho as palavras certas. Não posso evitar, vou até ele e lhe dou um abraço. Ele me abraça forte por um segundo, do jeito que costumava fazer, mas me solta cedo demais.

— Então você pode ter certeza — continua ele — de que não comecei este verão com qualquer plano para te reconquistar.

— Rajiv...

Ele balança a mão para me interromper.

Eu tento de novo.

— Por que você não me contou?

— Não sei, Margaret. — Ele parece conformado. Com ele, a raiva corre rápido e quente, mas desaparece com a mesma velocidade, deixando nada além de decepção. — Você nunca me conta tudo. Por que eu confiaria em você em relação a algo assim, quando você não me deu nenhuma razão?

Eu fecho os olhos.

— Você me perguntou o que exatamente acho que estamos fazendo. A verdade é que eu amei você... talvez até ainda ame. Mas você passa o tempo todo me afastando, e eu cansei de tentar puxar você pra mais perto. Você ganhou. Como sempre.

Não posso ficar aqui. Não sou capaz de segurar o choro e não consigo chorar na frente do Rajiv. Eu me levanto abruptamente e enfio tudo na bolsa.

— Tenho que ir. Diga a eles que preciso tirar uma folga.

Ele concorda.

— Sinto muito — eu o ouço dizer enquanto corro para fora.

Quinze
ANNALIE

Quando Margaret e Rajiv começaram a namorar, eu entendi sem precisar que me dissessem que era um segredo e não deveria contar à mamãe. Margaret e eu crescemos juntas sob o mesmo teto, com o mesmo vazio imenso no lugar do nosso pai e a mesma presença sólida de uma mãe cuja autoridade nunca poderia ser questionada. Nós éramos muito diferentes, em todos os sentidos, mas, para algumas coisas, a gente se entendia sem precisar falar.

Eu mantive esse segredo até que me escapou, e então tudo foi pelos ares. Se Margaret e eu não éramos muito próximas antes, deixar aquele segredo escapar aumentou o abismo entre nós.

Para ser sincera, eu nunca fui muito boa em guardar segredos. Simplesmente sou uma daquelas pessoas que não resistem à delícia de compartilhar um segredo. A emoção momentânea de trazer alguém para o seu círculo. Violet sempre revirava os olhos com a minha incapacidade de manter a boca fechada sobre as coisas inconsequentes que ela me contava.

— Dá no mesmo que gritar isso em público — costumava dizer ela.

Mas esse segredo sobre Thom... é algo de outra magnitude. Não consigo parar de pensar nisso. Fica ecoando na minha cabeça antes de dormir. Quando acordo de manhã, ele sobe para o topo da minha consciência, tocando como um sino.

Se eu contar, ele e os meninos vão saber que fui eu. Se não contar, como posso viver comigo mesma? Odeio Thom por me sobrecarregar com esse conhecimento indesejado. Eu o odeio por mudar tudo entre nós, poluindo nosso relacionamento. Não consigo olhar para ele do mesmo jeito. Não consigo pensar nele do mesmo jeito.

Quando nos vemos, ele procura por um sinal no meu rosto. E sinto que eu não estou apenas escondendo esse segredo do mundo, mas também estou escondendo minhas próprias emoções do Thom. Não discutimos isso. Nunca mais falamos sobre o assunto. Mas está no centro de todas as nossas interações. Toda vez que ele segura minha mão. Toda vez que ele me beija. O peso da sua expectativa.

E se eu contar para alguém?

E se eu nunca contar a ninguém?

As duas perguntas fazem um vaivém de um lado para o outro na minha cabeça, todo dia, toda noite.

Atormentada pela culpa, começo a inventar motivos para não encontrá-lo. A última vez em que estivemos sozinhos na casa dele, estávamos ficando mais íntimos, mas a ideia de fazer sexo com ele agora parece inimaginável.

Ele começa a me mandar cada vez mais mensagens perguntando onde estou e o que estou fazendo. Digo que tenho feito horas extras na padaria. As pausas entre as nossas mensagens são carregadas com mais significado do que as próprias mensagens em si. Não importa se ele acredita em mim, o importante é só evitar qualquer conversa cara a cara um pouco mais.

Eu me pergunto se vamos terminar. Não quero isso. Quero? Namorá-lo não era o que passei a vida inteira desejando? Mas então. Mas então. O que eu faço com essa informação?

Se estivermos juntos, tenho uma razão infalível para manter isso só entre nós. Ainda tenho algum motivo para isso, se terminarmos? E eu agonizo, é claro, sobre que tipo de pessoa eu seria para soltar esse tipo de segredo explosivo após um término. Como chantagem, quase. O segredo nos liga um ao outro, uma teia invisível entre nós, mais substancial do que nossos sentimentos.

Eu me pergunto se tudo entre nós acabará esquecido, e a única coisa que restará será esse segredo, engolindo nosso relacionamento por completo até que a gente seja o segredo e o segredo seja a gente.

Mas, por enquanto, não estou pronta e não posso contar a ninguém. A parte mais difícil é quando estou com o Daniel e a Violet, fingindo que não tem nada errado.

— Um hambúrguer, batata e um milk-shake de chocolate com menta — digo à garçonete, antes de me virar para o Daniel. — Você tem que pedir um milk-shake também. Eles são famosos aqui.

— Ok, ah, a mesma coisa, acho. Mas, em vez de chocolate com menta, eu vou querer... — Daniel aperta os olhos para o menu brilhante laminado — ... cookies'n'cream. — Ele se vira para mim. — Eu não jantei hoje e estou morrendo de fome, então é melhor valer a pena.

— Ah, confie em mim — diz Violet. — Vale a pena. Não podemos deixar você ir embora para Nova York ou para a Inglaterra ou sei lá o que, sem ter comido aqui primeiro.

— Vamos querer uma porção extra de batata — acrescento por precaução antes que nossa garçonete volte para a cozinha. — É aquela batatinha palito — explico. — Elas acabam antes que você perceba.

São 21h, e estamos em um Steak 'n Shake para a experiência inaugural do Daniel neste restaurante tipo diner do meio-oeste. Eu, Daniel e Violet, que, se você me perguntasse há dois meses, eu teria dito que seria a combinação mais inesperada que eu poderia pensar para o meu sábado à noite.

Esta é a primeira vez que eles se encontram. Estava com medo que fosse estranho, mas acho que subestimei a facilidade com que a Violet consegue lidar com qualquer situação social. Ela preenche os vazios nas conversas. A família dela foi para a Europa no ano passado, junto com o Abaeze (um nível de relacionamento sério que não consigo sequer imaginar com a minha própria família). Ela sabe exatamente como fazer uma conversa fluir. E então acontece que os dois gostam da mesma série da HBO (que eu nunca estaria interessada em assistir) e leem todas as teorias sobre a trama na internet e, de repente, é como se eles se conhecessem desde sempre.

Daniel se ilumina falando com ela, seu rosto largo e aberto, e eu sorrio. Ele parece feliz (o oposto de como estava quando o vi pela primeira vez, à espreita, na padaria). Ele encontra meus olhos. Seu sorriso se alarga.

— Estou tão feliz por finalmente conhecer você — diz Violet. — Eu sei que a minha Annalie tem passado muito tempo naquela padaria com você.

— Violet — aviso. — Você está sendo maternal demais agora.

— Não, não — diz Daniel seriamente. — É verdade. É importante que a gente se conheça. Annalie fala sobre você o tempo todo. E eu deveria conhecer os amigos dos meus amigos.

— Amigos? — pergunto com uma sobrancelha levantada.

— Isso mesmo. Podemos abandonar o rótulo de "casual".

— Uau, sério. Não é mais casual, hein?

Estou provocando, e parece perigoso. A insinuação, a disposição dele de continuar a brincadeira.

Violet olha entre nós dois.

— Uau — diz ela. — Devo sair e dar um minuto a vocês?

— Para — digo.

Mas sinto o calor radioativo brilhando nas minhas bochechas. E, do outro lado da mesa, Daniel levanta seu copo de água e bebe como um homem que foi resgatado do deserto depois de dez dias.

Quando a comida chega, mudamos para outros assuntos, felizmente, e Daniel e eu não estamos tentando fazer contato visual de mais ou de menos. De alguma forma, parece algo difícil achar um equilíbrio. Ele dá uma mordida em seu hambúrguer, mastigando com cuidado. Nós o vemos pegar algumas batatas para acompanhar e, finalmente, um gole do milk-shake. Aguardamos o seu veredicto.

— Isso é muito satisfatório — declara finalmente. — Eu aprovo esta experiência. E das suas vinte mensagens depois das cinco da tarde me lembrando de não comer.

— E agora você pode dizer que eu mandei bem.

— Você mandou bem.

— Desculpa — diz Violet. — Meu turno na Target terminou tarde hoje. Mas, em minha defesa, a comida de lanchonete tem mesmo um gosto melhor à noite. É assim que funciona, né?

— Com certeza — digo.

— Aproveite — diz ela. — Talvez você ache em Nova York, mas não é o mesmo que comer aqui.

Eu rio.

— Como você sabe, Violet? Você nunca sequer esteve em Nova York!

— Ainda assim. De qualquer forma, Daniel pode voltar aqui no próximo verão e nos dizer se eu estava certa ou não.

Ele encolhe os ombros evasivamente.

— Você vai voltar, certo? — pergunta ela. — Quero dizer, seu avô está aqui. E vocês já fizeram as pazes e tudo mais.

— Sinceramente, eu não sei — diz ele. — Ele certamente não parece muito animado para me receber de novo. Veremos, acho.

Isso me deixa triste, embora não devesse. Afinal, daqui a um ano, ele será só uma boa lembrança.

— Então devemos continuar vindo a esse lugar, já que eu não sei se eu vou conseguir experimentar muito depois. Mas nem tudo é ruim... eu poderia ter passado o verão com companhias piores.

— Você realmente não acha que seu pai e seu avô vão fazer as pazes depois disso?

Ele balança a cabeça.

— É difícil dizer. Os dois são bastante teimosos e estão nessa há mais de vinte anos, afinal de contas. Eles podem nem se lembrar da gênese da sua rivalidade, mas se tornou tão enraizada que é praticamente uma religião.

— Bem, isso não faz o menor sentido — anuncia Violet. — Quer dizer, eu grito com a minha mãe todo dia. E quero dizer *todo dia*. E minha mãe liga pra minha avó nas Filipinas uma vez por semana, todo domingo, e metade do tempo elas passam gritando uma com a outra. E ela liga pra minha tia que mora em Houston toda segunda à noite. Mas, cinco minutos depois de terminarmos de gritar, já esquecemos. As mulheres da minha família, talvez. Meu pai nunca grita, de qualquer forma. De algum jeito, não consigo imaginar ninguém da minha família guardando rancor por tanto tempo.

A família da Violet é enorme — o oposto da minha.

— Acho que consigo entender. Meus pais obviamente tiveram uma briga tão grande que meu pai foi embora e ele continua sumido.

Ambos me encaram.

— Caramba, belo jeito de acabar com a vibe — diz a Violet com uma risada, mas dá um tapinha no meu braço.

Ela nunca fala sobre isso comigo, mas sua família sempre soube, e sempre recebemos comida extra deles e convites para jantares perto dos feriados por causa disso.

— Eu não sabia — diz Daniel, abalado.

— É, meu pai foi embora quando eu tinha três anos.

Dou de ombros, tentando parecer despreocupada sobre isso. É verdade. É difícil se sentir privada de algo que você nunca vivenciou. Sempre que surge o assunto, no entanto, ainda me sinto estranha. Como se eu acidentalmente tivesse apertado um machucado há muito tempo esquecido.

— Eu não me lembro dele, óbvio.

Ele assobia.

— E você nunca mais ouviu falar dele?

— Não. Não faço ideia se ele está vivo ou morto ou se tem outra família.

Eu me pergunto se a mamãe sabe. A opinião da minha mãe sobre isso é um mistério para mim. Ela tem opiniões sobre tudo, exceto sobre meu pai. Quando se trata dele, ela é um oceano negro e silencioso. Às vezes, posso vê-la em Margaret. A forma como Margaret suprime as suas emoções em vez de mostrar fraqueza. Eu sou o oposto. É fácil ver tudo o que estou pensando no meu rosto. É em parte o motivo pelo qual tenho evitado o Thom. Não sei bem o que meu rosto iria mostrar perto dele, e tenho medo de descobrir.

Essa é a razão pela qual também não contei a Violet. O outro motivo é que a Violet estaria marchando até a delegacia em não mais do que cinco segundos depois que as palavras saíssem da minha boca.

— Minha mãe é do tipo que segue em frente. Ela nunca fala sobre isso. E estamos bem — digo.

— Na maior parte do tempo — brinca Violet.

— Se você descobrisse que seu pai ainda está por aí e morando na Flórida ou algo assim, não gostaria de entrar em contato? — pergunta Daniel.

Penso sobre a ideia.

— Sinceramente? Não sei.

— Por que não?

Eu me mexo na minha cadeira desconfortavelmente.

— Não sei se gostaria de perturbar minha vida dessa forma. Prefiro fingir que ele não existe. Nessa altura, o que mudaria?

— A Annalie é pragmática — diz Violet.

— Isso não é uma coisa tão ruim — responde Daniel.

— Ela às vezes só precisa de um empurrão pra fazer o que a assusta.

Violet está olhando entre mim e Daniel, seus olhos brilhando. Estou sentindo que ela está prestes a fazer ou dizer algo que me fará querer morrer, mas que é "para meu próprio bem" então mudo rapidamente para um assunto diferente.

Conto a eles sobre a feira no centro da cidade que vai começar. Muitos concursos acontecem, incluindo um de confeitaria. Geralmente, os restaurantes e lojas locais do centro têm estandes montados, com pratos para vender para quem vai visitar.

Bakersfield não costuma comparecer. Ele não gosta de multidões e "de pessoas bêbadas", diz ele. Embora seja um ambiente familiar, há muita cerveja para todos, e ninguém se importa muito se você tem idade para beber.

Quero convencer Bakersfield a se registrar para um estande e me deixar cuidar dele.

— É só uma ideia.

Dou de ombros, mas posso sentir meu coração vibrando. A ideia de entrar em um concurso é emocionante e aterrorizante. Eu nunca confeitei com meu nome realmente atrelado a qualquer coisa antes.

— Você com certeza deveria fazer isso — diz Violet, batendo na mesa. — Sempre achei que você deveria ser confeiteira profissional. De verdade. Mesmo que ache que sua mãe te mataria.

— Ela me mataria mesmo. Mamãe só acredita em três profissões: advogado, médico, engenheiro. Eu tenho que sobreviver até a formatura, pelo menos.

— Mas você pode pelo menos participar do concurso de culinária — diz Daniel. — Como ela pode ficar brava com isso?

Ele e Violet trocam olhares.

— A gente concorda nisso — diz ela.

— Está bem, está bem, eu vou participar — digo, sorrindo. — Daniel, você tem que convencer seu avô.

— Feito — diz ele, decisivamente. — Mas não acho que ele vai precisar ser convencido por mim. Vender doces e nem ter que interagir com ninguém? Ele ficará muito satisfeito. Será a única boa sugestão que dei a ele no verão todo.

Passamos a falar sobre o curso do Daniel e seu currículo planejado, e como foi viver em Genebra por dois anos.

— Pera, peraí — diz Violet, puxando o celular que tocava na bolsa. — O Abaeze está ligando no FaceTime. Quer falar oi?

— Com certeza — diz Daniel.

O rosto de Abaeze aparece na tela.

— Olá, amor. Ah! Quanta gente — diz ele, surpreso.

Violet acena na frente da câmera.

— Oi. É tarde para você! — Ela se vira para nós. — São seis horas a mais na Nigéria — ela nos explica.

Eu me inclino para aparecer na tela.

— Oi, Abaeze! Estamos no Steak 'n Shake.

— Hum — diz ele. — Saudades. Por favor, tomem um milk-shake de manteiga de amendoim por mim.

— Pode deixar — diz Violet com firmeza, e nós rimos.

— Vocês vão me apresentar ao cara novo? Cadê o Thom?

— Esse é o Daniel — digo muito rápido, passando por cima da segunda pergunta. — Ele é meu colega de trabalho na padaria. O neto do Bakersfield.

— Prazer em te conhecer — diz Daniel. — Eu ouvi muito sobre você.

— Só coisas boas, espero?

— O que mais eu diria? — Violet exclama em falsa indignação.

— Queríamos que você estivesse aqui — digo a ele.

— Eu também. Antes que você perceba, será o fim do verão — diz ele. A fala é verdadeira, tanto promissora quanto apavorante.

Conversamos com o Abaeze por um tempo. Estou tão contente de fazer parte do círculo, rindo das histórias dele sobre sua avó e sem me sentir exausta com minha guerra mental. Este grupo me faz sentir bem e eu gostaria de poder ficar para sempre aqui, fingindo que o mundo lá fora, com todos os seus problemas, não existe.

Depois de passarmos cerca de uma hora lá, Violet diz que precisa ir embora porque prometeu à mãe que estaria em casa às 22h30. Apesar de todo o seu rigor, a mamãe nunca se importou em estipular um horário para voltar para casa, mas os pais da Violet definitivamente se importam com essas coisas.

— Vou deixar vocês — diz ela, me dando uma piscada superóbvia que rezo para que Daniel não tenha notado. — Você vai deixar o Daniel em casa, né?

— Aham.

Violet dá abraços em nós dois (ela tem que ficar na ponta dos pés para alcançar Daniel, por ser tão baixa, e ele, tão alto) e então vai embora.

E então sobraram dois. Mesmo que eu tenha dado uma carona para o Daniel para cá e tenha sido supernormal, de alguma forma, a noite e o jantar, junto com as indiretas não tão sutis da Violet, transformaram a situação em algo claramente mais desconfortável do que antes. A viagem de carro até a casa dele, na verdade, de apenas dez minutos, parece que pode ser inimaginavelmente longa. *Qualquer coisa* pode acontecer com duas pessoas sozinhas em um carro à noite. Quer dizer, o que devemos fazer quando ele sair?

Nesse exato momento, ouço uma voz familiar vindo da porta, e eu congelo.

— Estou morrendo de fome — diz um dos meninos de um grupo.

Eu deveria correr, me esconder ou pular pela janela do banheiro, mas fico presa na cadeira, de frente para a entrada. Antes que possa cobrir o rosto ou desviar, eles me avistam.

— Annalie! — grita Jeremy do outro lado do restaurante.

Atrás dele, Thom surge, seu cabelo ruivo parecendo mais bagunçado do que o normal. A expressão no rosto dele se tensiona por uma fração de segundo. Imagino todas as mensagens adiando nossos encontros passando pela sua cabeça. E então ele se aproxima.

No exato momento em que Daniel se vira, uma fagulha de lembrança passa pelo rosto do Thom. Ele olha do Daniel para mim, e depois de mim de volta para o Daniel.

— Oi, amigos — diz ele. — Um prazer ver vocês aqui.

Eu engulo.

— Oi, Thom.

Seus olhos piscam furiosamente, mas ele não demonstra nada, exceto talvez um afinamento de seus lábios. Os três se reúnem ao nosso redor.

— Daniel, certo? — diz Mike. — A gente se conheceu na padaria. Você é o neto do padeiro. — Ele soa alegre, relaxado.

— O que vocês dois estão fazendo aqui? — pergunta Thom.

— A Violet acabou de sair — digo.

Pareço culpada e odeio isso. É bem evidente que o Thom não acredita em mim.

— Certo.

Thom continua olhando entre nós, a expressão incerta. Ele olha para Mike. Por um segundo, penso que pode estar nervoso, e então me dou conta. Ele acha que eu poderia ter contado ao Daniel. Está preocupado com isso. Não consigo dizer se o Mike sabe que eu sei. Ele age de forma casual, não demonstra nada. Porém, está na cara que ele mente muito melhor do que o Thom. Se não tivesse me contado nada, eu nunca, em um milhão de anos, teria adivinhado que Mike era o vândalo.

Acho que nunca dá para saber o que as pessoas fazem quando ninguém está olhando.

Há uma longa pausa. Daniel não intervém, aparentemente não ligando para o fato de estarmos cercados.

— É bom ver você — diz Thom finalmente. — Você está livre esse fim de semana?

Não tem como eu o dispensar ele na frente de todo mundo. Eu *não* tenho nada para fazer neste fim de semana, e, nessa fração de segundo, eu não consigo inventar uma mentira convincente o bastante. Seus olhos são suaves e suplicantes de novo, sua voz hesitante. Eu não posso dizer não a ele.

— Estou, sim.

Ele sorri, aliviado.

— Ah, que bom. A gente se vê então.

— Sim.

Ele se inclina para me beijar, e só percebo quando ele já está a centímetros de distância do meu rosto. Isso me assusta. Eu estremeço um pouco. Não o suficiente para evitar que seus lábios façam contato, mas o suficiente para ele notar e a sua expressão mudar. Enquanto ele se afasta, vejo todo mundo olhando. Eu me lembro de quando Thom olhou para mim no nosso primeiro encontro, na frente de todos, enquanto cantava e eu senti como se estivesse brilhando. Agora, me sinto pequena.

Os meninos começam a se virar para achar seus lugares. Mike fica apenas alguns segundos atrás dos outros e diz:

— Vou dar uma festa na minha casa na semana que vem. Meus pais estão fora da cidade. Você deveria vir.

Ele olha generosamente para Daniel.

— Você também. Os dois são bem-vindos. — Ele faz uma pausa por um segundo e então dá uma piscada atrevida. — Não quero me gabar nem nada, mas vai ser bem foda. Talvez seja a festa do verão, modéstia à parte.

Ele dá um pequeno aceno e sai sem esperar por uma resposta.

Eu o vejo ir, sabendo que não precisa de uma resposta porque, no mundo do Mike, ninguém recusaria um convite para as suas festas. Claro, não são totalmente exclusivas. Você pode levar seus amigos e ninguém vai barrar na porta. Mas é diferente ser uma pessoa a mais que só aparece em uma das festas do Mike e ser alguém que o próprio Mike convidou pessoalmente. E eu nunca fui convidada antes.

Três meses atrás, caramba, até três semanas atrás, eu estaria em êxtase. Agora, estou inquieta.

Daniel e eu permanecemos sentados à mesa, agora incrivelmente desconfortáveis, enquanto tentamos acenar para uma garçonete trazer a conta. Está levando uma eternidade, quando tudo que eu quero fazer é sair daqui. Fico imaginando se ele vai me perguntar por que estou agindo de forma tão estranha, mas graças a Deus ele não questiona.

Enfim, recebemos a conta, e ele calcula quanto dar de gorjeta. Quase em casa, livre.

Então vejo Thom voltar para a nossa mesa, e meu estômago se aperta. Seu rosto está tenso e assustado. Sei que aconteceu alguma coisa.

— Ei — diz ele. — Posso falar com você por um segundo? — Seus olhos se movem para o Daniel. — A sós?

— Claro. O que foi? — respondo, mas já estou de pé, seguindo-o para a porta da frente. — Já volto — murmuro para Daniel.

Suas sobrancelhas estão apertadas com preocupação, mas ele permanece sentado.

Saímos e viramos a esquina para que as pessoas não nos vejam.

— O que houve, Thom? — Tento não deixar minha voz soar tão tensa. Ele desbloqueia o celular e me mostra a tela.

— Isso foi postado no Twitter algumas horas atrás. Acabei de ver porque a tag está em alta e as pessoas da escola estão retuitando. Você sabia disso?

Eu pego o celular dele. É a conta do Twitter da Margaret, e o post é um vídeo. Na mesma hora eu sei o que ela fez. A ficha cai.

— Mano, eles foram muito idiotas — diz Thom, balançando a cabeça. — As camisas. — Ele olha para mim. — Você sabia logo de cara.

— Tá, claro que eu ia saber, porque já vi as camisas e até perguntei sobre elas. Mas parecem camisas de futebol genéricas — digo, desesperada.

Também quero acreditar no que estou dizendo, mesmo que uma parte de mim se pergunte por que *eu* estou tentando fazer *ele* se sentir melhor sobre isso.

— Não dá pra ler o que está escrito nas costas nem dá pra ver os rostos deles. Como alguém seria capaz de identificá-los?

— Está todo mundo postando. Alguém vai sacar. — Sua voz se eleva. — Merda. Porra.

— Eu não sabia que ela ia fazer isso. Juro por Deus, eu não fazia ideia. Sabia que ela tinha entregado o vídeo pra polícia, mas não que ia postar.

Mas eu devia ter adivinhado. Claro que sim.

— A gente tem que tirar do ar — diz ele.

Fico esperando suas palavras. Sei o que está insinuando, que eu deveria tentar convencer a Margaret a apagar o vídeo. Ele saberia que não há chance alguma de isso acontecer, se ele conhecesse a minha irmã. Mas sinto uma montanha de decepção.

Eu sei que isso é o que queria em primeiro lugar, ficar quieta, guardar o segredo. Jurei a ele que faria isso. Entretanto, parte de mim se sente traída porque Thom nem está reconhecendo que isso é a minha casa, sou eu, que seus amigos chamaram de *Xing Ling*. Tudo ainda é sobre proteger o Mike e o Brayden.

Thom deve ter percebido um pouco do meu conflito interior, porque sua expressão muda imediatamente para culpa.

— Perdão. Você sabe que eu acho isso terrível. Não estou insinuando que não seja. Mas a gente conversou a respeito e os motivos pra manter isso em silêncio. — Ele geme. — Queria que você não estivesse envolvida nisso.

— Bem, eu estou envolvida porque o Mike e o Brayden me atacaram — digo secamente.

— Não foi assim.

— Como foi então? Por que você não me diz? Porque eu ainda não sei. Por que eles me odeiam?

Ele pega minhas mãos.

— Annalie. Annalie. Eles não te odeiam. Não vamos brigar por isso, tá? Queria que a gente pudesse voltar no tempo, e eu poderia dizer a eles que estavam sendo idiotas antes de fazerem isso. — Seus olhos estão implorando.

— Por favor, ajuda a gente. Eu não sei o que fazer.

— Não sei se posso... continuar com isso.

— Por favor, Annalie.

Não quero olhar para ele, mas minhas mãos ainda estão nas dele, então eu olho. Ele está com medo. Com medo de verdade, de uma maneira que nunca vi antes. Apesar de tudo, sinto pena dele. Na minha mistura de emoções, uma, mais forte, ofusca as demais: a necessidade de que isso acabe, parar de deixar que continue se espalhando.

— Está bem — digo. — Quero dizer, você pode começar só denunciando o vídeo. Como spam, ofensivo, seja o que for. Tem uma ofensa racial nele. Tenho certeza de que, se pessoas suficientes denunciarem, ele será derrubado.

Ele aperta meus dedos. Ele está esperando por mais, como se espremesse a última gota de suco de um limão.

— Não vou contar pra Margaret.

Parece mais um pedaço de mim mesma que estou entregando. Mas já menti para minha irmã uma vez. Fazer isso de novo nem conta como uma nova mentira.

Ele suspira em aparente alívio.

— Obrigado.

Estou cansada. Quero ir para casa. E, de qualquer forma, acho que não posso continuar falando com ele, continuar prometendo mais e mais.

Ele me solta.

— Isso tudo vai voltar ao normal — promete ele. — E a gente pode só ser do jeito que éramos antes. Você e eu de novo.

As palavras dele são ilusórias. Eu sei, no fundo, que nada pode fazer a gente voltar ao normal, mas pelo menos neste momento, eu escolho acreditar nele, porque senão, não tenho certeza de como podemos continuar.

Dezesseis

Margaret

A porta bate com tanta força no andar de baixo que ouço do meu quarto. Mamãe está fora, em uma festa da igreja e estudo bíblico. Ela não fecharia a porta assim.

— Margaret! — minha irmã grita da entrada.

Eu a ouço subindo as escadas como costumava fazer quando tinha oito anos e estava brava porque eu a deixava sozinha em casa para brincar no bairro com meus amigos.

Ela abre minha porta com tudo, enchendo o caminho com sua raiva.

— Oi — digo.

Estou calma e vazia. Não tenho mais as lágrimas de hoje cedo, depois que saí do trabalho. Eu as esgotei no carro. Cheguei em casa, pesada com o tipo de desesperança que faz com que você seja inconsequente.

Eu sabia o que tinha que fazer. Postei o vídeo e vi os retuítes e curtidas aumentarem.

Não senti nada.

— Por que você fez isso?

Seu rosto está vermelho e choroso.

— Eu achei o vídeo. Posso fazer o que quiser com ele.

— Sério? Isso é tudo que você tem a dizer?

— Sim, é.

— Qual é o seu problema? — ela exige. — Por que você tem que ser assim?

— Não sei do que você está falando. — Comecei com calma, mas posso sentir meu sangue esquentar enquanto Annalie grita comigo. — Estou confusa sobre qual é o seu problema com essa coisa toda.

— Já tivemos essa conversa um milhão de vezes.

— Concordo. E estou cansada da sua incapacidade de ter um pingo sequer de coragem em qualquer assunto. Sinto muito se isso estraga a sua chance de ser a rainha do baile.

Ela recua como se eu a tivesse picado.

— Você é uma verdadeira vaca às vezes.

Eu me afasto dela.

— Fico surpresa que você só tenha percebido isso agora.

Ela desaparece no corredor e fecha a porta do quarto. Sua luz permanece acesa até tarde da noite, mas ela não volta.

Quando vou trabalhar na manhã seguinte, estou com medo de ver Rajiv. Não sei como vamos passar o resto do verão.

Mas ele não está lá quando apareço. Eu me sento com meu café, sentindo o silêncio do escritório sem ele. Digo a mim mesma que posso ser cordial por algumas semanas. Podemos fazer nosso trabalho sem sermos amigos. Pessoas fazem isso o tempo todo.

Ainda assim, a ideia de ficar sentada ao lado de Rajiv e fingir que somos estranhos me deixa indescritivelmente triste.

Termino minha xícara inteira de café e sirvo outra. Ligo o monitor e verifico meus e-mails. Há um e-mail da equipe de abuso do Twitter. Eu clico. Diz:

Olá,

Recebemos uma reclamação sobre a sua conta para o seguinte conteúdo:
ID do Tweet—234892388493

Seu tweet continha um vídeo que foi denunciado por conter imagens de ódio, o que é uma violação das regras do Twitter. Investigamos e verificamos a reclamação e, consequentemente, removemos o vídeo.

Atenciosamente,
Twitter

Entro na minha conta do Twitter na hora. Tenho vinte e três DMs. O tweet com o vídeo tem uma mensagem mostrando que foi removido por violar as políticas do Twitter. Mas, mesmo sem nenhum conteúdo para mostrar, o tweet foi retuitado mais de cem mil vezes. Eu clico em algumas das respostas. Algumas delas são de conhecidos meus do ensino médio, mas outras são de pessoas que eu não reconheço.

Todo mundo parece concordar que os agressores parecem ser do ensino médio também, ou pelo menos em torno dessa idade. Carol, uma menina com quem estudei no ensino médio, posta que é nojento que as pessoas façam isso com a nossa casa. Mas outras mensagens estão chegando.

De pessoas que estão revirando os olhos, me acusando de tentar prolongar meus cinco minutos de fama depois que a reportagem do jornal parou de chamar a atenção que eu queria, e perguntando por que eu não poderia só levar o vídeo à polícia.

Pessoas dizendo que isso aconteceu já faz mais de um mês e perguntando por que eu ainda me importo.

Pessoas dizendo que tenho tendências vingativas comprovadas, e que é óbvio, pelo vídeo, que é uma pegadinha idiota. *De todas as coisas que acontecem no mundo hoje*, um tweet diz.

Eu continuo rolando, e há mais e mais pessoas dizendo que quero arruinar a vida de uns pobres garotos, com outro cara do ensino médio dizendo: *É o que ela sempre faz... lembra da foto da mascote?*

Verifico minhas DMs, e elas são universalmente piores do que todos os retuítes. Muito, muito piores.

Não consigo mais ler. Quero vomitar.

Posso ouvir Annalie dizendo: *O que você achou que fosse acontecer?*

Rajiv ainda não está aqui. Não posso tirar outro dia de folga. Fecho o navegador e respiro fundo. Vou até a janela e abro, deixando entrar ar fresco. Eu me sento na cadeira do canto, a grande e confortável, e tento me recompor. Não posso deixar que ele me veja assim quando chegar. Primeiro, porque não sei se aguento se ele quiser me consolar, e segundo, porque não sei se aguento se ele não quiser me consolar. Qualquer uma das opções é insuportável.

Devagar, volto para minha mesa e começo a ler os e-mails de trabalho, abrindo os documentos que deveria estar verificando hoje. São quase 10h e Rajiv ainda não chegou. Eu tenho o telefone dele. Penso em mandar uma mensagem, mas não consigo. É irônico que eu tenha dito a Annalie que gostaria que ela tivesse um pingo de coragem. Eu poderia muito bem ter dito isso sobre mim mesma.

Uma batida na porta. Jack Fisher enfia a cabeça.

— Oi — diz ele.

— Bom dia. Como vai?

Ele entra e fecha a porta gentilmente.

— Eu só queria que você soubesse que o Rajiv entregou seu aviso de demissão ontem, então ele não vai voltar.

Sinto uma onda de culpa.

— O quê? Você está falando sério?

— Infelizmente, sim. Ele se ofereceu para ficar duas semanas antes de partir, mas eu disse a ele que não precisava se não quisesse.

— Ele disse por quê? Foi por minha causa? — pergunto, incapaz de me conter.

Jack me olha estranho.

— Você? Céus, não. Claro que não. Ele me disse que eram circunstâncias pessoais com a família dele. Você entende que não posso compartilhar os detalhes.

— Claro, eu entendo — murmuro, envergonhada.

— De qualquer forma, pensei que você deveria saber, caso ele não tivesse te contado, já que ficará sozinha aqui até o final do verão. Tentaremos não dobrar sua carga de trabalho. — Ele sorri.

— Ok. Entendido. — Eu me sinto vazia.

Ele sai, e eu me sento. Rajiv foi embora? Percebo que a última vez em que ele esteve no escritório pode ser a última vez em que o verei. Que outras desculpas tenho para cruzar o caminho dele?

Acho que é a maior ironia que ele finalmente conseguiu fazer comigo o que eu fiz com ele primeiro.

Dezessete

Annalie

Eu inclino a cabeça para trás no sofá de Violet quando chegamos a um intervalo comercial durante o concurso de culinária. Estou na casa dela e não na minha, porque preciso de qualquer desculpa para não ficar com minha irmã. Todo mundo viu o vídeo agora, mas ninguém ofereceu nenhuma pista.

Enquanto não consigo dormir, me pego esperando que alguém reconheça os meninos e os entregue. Então não dependeria de mim, e meu namorado e eu poderíamos escapar ilesos.

Mas o que significa "ileso" agora? Será que isso é possível?

— Estive pensando no vídeo — digo a Violet depois que o episódio termina. Não há necessidade de dizer de qual vídeo estou falando. Ela sabe na hora.

Sua cabeça vira em minha direção.

— É?

— E se a Margaret estiver certa? E se for alguém que conhecemos?

— Eu sempre disse que ela provavelmente estava certa. Ela conseguiu alguma nova informação?

Eu balanço a cabeça. Minha boca está seca.

— Continuo assistindo pra ver se há algum detalhe que reconheço — diz ela pensativa. — Queria saber.

— Queria?

— É claro. — Ela se vira para mim. — Por quê?

— Não seria pior se você os reconhecesse e fosse alguém que a gente convive? — Tento dizer isso em um tom o mais distante possível.

— Você prefere continuar andando com alguém capaz de fazer isso com você e não saber?

— Se você soubesse, você os denunciaria? Mesmo que fosse alguém de quem você gostasse?

— Que tipo de pergunta é essa? — questiona ela. — Foi um crime, Annalie. Eu não gostaria mais deles se fizessem isso. Claro que eu denunciaria.

Ela me olha com expectativa.

Eu me afasto. Eu gostaria de poder rastejar para as sombras. A culpa dói.

— Eu também — minto para a parede.

Há uma van do noticiário do lado de fora da nossa casa, bloqueando a entrada.

— Margaret! — grito para onde eu sei que ela está escondida lá em cima. — Seus fãs estão aqui! Eu tenho que ir trabalhar neste fim de semana. Você pode fazer eles irem embora?

Espero um momento, mas não ouço nada. Ela é horrível.

Os últimos dias foram um inferno. O vídeo, apesar de ter ficado online por apenas cerca de doze horas, aumentou o interesse novamente. Isso é muito pior do que os vestidos de baile ou a foto da mascote. É a única coisa que todo mundo na cidade está falando. Eu coloquei todas as minhas contas no privado, mas ainda estou recebendo mensagens, as piores mensagens.

E então os repórteres começaram a aparecer. Não apenas a *Gazeta* local, mas jornais nacionais, porque, agora que chegou ao Twitter, estamos recebendo telefonemas do BuzzFeed e da CNN. Eu não acredito que todos estão tão interessados nisso. Artigos sobre o que constitui um crime de ódio, dependendo das legislações estaduais. Reportagens sobre o aumento da hostilidade racial contra os americanos de origem asiática. E, enquanto isso, Margaret, aquela que começou tudo, não está disposta a lidar com nada disso.

É estranho. Eu pensei que ela estaria do lado de fora, fazendo todas as entrevistas como se fosse seu trabalho, mas não a encontro em lugar nenhum. Ela vai trabalhar e chega em casa sem falar com ninguém. Mamãe está brava com toda essa atenção, mas apenas balança a cabeça sempre que Margaret chega em casa, como se não reconhecesse a filha. Com uma certa satisfação nojenta, sinto a decepção da mamãe cair como uma camada de poeira sobre Margaret. Mas não posso ficar muito presunçosa com isso, porque Margaret parece triste e fora de si. Exceto, é claro, que Margaret nunca consegue se desculpar por nada, então não fico esperando sentada.

Enquanto isso, meu relacionamento com Thom é como uma corda de violão à beira de arrebentar. Não o vejo desde que o vídeo foi postado. Ele também não me mandou uma mensagem, não que eu queira falar com ele no momento. Eu me pergunto se é porque ele tem medo de ter alguma mensagem escrita sobre isso.

Eu me pergunto se ele tem medo de terminar comigo porque acha que vou revelar o segredo. Nunca terei coragem de questionar.

Meu carro está estacionado na garagem. Eu saio, e imediatamente alguém vem andando até mim com um bloco de notas.

— Você quer falar com a minha irmã, Margaret — digo como forma de apresentação. — Ela está lá dentro.

Não me importo em atirá-la aos leões.

— Você é a Annalie? — pergunta a mulher, que está vestindo calça jeans skinny escura e tem um coque de bailarina apertado.

— Sim. — Balanço as chaves, me sentindo irritada por ter confirmado meu nome.

— Ninguém na sua casa está respondendo a chamadas ou mensagens.

— Talvez a falta de resposta seja a mensagem. — Passo por ela e destranco meu carro. — Você pode tirar a van do caminho? Tenho que sair.

— Claro — diz ela. — Então você não tem nenhum comentário sobre o vandalismo? O vídeo?

— Eu não postei o vídeo.

— Certo. Mas você viu.

Eu concordo com a cabeça brevemente.

— Você acha que foi um crime de ódio racial ou uma pegadinha que deu errado, como algumas pessoas estão dizendo?

Faço uma pausa, a meio caminho do carro. Um fogo acende dentro do meu peito. Thom disse isso, mas eu nunca perguntei a Mike e Brayden. Mesmo se eu soubesse e eles me dissessem, não sei se o "porquê" importa para mim neste momento. A verdadeira questão é por que as pessoas continuam me perguntando, como se eu soubesse a resposta. Como se a resposta fizesse qualquer tipo de diferença.

A mulher ainda está esperando por uma resposta.

Por um segundo, quero apenas dizer a ela quem fez isso. Eu poderia fazer isso agora. É o que devo fazer. É o que a Violet e a Margaret, e talvez qualquer um com um pingo de coragem, fariam. Olho para a garagem e me lembro das letras vermelhas, do horror que senti quando olhei para elas.

O sangue corre para minha cabeça; as palavras correm para meus lábios.

Mas ainda estou com medo.

Agora não, digo a mim mesma. Agora não é hora de decisões precipitadas.

A mulher me encara.

Penso em Thom, a súplica em seu rosto. O momento passa, e sinto que fui cortada até ficar vazia e exausta.

— Eu nunca faria uma pegadinha com ninguém usando um insulto racial — digo finalmente. — Talvez eu não tenha entendido a piada.

Entro no banco da frente e bato a porta.

Saio da garagem e observo pelo retrovisor para verificar que não me seguiram. Meu coração bate forte. Pela primeira vez, não quero mais viver aqui. Quero continuar dirigindo até deixar as fronteiras desta cidade para trás. Até ninguém poder me encontrar.

— Bolos de morango, tortas de limão com baunilha, quadradinhos de noz--pecã e caramelo, bolo de chocolate e amêndoa com creme de amaretto e éclairs de mirtilo. É nisso que estamos trabalhando hoje? — pergunta Bakersfield.

Ele amarra o avental para trás e estala os dedos. Estamos afunilando a escolha das nossas receitas finais para entrar na competição de confeitaria.

A cozinha, entre minhas coisas e cheiros favoritos, é o único lugar em que me sinto segura agora, onde o mundo exterior não consegue se intrometer.

Bakersfield não estava muito entusiasmado com a ideia de entrar na competição no início, mas Daniel e eu o convencemos. Eu vim armada com o apelo emocional, e Daniel veio com os cálculos de quanto lucraríamos com a participação, com base em relatórios de faturamentos de outros pequenos negócios que participaram da feira em anos anteriores. Assim que Bakersfield viu os números, pude ver que ele ia ceder.

A placa de *Fechado* está na vitrine. A cozinha se transformou em uma linha de montagem com postos de batalha para diversas atividades. Temos que preparar um lote de cada receita até o final do dia para que possamos provar cada uma e fazer uma escolha final. Este é o melhor tipo de dia de trabalho.

— Bem, vamos começar? — diz ele, batendo palmas.

Vou até a geladeira pegar manteiga para esquentar quando a porta da cozinha se abre.

— Oi — diz Daniel nervoso.

Por mais que ele esteja aqui quando Bakersfield não está — lendo, conversando, tomando um café —, faz muito tempo desde que nós três estivemos no mesmo lugar. A cozinha parece imediatamente muito cheia.

— Você precisa de algo? — pergunta Bakersfield.

— Hum, não — responde Daniel. — Achei que poderia... ajudar?

É meio engraçado como ele parece intimidado pelo seu avô. Eu lhe dou um sorriso encorajador.

— Você não sabe nada sobre confeitaria — diz Bakersfield.

— Eu sei disso. Quis dizer que eu poderia ajudar com outras coisas, sabe. As tarefas braçais. O que quer que você me diga pra fazer.

Bakersfield olha para ele, como se tentasse decidir se isso é uma piada ou não.

— Estou tentando — diz Daniel suavemente. — Eu sei que meu pai achava essa loja uma perda de tempo, mas eu não acho. É por isso que estou aqui. Estou me esforçando muito.

Eu assisto enquanto Bakersfield engole, sua garganta balançando.

— Tudo bem — diz ele, soando mais rouco do que o normal, mas acho que está tentando manter a voz firme. — Tá, tudo bem. Mas você tem que ouvir o que a Annalie disser. E não atrapalhe.

— Posso fazer isso — diz Daniel.

O degelo no ar é real. Ele olha para mim e me dá um joinha escondido. Eu sorrio e volto para a batedeira.

Seis horas depois, estamos reunidos ao redor do balcão central com uma variedade de sobremesas para degustação final. Passamos por versões de cada uma, com diferentes ingredientes e quantidades, na semana passada. Esta é a seleção do melhor. Minhas papilas gustativas estão no céu.

Minhas articulações estão doendo de ficar em pé o dia todo. Eu bem que poderia tirar uma longa soneca. Esperava que o Bakersfield fosse ficar esgotado, mas ele parece ainda mais animado do que quando começamos.

Daniel, que não usou avental como o seu avô e eu, está com a camisa toda coberta de farinha, mas ele não se incomoda. Está radiante.

Nós nos alinhamos, examinando o que sobrou depois de provar.

— Então? — pergunto. — O que você acha?

Tenho uma opinião, mas guardo para mim.

— Todos estão ótimos — diz Daniel. — Vocês poderiam escolher qualquer um desses.

— Mas qual foi o seu favorito?

Ele dá de ombros.

— São todos bons!

— Você é inútil — digo. Olho para o Bakersfield.

— As tortas de limão com baunilha — ele pronuncia. — É esse.

Não posso deixar de sorrir.

— São as minhas favoritas também. É a baunilha, acho.

— Ótimo trabalho — diz ele, um raro elogio dele que me deixa brilhando. — Isso vai ser divertido.

Ele coloca a mão no ombro de Daniel.

Daniel se encolhe no início, então relaxa.

— Sim, divertido.

— Sabe o que mais é divertido? — diz Bakersfield. — Sair mais cedo e deixar a limpeza para as pessoas com joelhos melhores.

— Ah, fala sério! — protesto. — Isso não é justo!

— Essa é a maneira mais justa de fazer isso quando você tem a minha idade. Eu deixo você usar minha cozinha; você tem que limpar — diz ele, rindo. Ele permanece na porta por um minuto. — Boa noite para vocês.

Esperamos até que a porta se feche.

— Ei! Isso não foi tão ruim! — digo. — Vocês não brigaram nem uma vez!

Daniel balança a cabeça e ri.

— Inacreditável. Acho que a cozinha era o caminho para o coração dele durante todo esse tempo. Sou capaz até de te abraçar. Não poderia ter feito isso sem você aqui.

Vou até a pia lavar as mãos.

— Você poderia me agradecer me deixando dormir aqui pra eu não ter que ir pra casa e lidar com toda a atenção em cima da minha família.

— Está tão horrível assim?

— Você já entrou na internet?

— Eu tento ficar longe de tudo isso. Eu sou um pouco antiquado.

— Bem, eu recomendaria manter desse jeito. A internet é uma fossa. Você acha que posso me transferir de escola para o meu último ano e ir para algum internato ou algo assim?

Estou meio brincando, mas na verdade apenas tentando aliviar o clima para mim.

— Vai ficar tudo bem até lá.

Ele não sabe o que eu sei. Ou seja, supondo que Thom e seus amigos ainda estejam na escola e não tenham desaparecido magicamente, não vai ficar tudo bem. O pensamento me enche de ansiedade. Não consigo imaginar um ano dessa tensão.

— Além disso — diz ele —, nunca deixaríamos você dormir no chão da padaria. O meu avô deixaria você ficar com a cama extra na nossa casa, e eu ficaria com o sofá. Ordem de importância, você sabe. — Ele sorri.

— Você está brincando, mas eu estou quase aceitando a oferta.

— Eu não estou brincando de jeito nenhum. Mas não sei se o Thom gostaria — diz ele de leve.

Eu coro, me virando para que ele não possa ver. Eu não deveria estar passando tanto tempo com o Daniel quando as coisas com o Thom estão tão… bagunçadas. Mas esse é realmente o melhor lugar para ir, já que estar em casa também é insuportável. E estar perto do Daniel me deixa feliz de uma forma temporária e descomplicada. Uma boa distração que desaparecerá quando ele for embora para Nova York.

— Não vamos falar sobre essas coisas — digo. — Vamos falar de coisas boas. Me fale sobre algo bom.

— Logo você vai se formar e poderá ir pra onde quiser.

— "Logo" é um ano de distância — eu o lembro. — E eu não sei sobre "onde eu quiser". Eu não sou um gênio como você ou a Margaret.

Sua expressão suaviza.

— Para de falar isso. Você é muito inteligente. Aonde você quer ir? Há um mundo inteiro lá fora.

— Não sei. Não viajamos tanto em família, pra ser sincera. Eu nunca estive na Europa. Nunca estive em Nova York. Nós fomos para a Califórnia uma vez quando eu era pequena. Disney. Não me lembro muito. — Eu dou de ombros e me afasto dele para limpar o forno. — É difícil imaginar estar longe daqui. Você não fica nervoso por estar longe de casa e indo pra algum lugar novo onde não conhece ninguém?

— Não. Acho emocionante.

— Acho que isso era óbvio. Você veio para cá, afinal. Isso é bem diferente.

— É mesmo.

— E qual é o seu veredito?

Ele sorri.

— É melhor do que eu esperava. Tenha em mente que as minhas expectativas eram muito baixas.

— Você voltaria?

— Bem, eu não sei se iria tão longe — diz ele. Faço um barulho de protesto e empurro seu ombro. Ele ri. — Estou feliz por ter saído nessas férias. E possivelmente, talvez um dia, meu pai venha também. Posso ter forçado a barra, mas tudo é possível.

— Espero que seja verdade.

— E estou feliz por ter te conhecido.

Meus olhos se erguem. Engulo em seco. Sinto que não tenho controle do meu corpo. Ele está perto, e quero que ele esteja mais perto e mais longe. Eu sei que, se ele se aproximar, estou perdida. Dou um passo para trás e vou até a geladeira. Não ouso olhar para ele. Abro a porta e o ar frio bate no meu rosto. Isso me traz de volta à realidade.

Ele não diz nada, nem eu. A tensão se estende entre nós, esticada como um elástico. Estou esperando ele arrebentar.

Daniel não é nada para mim. Ele é apenas um cara que é fácil de conversar e que não será nada para mim daqui a um ano. Repito isso silenciosamente, mas sei que não é verdade. A verdade não é tão fácil. E o que eu sei sobre a verdade agora, afinal?

Fico pensando em Thom e em seu rosto suplicante quando me pediu para guardar um segredo. No momento, parecia que não havia mais nada que eu pudesse dizer. Que eu era impotente contra seu pedido. Não pensei no futuro. Não pensei em como seria difícil, dia após dia, olhar para o rosto dele e saber o que sei, e não dizer nada a ninguém.

Achei que conseguiria. Guardar esse segredo sozinha. Mas me sinto incrivelmente solitária — o tipo de solidão que envolve uma pessoa e a distancia do mundo inteiro.

Na escuridão, uma memória flutua do nada, uma que eu nem sabia que tinha. Estou pensando nas tentativas fúteis da mamãe de ensinar chinês escrito para Margaret e para mim quando éramos pequenas. Ela começou depois que o nosso pai foi embora, talvez porque achasse que isso nos fortaleceria, preencheria o vazio que ele havia deixado. Flor, carro, família, cavalo. Ela nos fazia escrever os caracteres repetidamente. Dez palavras por dia, dez vezes por dia. Eu ainda não tinha aprendido a escrever palavras em inglês antes de mamãe me ensinar chinês. Ela persistiu até os meus oito anos, quando ficou claro que, sem ter ninguém com quem praticar, exceto ela, nunca aprenderíamos o suficiente. Ensinar chinês para a gente era como encher uma peneira com água.

Não consigo ler a maioria das palavras. Algumas. Uma a cada três palavras em um livro infantil. Mas eu me lembro da palavra para "segredo": mi mi. Dois caracteres, pronunciados da mesma forma, com os mesmos tons, mas escritos de forma diferente. Os dois caracteres, entretanto, têm o caractere para "coração" embutido neles. Um segredo são dois corações.

Parece bobo pensar nessa história antiga aqui, no calor da cozinha, com somente um menino que não deveria significar nada para mim.

Mas não há ninguém a quem eu possa contar que guardará isso para si — nem Margaret, nem mamãe, nem mesmo Violet.

Então eu conto para o Daniel.

Dezoito

Margaret

Quando me mudei para Nova York, pensei que finalmente havia encontrado meu lugar. Eu poderia ser quem quisesse, poderia encontrar o meu grupo de pessoas; poderia encontrar a sensação indescritível de pertencimento que nunca tive no ensino médio. Gostava de ir a cafés e observar a agitação das pessoas ao meu redor, me sentindo parte de uma tapeçaria maior. Mas aconteceu que eu tinha acabado de me mudar de um lugar para outro. A mudança para Nova York não me concedeu magicamente habilidades de fazer amigos ou ser uma pessoa diferente. Era a mesma eu em um lugar novo, mas cercada por pessoas o suficiente para me lembrar de estar sozinha.

Agora, esse sentimento familiar está se aproximando. Minha caixa de entrada está cheia de perguntas da imprensa. Minhas contas de redes sociais estão cheias de mensagens que não quero ler. Meus dias da semana estão cheios de tarefas dos advogados do escritório. Mas eu afastei todo mundo com quem me importo.

Mandei uma mensagem para Rajiv para ver se ele estava bem, e ele não respondeu. Eu mereço, acho.

Fico mais no meu quarto quando estou em casa, lendo e tentando evitar a internet, exceto quando não posso. Uma estação de notícias de Chicago quer uma entrevista. Eu concordo, porque não há muito mais para fazer neste momento. Não quero, mas sinto que devo ir até o fim.

Annalie parou de tentar brigar comigo e agora só me ignora. Mamãe me olha como se desejasse que eu nunca tivesse voltado para as férias de verão.

Eu gostaria de nunca ter voltado.

Mas está quase no fim. Reservei minha passagem de volta. Estou pronta para deixar isso tudo para trás novamente. Posso trocar uma solidão por outra — uma mudança de situação torna um pouco mais fácil de suportar.

Minha irmã está me esperando lá embaixo. A única coisa que discutimos foi o presente de aniversário da mamãe. Normalmente não somos uma família que dá presentes, mas o único ponto em que podemos concordar é que a mamãe teve um ano difícil, com tudo isso. Ela merece um presente, e que suas filhas não se matem.

Como era de se esperar, foi ideia da Annalie. Tenho vergonha de não ter pensado nisso, mas é ela que está sempre pensando em fazer a coisa certa para as outras pessoas.

Pego minhas coisas e vou com ela para a garagem. Entramos no carro em silêncio, ela do lado do motorista. Ela liga a rádio em uma estação de country, que sabe que eu odeio, mas não digo nada. Só espero que possamos fazer isso o mais rápido possível e voltar para casa.

Descemos a rua principal com as janelas abertas, em direção ao shopping. Olho pela janela e respiro o ar com cheiro de grama do verão. Olho de relance. A pele da Annalie brilha na luz. Seus óculos de sol estão perfeitamente equilibrados em seu rosto.

Entramos no estacionamento do shopping e damos três voltas antes de conseguirmos uma vaga.

Teria sido melhor se apenas uma de nós tivesse vindo comprar um presente, é claro. Mas comprar presentes para a mamãe não é tão simples. Ela não é como a maioria das pessoas, que recebe presentes e pensa que é a intenção que conta. Você tem que dar algo para ela usar, ou então, comprar algo para ela é pior do que inútil. Não, Annalie e eu temos que fazer isso juntas, para ver o que tem e escolher a coisa certa. Algo de que a mamãe vá realmente gostar.

Adoro a sensação do ar-condicionado frio no rosto em um dia quente. Atravessamos as portas e vamos a uma das lojas de departamento. Vamos direto para a seção de artigos para o lar. Estou pensando em algumas panelas de cozinha mais bonitas para substituir as sujas e gastas que a mamãe tem.

— Vou dar uma olhada na seção de roupas de cama — diz Annalie.

Não consigo me lembrar de uma época em que minha irmã e eu costumávamos ser próximas ou fazer coisas juntas. Filmes sobre irmãs pareciam tão estranhos para mim porque não conseguia imaginar um relacionamento em que Annalie fosse minha melhor amiga e fofocaríamos sobre a vida e meninos. Quando éramos menores, ela era uma acompanhante irritante de que eu tentava me livrar, e então, um dia, ela parou de querer me acompanhar, porque acabou que ela não era nada parecida comigo.

Você pode me contar qualquer coisa, eu disse a ela no dia 4 de julho. Mas isso não era verdade nem mesmo quando falei. O dia em que me formei no quinto ano, quando um menino me disse que não gostava de mim, as vezes em que me senti insegura no ensino médio quando as pessoas falavam merda sobre mim pelas minhas costas, até de quais faculdades fui rejeitada. Eu nunca contei a Annalie; eu nunca nem deixei ela me ver chorar. Por que ela me contaria qualquer coisa?

Minha irmã é a pessoa nesta vida que tem mais em comum comigo, sangue, experiência, esperanças e medos, mas a principal coisa de que me lembro da nossa infância é que a afastei até que uma parede cresceu entre nós. Agora é tão alta e tão larga que não sei como começaríamos a derrubá-la. Parece tarde demais.

Agora não podemos nem mesmo ir à loja para escolher um presente para a nossa mãe sem um persistente clima estranho.

Passo os dedos por uma wok novinha em folha, lisa e preta, com cabo de madeira laqueada. Eu gostaria de poder consertar isso, mas sei que o melhor que podemos desejar é terminar essas compras o mais rápido possível.

Vou até a seção de lençóis em busca da Annalie. Procuro por vários corredores antes de vê-la na seção onde eles têm uma coleção de hotelaria de lençóis de fios finos. Ela está conversando com várias garotas do ensino médio e, a princípio, acho que deve ter se deparado com um grupo de amigas. Parece que combinam com ela, shorts jeans, pernas bronzeadas, cabelo perfeitamente ondulado para o verão. Porém, suas expressões são muito tensas para ser uma reunião amigável. Nenhuma delas olha para mim.

Ouço uma das garotas dizer:

— Você tem que admitir que ela está exagerando, como sempre. Ela nem mora mais aqui.

Vou em direção à seção de roupa de cama antes que elas possam me ver, meu coração batendo forte. Eu me preparo para a facada — Annalie concorda, porque é isso que ela pensa também. Mas sua voz aparece, irritada e afiada.

— Não, Alexa, eu não tenho que admitir isso. Você está me dizendo que acha o que aconteceu normal?

— Não, claro que não! Mas ela está forçando demais. Você sabe que está. Acho que ela gosta mais da fama do que odeia o fato de ter acontecido.

— Então, a gente deveria apenas superar isso? — diz Annalie. — Por que você diria isso pra mim?

— Credo, vá com calma. Ela está aqui, fazendo mil entrevistas, agindo como se a gente fosse tudo um bando de racistas e gritando com as pessoas no Twitter. Ninguém se machucou. Por que você está tão brava? Sabemos que você é a racional.

— Bem, está errada aí. Talvez eu concorde com ela. Talvez eu ache que ela deveria estar fazendo um alvoroço até que alguém leve a sério. Obviamente você não leva.

— Cruzes, Annalie. Claramente pegamos você em um dia ruim — diz uma das garotas. — A gente se vê na casa do Mike, acho. Íamos perguntar se você queria jantar antes e ir com a gente, mas parece que é melhor não. Não sei se a gente pode acabar te ofendendo sem querer. — Sua frieza é evidente e soa mais alto do que as palavras. — Vem, vamos embora.

Entro no corredor, pensando que elas estão andando na outra direção, mas dou de cara com elas.

Seus rostos se transformam de surpresa momentânea em desprezo.

— Ah, falando do diabo — diz uma das meninas. Eu não as reconheço, mas se estão na mesma classe que Annalie, devem me conhecer desde quando eu estava no ensino médio.

Elas passam por mim sem outra palavra. Todas as minhas respostas rápidas estão presas na garganta.

Elas nos deixam sozinhas. Estou imóvel. Seus olhos estão vermelhos.

— Quem eram? — consigo perguntar.

Ela balança a cabeça.

— Eu não preciso da sua ajuda. Apenas fique fora disso.

Ela passa por mim também. Olho para os lençóis azul-claros alinhados na prateleira. Não consigo me mexer.

Eu a alcanço em silêncio na seção de cozinha depois que consigo me recompor, mas estou abalada. O resto do tempo na loja parece um borrão. Compramos um novo conjunto de woks, passando pelo caixa sem dizer uma palavra uma para a outra. Todo o caminho para casa parece um pesadelo movido a música country. Sinto frio apesar de a temperatura lá fora estar acima de trinta graus. Chegamos em casa antes que eu perceba. Mal consigo olhar para a Annalie.

— Vou embrulhar mais tarde, quando a mamãe sair neste fim de semana — diz ela depois que chegamos em casa. — Tem papel de embrulho no porão.

— Tem certeza? Eu posso fazer isso. Eu... não estou fazendo muita coisa — ofereço.

Parece fraco. Eu deveria fazer isso. Eu deveria pedir desculpas a ela. Não consigo parar de imaginar o rosto dela, zangado e magoado depois que aquelas garotas disseram que estavam com medo de ofendê-la sem querer. Queria que ela tivesse só falado mal de mim. Seria mais fácil se a Annalie não tivesse me defendido, para que eu pudesse dizer a ela que a perdoo por não ficar do meu lado. Mas não é ela quem precisa de perdão. Sou eu. Eu preciso do perdão dela. Da mamãe. De Rajiv. Há tantas coisas que eu deveria dizer, mas não tenho as palavras certas e não sei como começar a conversa depois de tantos anos sem fazer isso.

— Não — diz ela. — Você está fazendo o suficiente. — Ela faz uma pausa, mexendo nas chaves na bolsa e apertando os dedos ao redor das alças da sacola de presente. — Vejo você mais tarde.

★

Acordo em um raro dia de chuva. Normalmente, no verão, o tempo fica limpo com trovoadas passageiras à tarde, mas é evidente que hoje estará saturado com uma chuva suave e cinzenta.

Eu me sinto mole e mal-humorada. Eu me arrependo de ter concordado em dar uma entrevista na semana que vem. Não quero fazer nada além de ficar deitada na cama até a hora de voltar para Nova York.

Mas hoje estamos celebrando o duan wu jie — o Festival do Barco do Dragão. Há trabalho a fazer.

Mamãe nunca nos explicou o significado do feriado ou sobre barcos, dragões ou qualquer outra coisa. Nós só o conhecemos como o feriado em que comemos zongzi, um bolinho de arroz grudento, salgado ou doce (dependendo do recheio), envolto em folhas de bambu e cozido no vapor.

Desço as escadas sem escovar os dentes, com o cabelo arrepiado e o sono nos olhos. Mamãe já está na cozinha. É difícil para mim pensar em um momento em que mamãe já não estava na cozinha quando acordei.

Posso sentir o cheiro do arroz cozinhando e das tâmaras doces fervendo.

Annalie não está aqui hoje; teve que ir cedo para a padaria. Normalmente, é ela quem faz zongzi com a mamãe. Eu não sou muito de cozinhar. Eu queimo a maioria das coisas que tento fazer.

— Bom dia, dorminhoca — diz mamãe, mais animada do que qualquer coisa que ela me disse nas últimas duas semanas.

Eu me sento na cadeira do balcão, esfregando as têmporas. Sinto que estou de ressaca, mas não bebi nada.

— Você quer me ajudar hoje?

— Tudo bem — eu digo a ela. Eu não tenho mais nada para fazer, de qualquer forma.

O que realmente quero fazer é falar com o Rajiv. Penso em ligar para ele. Penso em escrever uma carta para ele. Penso em fazer isso só para ouvir ele gritar comigo. Então me lembro: Rajiv pediu demissão do emprego para se afastar de mim. Acho que não quer saber de mim, e seria cruel me forçar para cima dele.

A verdade é que eu amei você... talvez até ainda ame. Mas não gosto muito de você agora.

Suas palavras ecoam. Eu quero me livrar delas.

Amarro o cabelo e arregaço as mangas até os cotovelos. Mamãe empurra uma tigela de arroz grudento e perfumado e uma pilha de folhas úmidas de bambu. Ela vem e se senta ao meu lado. Parece muito delicada.

— Você comprou sua passagem de volta pra Nova York?

— Sim.

— Certo. — Ela concorda com a cabeça. — As férias estão quase acabando. Rápido.

— Aham. — Eu pisco com força, sentindo uma pedra de arrependimento no estômago.

Eu passei as férias de verão inteiras aqui, e o que fiz durante esse tempo? De repente, sinto muito por não passar mais tempo com a minha mãe. Percebo que o cabelo dela está um pouco mais grisalho do que quando saí para a faculdade. As férias de verão estão se estendendo por muito tempo e sem fim no meu futuro, cheias de estágios e empregos, cada vez menos oportunidades onde consigo bancar a volta para casa. Estou vulnerável, com medo de crescer e ser forçada a deixar essa casa. Mas eu já saí.

— Você vai voltar em breve. É difícil dizer adeus de novo.

É como se ela pudesse ouvir o que estou pensando. Ela me dá um sorriso triste.

Está lutando para me dizer alguma coisa, mas ela não sabe como.

— Eu costumava fazer isso com seus avós — diz ela, dobrando as folhas de bambu ao redor do pedaço de arroz até ficar em forma de cone. — Eram os meus favoritos.

— Você já fez eles com o papai?

Ela faz uma pausa. Tenho medo de tê-la deixado com raiva e de ter estragado isso também. Parece que só sei como deixar a mamãe infeliz hoje em dia.

— Fiz — diz ela finalmente. — Ele não era muito bom. Quebrava as folhas. — Sua boca se curva em um meio sorriso, como se lembrasse de uma coisa boa.

Estou impressionada. Parece que ela abriu a porta de uma pequena rachadura no meu passado. Não consigo ver por dentro, mas há uma lasca de esperança.

— De quais ele gostava mais?

Tenho que me mover devagar, com cuidado, para não colocar em risco este momento.

— Os com salsicha.

— Esses são os meus favoritos também.

— Eu sei. — Seus olhos se movem para mim. — Você é parecida com ele de vários jeitos. Mais parecida com ele do que a mei mei.

Não ouso respirar ou engolir ou me mover.

— Foi mais difícil pra mim entender você. A Jingling era tão fácil, mesmo quando bebê. Você sempre parecia querer fugir. Quando eu dizia pra segurar minha mão pra atravessar a rua, você soltava e não olhava pra trás. Eu tinha que correr atrás de você.

Parece que mamãe está me pedindo desculpas por algo de que nem me lembro. Mas ela continua.

— Você estava brava comigo quando seu pai foi embora — diz ela de forma direta.

Essa parte eu lembro. Eu tinha cinco anos, mas mesmo assim sentia um ressentimento ardente em relação à minha mãe. Talvez porque ela era a única por perto com quem podia ficar ressentida, porque eu não conseguia direcionar minha indignação para a pessoa que eu queria que voltasse.

— Você me odiava tanto. Eu podia ver.

— Eu era uma criança — digo. — Eu não sabia. Como você pode usar isso contra mim?

Ela suspira.

— Eu não te culpo. Só queria que a minha filha não ficasse tão brava o tempo todo. Guardei as fotos porque achei que ajudaria você a esquecer. Por que você deveria se lembrar, de qualquer maneira? Você era tão pequena. Ele nunca mais ia voltar.

Estou quieta. A dor em meu coração se expande e preenche todo o espaço. Digo o que nunca consegui dizer em voz alta, mas que me atormentou a vida inteira.

— Achei que você não gostasse de mim porque eu era como ele.

É pequeno — minúsculo — quando sai da minha boca.

— Você é como ele — diz ela, sua expressão delicada e terna. — Mas você é você. Eu sempre soube disso. — Ela dá um tapinha no meu ombro.

Penso em todas as vezes que desejei que minha mãe pedisse desculpas para mim. Desculpas por quando ela me forçou a fazer coisas que eu não queria. Desculpas por quando ela ficava do lado de Annalie automaticamente em todas as brigas, só porque a Annalie era mais nova e, na cultura chinesa, o irmão mais velho sempre deveria dar lugar ao mais novo. Desculpas por quando ela dizia todas aquelas coisas sobre Rajiv e por que não deveríamos ficar juntos.

Mamãe nunca vai pedir desculpas. Nem hoje, nem em seu leito de morte. Eu sei disso.

Ainda assim, nos olhamos, e posso vê-la pedindo perdão, por me deixar tão sozinha, por me manter longe da minha história. A outra metade de mim. As coisas que eu nunca poderia saber sem a ajuda dela. Minha garganta está cheia de emoção.

— Eu deveria ter te contado sobre ele — diz ela.

— Não é tarde demais.

Ela concorda com a cabeça.

Algo dentro de mim se abre. Eu me sinto mais leve.

Nunca é tarde para mudar. E há coisas que deveríamos falar. Coisas que deveríamos ter falado há muito tempo. Olho para o zongzi em minhas mãos, quente e aromático.

— Eu tenho que te dizer uma coisa.

— O que é?

— É a mãe do Rajiv. Ela está doente.

As sobrancelhas da mamãe se franzem.

— Doente? Como você sabe disso?

— Ele me contou no trabalho. Ela está se recuperando de um tratamento contra o câncer.

— Fico feliz que ela esteja bem. — Ela faz uma pausa, carregada de significado. — Como ele está?

Eu a encaro. Não sei se me atrevo a forçá-la ainda mais. Mas eu me preparo e sigo em frente.

— Ele está passando por um momento difícil. Veio pra casa pra cuidar dela. Ele é um cara legal.

Ela vira o rosto.

— Você ainda gosta dele?

— Sim, mamãe — sussurro.

Ela não responde por alguns instantes.

— Você está infeliz. Você me culpa — diz ela categoricamente, reconhecendo o fogo entre nós, esperando para ser aceso.

— Como eu não poderia culpar você? Você *odiava* ele.

— Eu não odiava ele. Por que odiaria? Eu não o conheço.

— Você sempre quis que a gente se separasse.

— Aiya — diz ela, parecendo irritada, toda a boa vontade entre nós se evaporando. — Você decidiu terminar. Eu não obriguei você a fazer nada.

Eu me recuso a ser enganada, como mamãe sempre faz quando as coisas não estão indo do jeito dela.

— Você me dizia o tempo todo que, se ficássemos juntos, nossos filhos seriam "escuros", que seríamos desfavorecidos. Você dizia tudo isso! — Eu aponto um dedo para ela. — Você disse que você nunca mais falaria comigo se ficássemos juntos.

— Eu estava tentando proteger você.

— Você estava sendo racista.

Ela suspira.

— Eu não quero falar com você quando você está gritando assim.

Estou quente sob as minhas roupas, fumegando nos ouvidos. Normalmente, essa era a hora em que eu saía correndo, me recusando a ouvir outra palavra. Mas algo me impede de fugir. Eu preciso ficar. Preciso fazer isso. Preciso lutar onde importa.

— Você estava errada.

Penso em como ela gritou comigo na noite do baile, me chamando de ingrata por escolher Rajiv em vez de a ela, como se isso fosse algum tipo de escolha.

— Eu não deveria ter ouvido você. Você me deixou fraca.

Eu a observo, esperando que grite comigo e me diga que criança boba e desobediente eu sou. Mas ela apenas toma um gole de sua água, como se não tivesse certeza do que exatamente dizer a seguir. Parece mais cansada do que qualquer coisa. Ela enfim balança a cabeça.

— Você ainda está com tanta raiva de mim, mesmo agora. Você não acredita, mas eu estava tentando te ajudar a fazer o que era melhor, o que te faria feliz no final. Mas não sei mais o que é certo e o que é errado hoje em dia. Meus pais me ensinaram a ouvir os mais velhos, mas eu não os escutei quando vim para os Estados Unidos. Agora estou velha e não me sinto mais sábia como pensei que me sentiria.

Ela fecha o punho em cima do balcão, fazendo uma pausa.

— Eu não deveria ter dito que nunca mais falaria com você. Você sabe que, não importa o que aconteça, eu não deixaria você.

O nó na minha garganta aumenta. Não digo nada.

— Você saiu desta casa. Zhang da la, cresceu. Também vai cometer os seus próprios erros. E eu não posso te impedir.

— Rajiv não foi um erro, mamãe — digo suavemente. E acredito nisso intensamente. Sempre vou acreditar. Não importa o que possa acontecer daqui para a frente.

Agora mamãe está em silêncio.

— Mamãe, eu não te contei.

— Contou o quê?

— Você se lembra do baile? Quando tivemos aquela grande briga?

Ela concorda com a cabeça rapidamente, como se não quisesse se lembrar também.

— Eu deveria ir pra a casa do Rajiv, porque a mãe dele tinha me convidado pra jantar. Ela queria me conhecer melhor, e acabei não indo.

Mesmo que estejamos apenas nós duas aqui, estou trêmula de vergonha. Penso em Rajiv me ligando várias vezes. Se eu fosse a mãe dele, eu também não gostaria de mim. E aquela foi a gota d'água para Rajiv.

— Eu não fui. Por isso terminamos.

— Ela convidou você? — pergunta ela, parecendo surpresa.

Eu concordo.

Os olhos da mamãe piscam, e ela desvia o olhar.

Suas mãos começam a trabalhar novamente após uma longa pausa, e acho que ela seguiu em frente, mas então ela volta a falar.

— Vamos terminar esses zongzi e dar pra família do Rajiv — diz ela, pegando a tigela de arroz. — Pra mãe dele. Eles gostariam de doce ou de salsicha?

Eu não acredito. Dois milagres em um dia. Parece impossível. No entanto, coisas impossíveis acontecem todos os dias.

Eu não acho que ela está me dando a bênção dela a nada ainda, mas essa é a vitória que eu poderia esperar agora. Tenho certeza de que a discussão não acabou. Mas, pela primeira vez, estou feliz por isso. O importante é que parece, pelo menos, que há espaço para crescer.

— Doce — digo enfim. — É uma boa ideia.

Trabalhamos em silêncio e rápido depois disso até termos uma pilha grande. Mamãe coloca os bolinhos no vapor. Nós duas limpamos. Examinamos a cozinha, o cheiro de comida fumegante.

A chuva cai sem parar lá fora em um tilintar suave contra as janelas e telhados. Não falamos, mas não precisamos mais. Parece que podemos nos ouvir sem palavras.

Estou contando com a mudança no ar. Para mamãe e para mim.

Quando pego as chaves para sair, ela me dá um tapinha no ombro.

— Você não é fraca — diz ela. — Você é forte. Mais forte que eu.

Os dedos da mamãe estão quentes, e o que ela diz se instala em meus ossos. Depois de ter se agarrado a algo por tanto tempo, você pode ficar dormente, esquecendo que dói. E, enquanto ela me vê partir, a culpa que constantemente pesava nos meus ombros desaparece; eu não sabia o quanto era pesada até ter sumido.

Eu dirijo até a casa de Rajiv com uma cesta cheia de zongzi fresco. Está de tarde, e a casa está quieta na chuva. Não vejo ninguém nas janelas nem carros na garagem. A última vez em que estive aqui, não conseguia me lembrar dos detalhes do lado de fora. Eu estava muito preocupada em entrar no quarto dele.

Eles reformaram a frente desde o ensino médio. Uma nova faixa de jardim contorna a porta da garagem na frente da casa. Petúnias brilhantes se amontoam contra o vinil marrom. O pequeno bordo japonês que plantamos na faixa entre a calçada e a rua cresceu. Suas folhas vermelhas se estendem em direção ao céu.

Eu costumava vir aqui o tempo todo quando a família dele estava fora. Tanto que era quase uma segunda casa. Costumávamos fazer nossa lição de casa no sofá pálido e macio em frente à TV, no porão. A gata laranja e branca da família, Mishi, adorava se sentar no meu colo. Ela gostava mais de mim do que de Rajiv. Talvez mais do que de todo mundo. Eu me pergunto se Mishi ainda está viva. Ela era velhinha. Outra coisa que me entristece.

Antes de vir, pensei em todas as coisas diferentes que poderia escrever no bilhete para acompanhar a comida. Havia muitas coisas que queria dizer: arrependimentos, pedidos de perdão, todo um relato do relacionamento que nunca chegamos a ter. Quero ligar para o Rajiv e passar horas conversando, até o dia raiar, até que não tenhamos mais o que dizer, e até depois disso. Se eu me permitisse, poderia escrever páginas e páginas — a nossa história do começo ao fim.

No final, não escrevo nada disso.

No final, tudo o que escrevo é *sinto muito*.

Rajiv sempre mencionava que eu tinha palavras suficientes para três pessoas. Mas ele também dizia que sempre sabia o que estava em meu coração, não importava o que eu falasse.

Dezenove

ANNALIE

Meu Uber me deixa na frente da casa do Mike. Embora eu nunca tenha estado lá, já passei pelo bairro de carro e tenho uma boa ideia de onde estou me metendo. A casa é enorme, toda bege, e parece três casas juntas em uma só. Tem quartos saindo de todos os lados. É feia, mas com certeza grita riqueza.

Odeio ir a festas sozinha.

Violet está de férias com a família.

Daniel me disse que eu não deveria vir, mas não tenho opção.

Preciso ver o Thom. Ele está me mandando mensagens sem parar desde que o vídeo foi tirado do ar e mal tivemos tempo de conversar. Estou caótica por dentro e preciso vê-lo. Nem que seja apenas para saber como me sinto sobre nós. Se existe alguma chance de esse relacionamento ir para a frente. Espero que sim. No começo, havia algo brilhante e especial em estar com Thom que fazia todas as outras coisas desaparecerem.

Quero saber se ainda existe.

Além disso, ninguém nunca recusou um convite para a casa do Mike, e eu não serei a primeira.

Cheira a cerveja quando entro, como se alguém já tivesse derramado algo no carpete. Como é possível que os pais do Mike não saibam que ele dá festas quando estão viajando, ou será que simplesmente não se importam?

Que tipo de vida eu teria se a minha mãe não se importasse se eu usasse a nossa casa para eventos sociais cheios de cerveja?

Provavelmente já deve ter umas quarenta pessoas aqui, circulando pela cozinha, penduradas no corrimão do segundo andar, que se abre para o saguão.

Não vejo Thom, Mike nem os outros caras. Nem vejo Alexa, Joy e Christine, que foram *tão* agradáveis quando me encontraram no shopping no começo da semana. Eu sempre pensei que elas eram pessoas muito legais. Legais comigo nas aulas. Não éramos amigas, mas também não tinha nada contra elas. Eles estavam no círculo de amigos do Thom.

É incrível o que as pessoas fazem quando você não está esperando. Elas vieram me cumprimentar no começo, mas o assunto do vídeo logo surgiu, e então...

Bem. Quando você descasca uma camada da cebola, surge a real ardência.

Eu me perguntei por um momento se elas sabiam, mas percebi que não. Os meninos não tinham contado a mais ninguém. Pela primeira vez, foram espertos o suficiente para ficar de boca fechada.

Eu sou a única que sabe. Eu e o Daniel, de qualquer forma.

A cozinha é toda cromada, com armários brancos imaculados bem tradicionais. Há um isopor cheio de cerveja e um aquário de vidro com uma bebida vermelha.

— É vodca. Bem gostoso — diz uma garota da minha aula de Literatura Avançada antes mesmo de dizer oi. O nome dela é Katarina. — Nunca te vejo nessas festas.

Pego um copo de plástico de uma pilha no balcão e encho o copo, só para ter algo para segurar. Caso contrário, minhas mãos têm o hábito de perder a noção do que fazer e apenas se agitam sem jeito.

— Você viu o Thom? — pergunto.

Ela dá de ombros.

— Acho que ele está lá em cima. Vocês estão juntos agora, né?

— É.

— Como isso aconteceu?

Minha cara deve ter mudado, porque ela explica rapidamente:

— Eu não quis dizer nada com isso... É só que eu nunca vi vocês juntos na escola.

Agora é a minha vez de dar de ombros.

— Meu primeiro emprego de verão. Via muito ele lá.

Falando nisso, alguém que não vejo há meses vira na minha direção e faz contato visual. Audrey. Ela está vestindo uma saia de veludo preta e um top floral, e o seu cabelo ruivo-claro está preso em um coque bagunçado, mas planejado, na parte de trás da cabeça.

Odeio isso, mas eu realmente gostaria de poder fazer a textura do meu cabelo ficar tão boa quanto a dela. Meu cabelo é muito liso na frente e não é fino o suficiente para deixar ondulado.

Ela já me viu. Tarde demais para fugir dela agora. Suas sobrancelhas se erguem de surpresa antes que ela consiga disfarçar.

— Ah, é você — diz ela. — Bem que fiquei me perguntando pra onde você tinha ido.

Ela faz uma pausa, um pouco estranha.

— Como vai?

— Bem, acho.

— Ouvi dizer que você está namorando o Thom, emocionante, mas nenhuma surpresa. Acho que é por isso que está aqui?

— Talvez eu esteja aqui porque sou legal e não só por ser a namorada do Thom — digo, mais grossa do que era a minha intenção.

Os olhos da Katarina se arregalam. Ela baixa os olhos para o copo, então se vira para escapar da conversa, tipo *viiixe*.

Audrey levanta as mãos.

— Uau.

— Desculpa — respondo, envergonhada. — Meio agressivo.

— Meio? Nossa. Só quis dizer que faz sentido você estar aqui.

— Bem — digo, tentando salvar esta conversa, que pode ser uma causa perdida. — Pelo menos não vou te atrapalhar mais na Sprinkle Shoppe.

Ela me encara.

— Você acha que eu te odeio ou algo assim?

— Não? Quero dizer, pelo menos você não parecia me amar quando trabalhávamos juntas.

— É, porque você era ruim em tudo, o que dificultava minha vida, mas presumo que você seja decente em outras coisas. — Ela suspira. — A outra garota que substituiu você é pior, de qualquer forma.

Eu rio, surpresa.

— Desculpa, foi mal. Tirei conclusões precipitadas.

Percebo que parte da razão pela qual eu não gostava dela era porque achava que ela estava competindo comigo pelo Thom. E talvez na época ela estivesse. Mas, ao vê-la aqui, encostada no balcão e relaxada, acho que talvez a tenha julgado mal.

— Alguma chance de você querer voltar?

— Não acho que o gerente me contrataria de novo, mas de qualquer forma, estou trabalhando na Bakersfield no centro agora.

— Sério?

— Sim. Você deveria passar lá algum dia. Acredite se quiser, eu sou realmente uma confeiteira muito melhor do que uma atendente servindo sorvete.

Audrey sorri.

— Acho que acredito.

Eu não posso acreditar que a Audrey e eu estamos nos dando bem. Quem diria. Outra coisa que eu nunca teria imaginado no início do verão.

— Eu nunca fui a uma dessas festas — confesso a ela.

— Elas não são tão boas. Eu costumo ficar só uma hora e meia e depois sair antes que fique muito chato ou antes que a polícia seja inevitavelmente chamada por causa do barulho.

— Sério?

— Sim. Estou me inscrevendo pras faculdades neste outono. Não posso ter problemas.

Mike finalmente entra pela porta dos fundos, carregando um gigante barril de cerveja em cima do ombro. Vê-lo pela primeira vez desde o restaurante me deixa desconfortável de novo, como se estivesse em algum lugar ao qual não pertenço. Ele me vê e abre um sorriso, perfeitamente inofensivo.

— Oi, Annalie! Que bom que você conseguiu vir! O Thom está trazendo algumas coisas para dentro.

Ele nunca foi nada além de legal comigo. Isso me faz duvidar de mim mesma. Balanço a cabeça.

Audrey olha para mim com curiosidade.

— Ei — diz ela sem jeito.

Eu afasto os pensamentos.

— Hã?

— Sinto muito pelo que aconteceu no início deste verão. Quando você se demitiu.

Por um segundo, eu realmente não tenho ideia do que ela está falando, e tenho que nadar entre as memórias para me lembrar do meu último dia na Sprinkle Shoppe. Ah, verdade. Tomo um grande gole da bebida. É de um vermelho enganoso, brilhante e bonito. Tem um sabor doce e amargo ao mesmo tempo.

— A polícia tem algum suspeito? Do vídeo, quero dizer? Eu vi que a sua irmã postou.

Eu torço meus lábios.

— Não.

Ela balança a cabeça.

— Isso é terrível. Eu realmente sinto muito.

— Está tudo bem — resmungo.

— Eu simplesmente não consigo acreditar que isso aconteceria *aqui*.

— Deviam ser só uns moleques idiotas.

A mentira parece viscosa saindo da minha boca, como se grudasse na superfície da língua.

— Verdade. Eu simplesmente não consigo imaginar que fosse alguém que a gente conhece.

Eu concordo com a cabeça, me sentindo mal. Bebo mais ponche. O sentimento de querer escapar desta cidade aparece em mim de novo. Deve ser tão libertador estar em um lugar onde ninguém te conhece.

Finalmente, Thom passa pelo canto e me vê. Ele se aproxima, coloca o braço em volta da minha cintura e me dá um beijo. Sua expressão é calorosa e feliz, nenhum sinal da apreensão de quando nos vimos pela última vez.

— Oi, A! Que bom que você conseguiu vir.

Ele sorri para mim preguiçosamente e ainda tem os dentes mais perfeitos que já vi. Depois olha por cima da minha cabeça para os outros.

— Essa garota é incrível.

Seu elogio me aquece. Percebo que, se eu pensei que vê-lo de alguma forma inspiraria uma decisão rápida de um jeito ou de outro, estava totalmente errada.

A multidão que sempre parece se reunir em torno de Thom, onde quer que ele esteja, sorri em nossa direção.

— Você nunca veio aqui, né?

Eu balanço a cabeça.

— Vamos fazer um tour.

Ele me leva para fora da cozinha e de volta para o hall de entrada. Olho para Audrey por cima do meu ombro, que me dá uma piscadinha e ergue o polegar. Mike e os outros caras estão no saguão, arrumando uma mesa de beer pong e enchendo copos. Eles acenam para nós.

— Vamos — diz Thom. Ele me leva para os fundos. Há uma sala de piano (uma sala dedicada exclusivamente a um piano), uma sala de jantar formal com um lustre de cristal e um armário branco de madeira para a porcelana (parece muito frágil para estar a seis metros de distância de um barril de cerveja), uma sala de estar e uma sala de entretenimento, que acho que é apenas um termo chique para uma sala quando você já tem outra sala de estar.

O quintal é cercado e imaculado. Subimos as escadas, onde tem algumas pessoas nos corredores. A mão dele está tocando a parte inferior das minhas costas.

— Essa casa é enorme — digo.

— É bem legal. Tem um cinema particular no andar de baixo também, você tem que voltar quando não estiver tão cheio. O Mike chama a gente pra assistir a uns filmes às vezes.

Espiamos o quarto do Mike.

— Tem certeza de que deveríamos estar aqui?

Thom sorri.

— Sim, claro.

Ele acende a luz.

Para a minha surpresa, o quarto do Mike é impecável. Não sei exatamente o que esperava, mas o quarto do Thom tem a vibe adolescente normal: um pouco bagunçado, cama desfeita, roupas no chão. O quarto do Mike não tem nada disso. O Thom tem pôsteres na parede de bandas que não reconheço porque não sou descolada. O Mike emoldurou pinturas da natureza. Na estante, *Harry Potter* e *Jogos vorazes*, e esculturas de barro tortas claramente feitas e pintadas quando ele era pequeno. Alguns bichos de pelúcia velhos e amados alinham-se em um aparador artisticamente envelhecido. O quarto dele é meio... fofo.

— Eu sei. O quarto do Mike é decorado que nem o de uma velhinha que fez parte do *Lar Doce Lar*.

Eu tento conter uma risada inesperada.

— Prometo não tirar sarro dele depois. Vou tentar, pelo menos.

— Você não precisa tentar — diz Thom com confiança. — Nenhum de nós tenta.

— Todos nós temos nossos defeitos. Meu quarto parece que é de um colecionador de coelhos e de coisas azuis, e mais nada.

— Coelhos? — Ele arqueia uma sobrancelha. Ele nunca esteve no meu quarto porque nunca esteve dentro da minha casa.

— Não de verdade.

— Ah, tá, porque eu estava imaginando um monte de coelhos pulando pelo seu quarto.

— Eu sempre quis um coelho quando era criança, mas minha mãe nunca nos deixou ter nenhum bichinho. Então, eu tenho muitos coelhinhos de pelúcia.

— Adorável.

— Eu provavelmente deveria me livrar deles agora. Parece que eu tenho cinco anos, se for ver pelo meu quarto.

Não importa muito, porque as únicas pessoas que veem meu quarto somos eu, Margaret, mamãe e Violet.

— Não, eu quero ver. É fofo. — Ele se inclina. — Você é tão fofa.

Meu coração palpita um pouco. Eu não posso impedi-lo. Ele me beija, lento e doce. Sua mão está no batente da porta, por cima do meu ombro, e ele está inclinado para a frente. Minha determinação derrete. Penso em nossas tardes ensolaradas antes de descobrir a horrível verdade, nas batidas do meu coração quando estamos juntos. Meus dedos serpenteiam e agarram o tecido de sua camisa. Eu o puxo para mais perto.

— Estamos bem, né? — sussurra ele para mim, tão baixo, nós dois sozinhos no universo quieto. — Só quero ter certeza de que estamos bem. Por favor, fique bem comigo.

Ele me segura mais forte.

Sim, é o que quero dizer. Estamos bem. *Vamos sair dessa festa e ficar juntos. Vamos esquecer que você já disse algo.* Quero que nosso relacionamento seja tranquilo e feliz. Quero tanto isso que, se pudesse beber o suficiente esta noite para desmaiar e esquecer o mês passado, seria o que eu faria.

— Por que você gosta de mim? — Não posso me conter e a pergunta escapa.

— Você é linda — diz ele. — Eu não sei por que ninguém nunca te disse isso antes, mas eu quero te dizer o tempo todo. Você nem sabe o quanto você é bonita. É engraçada, mesmo que não ache. Não sei. Gosto de você. Sempre gostei. O que você quer que eu diga?

Eu o beijo novamente, bloqueando uma vaga decepção. *É isso que você quer*, digo a mim mesma. Não sei bem se estou me convencendo, mas é perigosamente fácil ceder ao Thom. Perigosamente fácil me deixar esquecer as coisas ruins.

Lá embaixo, a festa começa de verdade quando o resto do time de futebol aparece com mais bebidas. Não sei de onde essas pessoas tiram álcool, de verdade. Eu não teria ideia de como ir à loja comprar bebida; eles ficam vagando por aí até alguém mais velho aparecer? Têm identidades falsas? De onde eles tiram isso?

Thom me faz jogar beer pong e me coloca em seu time.

— Tem certeza? Não sou muito boa.

Ele desliza o braço em volta dos meus ombros.

— O objetivo do beer pong não é ganhar ou perder. É que você bebe, não importa o quê. Mas não se preocupe. Eu sou bom.

Nós jogamos contra o Mike e a Katarina, que nos derrotam, e eu bebo metade do meu peso corporal em cerveja. É tão desagradável. Mas, no meio do terceiro jogo, estou me sentindo tonta e leve, como se estivesse sendo lançada suavemente em uma nuvem. Minhas bochechas estão quentes, o que me faz ficar tocando nelas. Nunca bebi tanto assim antes. A cerveja até começa a ter um gosto menos ruim.

Isso é bom, penso. Isso é o que poderia ser a minha vida, realmente fazer parte da galera popular. É... tão fácil.

Na verdade, estou me sentindo muito bem. Confiante. Estou rindo das piadas das pessoas e não me sinto constrangida com a maneira como meus dentes de baixo são um pouco tortos e aparecem quando sorrio demais ou se bufo quando rio. Em algum momento, vejo a Alexa e as suas amigas entrarem e me lançarem um olhar, mas eu me aproximo e começo a conversar como se fôssemos amigas desde que nascemos. Paro de pensar se as pessoas me acham charmosa. *Eu* me acho charmosa.

E estou irradiando charme até a porta da frente se abrir e o Daniel parar embaixo do batente.

Meio tímido, ele olha ao redor da sala cheia de americanos bêbados gritando. Sua presença é tão incongruente aqui que não parece real. Ou estou tão bêbada que estou alucinando ou é um daqueles sonhos em que você está assistindo a um filme e, de repente, está no filme. Eu estou no filme? Ou o Daniel está no filme?

Ele me nota um segundo antes que Thom perceba sua chegada. Ele é tão alto que a multidão se afasta para ele passar.

— Oi.

— Como você chegou aqui?

— Tenho aplicativos no meu celular.

— Ah, verdade.

Daniel nunca parece incerto, não importa onde esteja, mas descobri que Thom, sim. Depois de um momento, porém, Thom consegue recuperar a compostura.

— Fico feliz que você tenha conseguido vir.

— Obrigado, cara. Eu também.

Eu vacilo um pouco, me perguntando se deveria ser o intermediário entre os dois, passando mensagens porque é um pouco estranho eles conversarem diretamente. Parecem ser de mundos totalmente diferentes, divergentes demais até para interagir. E acho que, de certa forma, são.

Daniel está relaxado, mas alerta. Thom está um pouco bêbado, que nem eu.

— Você quer jogar? — pergunto ao Daniel.

— Na verdade, quero falar com você.

Eu o empurro em direção à mesa, o que é como empurrar uma parede de tijolos, mas ele obedece.

— Joga primeiro.

— Com você?

— Com o Thom.

Estou me sentindo ousada. Thom dá de ombros e lhe entrega uma bola de pingue-pongue. Eu fico de lado e assisto, tomando um gole de uma garrafa. Mike vem de onde ele estava e para ao meu lado. Seu rosto está um pouco vermelho, e os olhos, vidrados.

Acontece que o Daniel tem uma ótima coordenação. Talvez ajude o fato de que os outros participantes estão bem bêbados e ele está totalmente sóbrio. Ele e o Thom vencem com folga, o que não deixa Thom lá muito animado, mas comemoro com o Daniel.

— Tá, posso te roubar por um minuto? — pergunta ele.

— De novo, de novo! — digo. — Eu quero jogar!

— Acho que já deu.

— Vamos lá — diz Mike, cortando, do lado de fora. — Você não pode simplesmente roubar a A assim.

— É — acrescento, brigando. Só o Thom me chama de A. Parece estranho vindo do Mike. Mas paro apenas por um segundo. — De novo.

Daniel olha de mim para o Mike e para o Thom, sua expressão pairando entre impotência e irritação. Ele suspira.

— Tudo bem, tudo bem.

Eu grito, provavelmente muito mais alto do que pretendia. Agarro o braço dele.

— Você está no meu time.

Thom se arrasta para o outro lado da mesa com Mike. Mesmo através da névoa cálida da bebida, sinto um sopro frio no ar, comum a todas as festas. Nadando em algum lugar no fundo do meu cérebro, eu penso, *Isso não vai parecer nada bom na luz fria da manhã.* Mas não há nada a fazer além de seguir em frente.

Tomo um grande gole da minha bebida e olho para o Daniel.

— Preparado?

Ele concorda.

Thom e Mike são bons. E eu sou tão ruim que é como se não tivesse nenhuma percepção de profundidade. Mas o Daniel é tão dominante que não importa minha falta de habilidade. Ele acerta todas as jogadas, exceto uma, friamente, com apenas uma mudança na expressão. Ele é quase cirúrgico em sua precisão e pontaria.

Nós vencemos, e é um jogo curto, mesmo comigo nos atrasando.

— Ugh, tá, esse cara é muito bom. Próximo — Mike chama do outro lado da mesa.

— Não — diz Daniel com firmeza, definitivamente tendo sua cota de jogos indesejados de beer pong cheia. — Outra pessoa pode assumir o lugar.

— Mas nós vencemos — protesto.

Thom vem do outro lado.

— Isso foi divertido — diz ele, soando muito forçado. Ele se aproxima de mim e agarra meu braço.

— Certo, sim. Divertido — diz Daniel secamente. — Posso pegar a Annalie emprestada por um segundo?

— Eu não sou um objeto a ser emprestado — interrompo. Estou literalmente entre os dois.

— Pra quê? — pergunta Thom.

— É sobre o concurso de confeitaria. É um assunto particular.

— O concurso de confeitaria?

Thom parece confuso. Percebo que eu nunca falei disso com ele, nem mesmo mencionei. O que isso diz sobre nós?

Daniel claramente percebe isso ao mesmo tempo. Seu rosto brilha com uma presunção que me faz sentir culpada.

— Ele não está sabendo? — ele me pergunta.

— Não é tão importante — murmuro.

Thom me solta. Sua boca fica tensa.

— Tudo bem, tanto faz.

Sem outra palavra, ele se vira e se afasta.

— Seu namorado não gosta de mim — comenta Daniel depois que o Thom saiu da sala.

— Isso não é verdade.

Ele ri. As pessoas ao redor da sala estão começando a notar sua presença. Bem, notar a presença dele comigo. Agarro o braço de Daniel.

— Vamos sair. Tomar um pouco de ar.

Ele me segue em silêncio pela porta da frente. O bairro é bem iluminado e tranquilo. É um bairro mais novo; as árvores que revestem as calçadas são pequenas. Os vaga-lumes piscam acima dos gramados em flashes de verde e amarelo. Mesmo depois de escurecer, sem o ar-condicionado em um verão úmido, minha camisa já começa a grudar na pele.

Eu adorava essas noites de verão quando era criança. Margaret e eu costumávamos brincar de pique-esconde à noite do lado de fora com as crianças do bairro, correndo à solta pelo terreno baldio sem qualquer supervisão, rastejando pelos arbustos, passando lama nas bochechas como camuflagem, voltando para casa com carrapatos nos cabelos. Todas essas crianças acabaram se mudando antes do ensino médio, e passamos a ficar dentro de casa à noite. De alguma forma, tudo foi ficando cada vez menos mágico. Estou tomada por uma nostalgia feroz por tempos mais simples. Eu inspiro profundamente, o ar impregnado com cheiro de grama recém-cortada e fumaça dos churrascos de verão.

Do lado de fora, apenas nós dois, de repente me sinto exposta em minha regata e meu short. Muito mais sóbria também.

Coloco as mãos nos quadris para me equilibrar e parecer mais intimidante.

— Então, pra que você realmente me trouxe até aqui?

Daniel arrasta os pés e coloca as mãos nos bolsos.

— Não é sobre o concurso de confeitaria — confessa ele.

Agora que estamos sozinhos, sinto uma raiva brotar por conta de toda essa conversa. O fato de ter vindo para cá. Tentando parecer, de propósito, que é mais próximo de mim do que Thom.

— Ah, então você só queria trazer isso à tona pra que eu ficasse mal na frente do meu namorado?

— Como isso é minha culpa? — diz ele. — Foi você que não contou pra ele. E se não é tão importante, então qual é o problema?

Ele está certo, mas estou brava e só quero atacar alguém. E não posso atacar o Thom.

— Você fez isso de propósito.

— Não fiz! — Daniel faz uma pausa. — Annalie, por que você não pode falar com ele sobre coisas que são importantes pra você?

A pergunta parece um tapa na cara. Não sei a resposta, então a ignoro.

— Por que você está aqui?

— Eu queria ter certeza de que você estava bem.

— Por que eu não ficaria bem? Você simplesmente apareceu aqui. Podia ter mandado uma mensagem.

— *Eu mandei*. Você não respondeu. Olha seu celular.

Eu não peguei no meu telefone a noite toda.

— Tanto faz, tudo bem. Eu estava muito ocupada me divertindo. Qual o problema com isso?

Ele me dá um olhar significativo.

— Você está realmente se divertindo?

— Eu não devia ter te contado sobre o vandalismo — digo. — Foi um momento de fraqueza. Esqueça que eu falei qualquer coisa e não se envolva.

— Você não devia ter me contado? Você deveria estar contando para todo mundo. Você deveria contar para a polícia. Ele e os amigos dele não são caras legais.

Eu fico vermelha e me estabilizo.

— É complicado, tá?

A verdade é que concordo com Daniel, mas é difícil falar quando eles estão por perto. Uma coisa é reconhecer que o que eles fizeram foi uma coisa horrível, mas outra é ser a única pessoa que pode denunciá-los. Ainda assim, a culpa ou o álcool estão caindo mal no meu estômago. Talvez os dois.

— Olha, eu sei que é difícil, mas é a coisa certa a se fazer.

— Argh, eu sabia que tinha sido um erro te contar. Achei que você seria capaz de entender e só me ouvir, em vez de ser outro pé no saco que nem a Margaret.

O rosto dele imediatamente se contrai de dor, e me sinto culpada por ser tão cruel. Mas o álcool está me deixando ousada e imprudente. Estou cansada de ouvir de todo mundo o tempo todo o que devo fazer. Margaret. Alexa e sua turma. Daniel, me fazendo sentir uma covarde.

— Por que você está aqui, afinal? — exijo saber. — Só pra me fazer sentir uma merda? Só porque pode ficar comigo o tempo todo na padaria, acha que pode começar a me acompanhar na vida real?

Ele dá um passo.

— Estou aqui porque pensei que você precisava de um amigo.

— Eu tenho vários amigos — digo com um tom maldoso. Eu sei que o estou magoando, mas não consigo entender suas palavras. Ele está dizendo coisas que não quero ouvir, e eu quero que ele pare.

Eu me atrevo a olhar para ele de forma desafiadora, e então fica óbvio para mim por que ele está aqui. Não é porque é meu amigo. É visível no brilho de seus olhos castanhos por trás dos óculos, grandes e claros, cheios de preocupação por mim.

Ah.

Suas intenções são inconfundíveis. Como pude ignorar isso por tanto tempo?

Não digo nada. Somos estátuas.

— Annalie — diz ele, e sua voz revela tudo. — Porra.

Ele parece furioso consigo mesmo.

A agitação dentro de mim cai em silêncio, quieta como uma nevasca noturna. Imagino os braços de Daniel em volta de mim, fortes e seguros, e sua risada, tão clara. Eu me pego sonhando na estratosfera, voando para longe, tonta com as possibilidades.

Antes que eu seja arrastada de volta ao chão com a pedra do medo que sempre me traz de volta à terra. O medo é sólido. O medo é mais substancial do que desejos volúveis e sonhos encantados.

Tenho medo de que isso mude tudo, em um verão em que tanta coisa já mudou.

Eu gostaria de poder apenas pegar sua mão, e fugirmos juntos. Mas não há para onde ir. Estamos presos aqui, nesta confusão. Tudo sobre nós dois está entrelaçado nos escombros de mim e Thom, nosso relacionamento, o vandalismo... no fato de que Daniel vai embora no final do verão. Não posso introduzir outra complicação na minha vida agora.

Eu balanço a cabeça.

Ele estende a mão para mim, e eu me afasto.

— Por favor, para. Antes que diga algo de que não pode voltar atrás. Você deveria ir pra casa. — Estou tremendo. — Por favor, vai pra casa.

Sua expressão se desfaz, e seus ombros caem. Pela primeira vez, ele me parece frágil, precioso demais para machucar, e mesmo assim foi isso que fiz. Minha cabeça dói. Meus ouvidos zumbem.

— Desculpa — diz ele. — Eu vou embora.

Ele vai, e fico sozinha. Eu caio no chão, as lágrimas borrando a grama. Eu queria que ele fosse, mas parece a decisão errada. Tudo que eu faço parece errado.

★

Um Camry prateado para no meio-fio onde estou esperando. Espio pela janela lateral.

— Entra — diz Margaret.

Subo no banco do passageiro, profundamente grata.

Ela franze o nariz.

— Você está cheirando a bebida. É melhor torcer para a mamãe já estar dormindo.

O relógio no painel diz que é 1h da manhã.

Eu me atrapalho um pouco com o cinto de segurança, mas depois de um tempo consigo encaixá-lo no lugar.

— Obrigada por me buscar.

Meu rosto está sujo. Eu não queria passar todo o caminho até em casa chorando em um Uber com um estranho. Mas estou me sentindo mais firme.

Margaret está com sua calça de pijama de bolinhas, uma regata e chinelos cor-de-rosa. Ela tapa a boca com os dedos para esconder um bocejo.

— Ainda bem que eu estava acordada pra atender você. O que aconteceu?

Nós vamos embora. Olho pela janela em direção à casa que vai ficando cada vez menor atrás de nós, ainda iluminada, o som fraco da música ribombando lá dentro. Eu não me despedi do Thom. Só fui embora. Será que ele está se perguntando aonde eu fui? Meu celular está apagado e silencioso. Meu estômago está revirando, e é difícil dizer se é por causa do álcool ou do terremoto emocional.

— Você sabe, o de sempre. Eu estava com o meu namorado. Outro cara apareceu pra dizer que me ama. Eu não sabia como lidar com isso.

Eu pareço muito irônica e casual. Até consigo soltar uma risadinha.

— Seu rosto está brilhando — responde ela. Então definitivamente é em parte por causa do álcool. — Tipo, vermelho-vivo. Acho que, nesse aspecto, você puxou a mamãe. Viu? Aí está o lado asiático em você.

Mamãe fica vermelha que nem um camarão quando bebe uma única taça de vinho. Embora Margaret já tenha feito esse tipo de comentário antes, me culpando por não me importar com as coisas tanto quanto ela porque não pareço asiática, sinto como se tivesse sido golpeada de surpresa por essa frase. Só porque não reajo às coisas exatamente como ela, não significa que não seja asiática também. Eu me viro para a janela e fico em silêncio.

Margaret vira de lado para mim enquanto dirige pelas ruas vazias à noite, a calçada pontilhada de tempos em tempos com postes de luz amarela.

— Enfim, eles duelaram pela sua mão ou algo do tipo?

Eu não olho para ela.

— Não exatamente. Eu falei para o menino que confessou que gostava de mim ir embora. E ele foi. Aí liguei pra você sem nem me despedir de ninguém. Meu Deus, eu sou péssima. Eu estraguei tudo.

— Como? Porque você não escolheu nenhum dos dois? — Ela está incrédula. — Eu sei que não namorar você é uma grande tragédia, mas acho que esses caras praticamente adultos conseguiriam lidar com isso. Você não tem que escolher um deles, sabe.

Eu suspiro.

— Você é sempre tão compreensiva.

— Quem mais vai te dizer as verdades duras que você precisa ouvir?

— Mamãe? Violet? Literalmente qualquer pessoa na minha vida. Onde estão as verdades suaves? Eu preciso de alguém que seja mais gentil comigo.

— Ainda não entendo qual é o problema. Você quer escolher um deles? Não quer escolher nenhum? Pode fazer qualquer coisa.

— Não quero magoar ninguém. Eu só quero tomar a decisão certa.

Deslizo para baixo no assento e gemo.

— Tudo bem, só não vomita no meu carro, por favor. A gente está quase em casa.

— É o meu carro agora — resmungo. — Você não mora mais aqui.

Paramos na calçada. A casa está toda apagada. Quando me sento, olho direto para o portão da garagem, agora impecável e branco, mais branco ainda do que quando nos mudamos. Fizeram um trabalho muito bom na limpeza. Toda a sujeira saiu com a pintura.

Antes de entrar, não consigo tirar os olhos do portão. Nunca daria para saber que alguém tinha pichado o portão, só de olhar.

Margaret me coloca na cama como se eu tivesse cinco anos, depois de me ajudar a subir as escadas (no escuro) sem cair ou acordar ninguém.

— Estou bêbada — digo a ela.

— Aqui. — Ela me entrega um copo de água. — Vou pegar mais depois que você terminar e deixar na sua mesa de cabeceira, caso você fique com sede mais tarde.

Ela também traz a lata de lixo do canto e coloca bem ao lado da minha cama.

Eu bebo a água bem devagar. Estou me sentindo tonta, mas não com sono. Margaret se senta na beira da minha cama e olha ao redor.

— Você realmente precisa arrumar seu quarto.

— Eu gosto assim.

Ela bufa e afasta um coelhinho de pelúcia do pé, parecendo meio incomodada.

— Tem certeza que está bem?

Costumávamos dividir um quarto quando éramos pequenas. Tínhamos um beliche. Acho que foi uma daquelas pequenas coisas que a mamãe fez que admitia que tínhamos perdido um dos pais. O nosso pai nos abandonou; ganhamos camas-beliche. De repente me lembro de que, embora nós duas quiséssemos o beliche de cima, Margaret me deixou ficar com ele. Ela se mudou para o seu próprio quarto logo antes de começar o sexto ano. Eu tinha oito anos, e aquela primeira noite foi a mais solitária que já tive.

— Fica aqui essa noite? — peço.

Pareço uma garotinha assustada, e, agora, não estou convencida de que não sou. Há uma longa pausa, o que me faz pensar que Margaret vai me dizer para deixar de agir que nem um bebê, mas então ela estende a mão para o meu copo pela metade e o coloca na mesa de cabeceira.

— Promete que você não vai vomitar em mim.

— Eu prometo!

— Tudo bem. Chega pra lá.

Ela coloca as pernas na cama e eu me encolho para o canto.

Ela se acomoda sob o edredom. Meu colchão de solteiro, velho e desacostumado com o peso de duas pessoas em vez de uma só, afunda em uma queda suave com um leve gemido de protesto. A respiração de Margaret é regular e leve. Eu não tinha percebido como é silencioso, completamente silencioso, quando vou dormir. Ouvi-la respirar é tão natural que é difícil acreditar que é possível dormir sem sua presença.

Estou começando a sentir a escuridão turva reivindicar as bordas da minha consciência quando ela quebra o padrão de sua respiração com um sussurro.

— Por que você me fez ir te buscar na festa? Do que você tem tanto medo?

Do que eu tenho medo? A lista é longa e não para de aumentar. Eu costumava acreditar que, à medida que você ficasse mais velho, parava de ter medo das coisas, como se um dia você virasse um adulto de carteirinha e, bum, ganhasse magicamente uma dose crítica de sabedoria e coragem, compreendendo como todos os seus medos eram tolos, e seguiria em frente, capaz de enfrentar a vida com confiança e serenidade. É um dia devastador quando você percebe que nada disso é verdade.

Talvez, realmente, esse seja o dia em que você se torna um adulto. O dia em que você percebe que a vida adulta é a mesma coisa, só que você sabe com certeza que não há fim para seus medos, e alguns desses medos não têm solução.

Tenho medo de aranhas, de falar em público, de buraquinhos muito juntos (que aprendi na internet que se chama tripofobia e não é simplesmente uma coisa que inventei). Essas são coisas que você pode evitar, se realmente se esforçar.

Depois, há os medos que não são tão evitáveis. Como solidão, não ser amado e outras coisas sombrias e inomináveis que você tem medo até de dizer em voz alta caso, de alguma forma paranoica, se tornem realidade. Wu ya zui, a mamãe dizia como um aviso quando falávamos de coisas ruins, coisas assustadoras. Isso se traduz diretamente como "boca de corvo", mas significa que dizer coisas ruins pode trazê-las à realidade.

— Sei lá, Margaret — finalmente sussurro de volta para ela. — Acho que tenho medo de fazer a coisa errada. Escolher a pessoa errada. Tomar a decisão errada. E estragar tudo pra sempre.

— Geralmente as escolhas não são tão permanentes. É muito improvável que você estrague *tudo* pra *sempre*.

— Ou então escolher algo, e ser a decisão errada, e não poder voltar atrás. E passar o tempo todo me arrependendo.

Eu me viro para ela, ficando de frente para o seu perfil. Seus olhos estão abertos e encarando o teto.

— Às vezes me sinto totalmente paralisada. Então simplesmente não decido nada.

Margaret pisca devagar e continua em silêncio.

— Gostaria que alguém pudesse me dizer o que fazer. Me ajudar a fazer exatamente a coisa certa, o tempo todo.

— É uma pena que isso não exista — diz ela, suavemente.

Dou uma risada.

— É, obrigada pelo choque de realidade.

Eu a vejo esboçar um sorriso.

— Do que você tem medo? — pergunto, curiosa.

Para ser sincera, Margaret nunca me pareceu ter medo de nada. Eu meio que espero que ela diga que não tem medo. Mas ela responde imediatamente, com uma voz precisa e pequena.

— Que eu seja uma pessoa má. Uma hipócrita.

A resposta dela me pega de surpresa.

— Como você, de todas as pessoas, pode ser uma pessoa ruim? Você está sempre tentando fazer a coisa certa.

— Você me disse que eu era uma vaca, tipo, uma semana atrás — diz ela ironicamente.

Estou envergonhada.

— Você sabe que não foi o que eu quis dizer.

— Entendo. Eu não gasto muito tempo pensando nos sentimentos das outras pessoas. Eu magoo as pessoas — ela sussurra.

Penso em nossos velhos beliches e nela me dando o beliche de cima. Ela sempre se importou com o que era importante para mim. Olho para o contorno de seu perfil, cercado pela luz prateada do lado de fora. Minha irmã, menor do que me lembro, no escuro. Me parece, por um breve segundo, que nossos medos não são verdadeiros, ou pelo menos nunca são tão verdadeiros quanto a gente imagina.

Durante o ano letivo, passo semanas sem falar com ela, sem trocar sequer uma mensagem. Mas, quando liguei no início do verão e disse que precisávamos dela, Margaret voltou para casa no mesmo dia. E, quando liguei para ela na festa, ela apareceu quinze minutos depois, nem um segundo a mais.

Não importa o que aconteça entre nós, eu sei que a Margaret vai sempre estar ao meu lado se eu realmente precisar dela.

— Você é uma boa pessoa — digo. — Eu conheço você. Não importa o quanto você esteja longe.

Uma longa pausa. Eu me pergunto se ela vai argumentar ou discordar. Ela se mexe nos lençóis e suspira.

— Obrigada — diz ela e se vira de lado. — Eu gostaria de ser mais como você.

Fico surpresa demais para responder. Eu? Sou covarde e medíocre em tudo o que importa. Eu nem sou a heroína da minha própria história. Passei a maior parte da vida desejando ser mais como a Margaret — mais bem-sucedida, mais segura. Eu não acho que o que ela diz é muito certo.

— Você já pensou que, se fôssemos uma pessoa só, seríamos, tipo, a pessoa perfeita? — desabafo.

Isso quebra o momento. Ela começa a rir, o que me deixa meio envergonhada e ofendida, mas não posso deixar de sorrir, mesmo contra a vontade.

— Já — diz ela, enxugando as lágrimas dos olhos. — Já, sim.

Depois de um tempo, caio no sono, com o calor da Margaret ao meu lado, e adormeço sorrindo.

— Escolheram o dia mais quente do ano. Eu quase queria que chovesse, e a feira atrasasse uma semana — resmunga Bakersfield enquanto dá tapinhas na testa com um lenço do bolso.

Por alguma razão, os velhos sempre têm lenços à mão, e eu imagino brevemente uma gaveta em seu armário apenas com lenços brancos bordados que ele troca todos os dias.

— Pelo menos estão vendendo café gelado na barraca ao nosso lado — digo. — Quem organizou isso foi esperto.

Eu me abano com um panfleto da feira. O copo plástico de café gelado que comprei de manhã já está suando e escorregadio. Está menos "gelado" e mais para "morno".

Nossos produtos estão cuidadosamente embrulhados e empilhados na mesa, com mais bandejas na parte de trás da barraca. Quase tudo foi produção minha, e estou bem orgulhosa. Passei o dia todo ontem assando e encaixotando as mercadorias para o transporte depois que esfriaram. A padaria ficou com um cheiro incrível o dia todo. Mantive a porta dos fundos aberta de propósito, meio que esperando que o cheiro atraísse Daniel, mas ele nem apareceu.

— Onde está o seu neto? — pergunto a Bakersfield, o mais casual possível, como se pudesse estar na Tanzânia e eu nem me importasse.

Ele me lança um olhar penetrante.

— Em casa. Vai aparecer mais tarde. Por quê? Você não pode mandar uma mensagem pra ele você mesma?

— Estou só perguntando — digo, dando de ombros, mas mentalmente já estou tentando descobrir quando ele pode aparecer enquanto observo a multidão.

Por motivos óbvios, não falo com o Daniel desde a festa do Mike. Não sei se ele quer falar comigo, e acho que seria justo se não. Não mereço vê-lo, mas ainda me dói a ideia de que ele vai embora no final do verão, como se fosse o ponto final em uma frase.

Violet voltou das férias e também vai passar aqui. Estou nervosa para vê-la. Há tanto que ainda não contei, mas qualquer coisa que for contar, tenho que contar pessoalmente. E não sei se esse é o lugar certo. Ela estará aqui para ver quais sobremesas ganham o concurso.

Inscrevi as tortas de limão com baunilha, que Bakersfield acredita ser a melhor coisa que já fiz. Eu concordo. Tem algumas outras barracas com produtos de confeitaria — uma loja de cupcakes e uma loja de tortas —, e estou pensando em experimentar seus produtos também. Mas estou confiante com a minha inscrição.

Mesmo com o calor, a feira está cheia. As barracas se alinham na rua principal do centro da cidade, a maioria delas, tendas brancas alugadas genéricas, algumas mais sofisticadas, com cores fortes, pontilhando o caminho. A nossa também é branca e desinteressante. Bandas ao vivo tocam no final da rua, em um palco. Os gêneros ficam mudando. Agora, é uma banda de bluegrass, com o banjo vibrando alegremente pela multidão.

A Áudio Acidental tocou mais cedo, mas eu não fui assistir. Não ia suportar ver os meninos e ouvir suas brincadeiras e agir como se tudo estivesse bem. Thom me mandou várias mensagens perguntando por que fui embora sem dizer uma palavra, e não respondi. Sei que não posso simplesmente ignorar nosso relacionamento, e o confronto final será pior. Mas o que posso dizer? Ainda não estou pronta para ter essa conversa. E, com toda a confusão com o Daniel, não estou preparada para terminar com Thom do jeito certo.

Bakersfield desaba em uma cadeira atrás de mim, bebendo ruidosamente de uma garrafa de água gelada. Ele está resmungando sobre se arrepender de ter sido convencido a participar, mas nós vendemos o mesmo que em um fim de semana inteiro no decorrer de uma manhã, então ele não pode ficar tão irritado.

— Oi — uma voz cumprimenta por trás. É o Daniel.

— Ah — digo apressadamente. — Olá.

Bakersfield resmunga sua saudação. Silêncio.

Essa é a primeira vez que o vejo desde a festa. Parece estranho vê-lo à luz do dia quando a minha última lembrança é dele cabisbaixo e envergonhado, se encolhendo na noite. Meu peito aperta um pouco ao vê-lo.

Daniel não demonstra nada. É muito melhor em disfarçar do que eu.

— Vou dar uma volta e ver se tem alguma coisa boa pro almoço — digo para cortar o silêncio. Não estou com nem um pouco de fome. — Quer que eu pegue alguma coisa pra você? Pode me cobrir?

Deve ser tão óbvio que estou tentando fugir dele, mas o Daniel apenas assente.

— Claro. Sem pressa. A barraca de empanadas é boa. Eu já comprei algumas coisas para comer antes de chegar aqui.

— Ok. Volto logo.

Eu me misturo à multidão, lutando contra a tentação de olhar para trás. Fico me perguntando se ele vai ficar lá a tarde toda. Ando sem rumo pela multidão, apenas tentando colocar mais distância entre mim e a barraca de Bakersfield. Mesmo sabendo que não é mais possível ele me ver, sinto os olhos de Daniel perfurando minhas costas.

Eu viro para uma rua lateral que está menos movimentada. É mais barato colocar barracas aqui. Tem alguns vendedores de joias e cervejeiros locais.

Tropeço em Thom e toda a turma, rindo e gritando. Eles me avistam e acenam para mim antes que eu possa escapar. Um flash de remorso passa pelo rosto de Brayden antes que ele se recupere. Todos estão segurando copos de cerveja. Sinto o cheiro do álcool barato e do suor salgado de sua apresentação essa manhã.

— Ei, olha só você — diz Thom. Ele me entrega seu copo e coloca o braço em volta da minha cintura, apertando um pouco demais. — Estive te procurando por toda parte.

Ele não me pergunta por que não mandei mensagem de volta. Percebo em um instante que esse é um fingimento para os seus amigos. Não vamos brigar na frente deles. Vamos parecer apaixonados.

Está bem, posso fazer isso. Afinal, nós temos fingido que não tem nada de errado já faz tanto tempo. Percebo que sempre interpretei um papel para ele, o tempo todo em que estivemos juntos. A garota que é legal, que não reclama, que apoia sem pedir nada em troca. É triste. Nem sei quem sou perto dele.

Mas é só mais um dia. Vou encontrar um tempo para falar com ele a sós, depois de tudo isso. Amanhã.

— Quer experimentar algumas barracas diferentes com a gente? A gente ia comprar alguma coisa pra comer e depois pular pra uma pista de boliche ou algo assim.

— Claro. Comida. Vamos lá — digo.

Eu os sigo para a rua principal em direção às barracas de comida, esperando que evitemos encontrar o Daniel. Passamos pelos cheiros de churrasco e milho amanteigado. A fumaça das grelhas sobe, fina, no céu azul-claro.

Thom se inclina para mim.

— O que você quer?

— Ouvi dizer que as empanadas são boas.

— Parece ótimo.

Nós vamos até a barraca, e os outros garotos compram hambúrgueres de dois vendedores à frente, nos dando alguma privacidade. Peço uma de frango e uma de milho, e busco nos bolsos as notas soltas que tenho.

— Deixa comigo.

Thom entrega uma nota de vinte e pede duas empanadas de carne para si.

— Obrigada. Não precisava.

— Você é a minha namorada. Eu quero.

Há uma cutucada em sua voz sob a tranquilidade superficial, como se ele estivesse enfatizando isso para mim. Que eu sou dele. Que deveria parar de esquecer isso.

Dou uma mordida na empanada, repleta de milho adocicado e queijo, tentando afastar a possessividade do Thom.

Alguém bate no meu ombro. Eu me viro.

— Humm?

— Aí está você. — É a Violet.

— Oi! Ah, desculpa. Meu rosto está coberto de queijo.

Eu a abraço com as mãos cuidadosamente posicionadas para não sujar suas roupas. Ela está mais bronzeada do que antes, o cabelo preso em duas tranças. Também está usando uma sombra laranja incrível que preciso perguntar o nome a ela mais tarde. Eu senti saudades.

— Oi, Thom — diz ela por cima do meu ombro. — Já era hora de nos conhecermos, hein?

Ela me lança um olhar, e me sinto culpada novamente.

— Eu estava só esperando por este momento.

Estou tremendo porque na verdade não quero que a Violet conheça Thom. Não depois de tudo isso. Mas ela lê minha expressão e entende errado, o que faz sentido, porque passou todo o verão implorando para conhecê-lo, e eu o escondi como um segredo sujo.

— Eu posso ir embora, se você quiser.

— Não, não é isso — digo. — Sério. Só tenho que falar um negócio com você mais tarde.

Thom levanta a sobrancelha.

— Mais tarde? Do que vocês, garotas, falam, afinal?

— Isso não tem a ver com você — digo a ele com firmeza. — Não é nada sobre aquilo com que você está preocupado.

Seu rosto se transforma imediatamente quando ele entende o que quero dizer.

— Hum, do que vocês dois estão falando? — pergunta Violet.

— Nada — dizemos juntos. Fecho os olhos com força por causa da mentira.

Estou de saco cheio de mentir. Não quero mentir para minha melhor amiga. Guardar o segredo de Thom está envenenando minha vida. Não era assim que eu queria que tudo acontecesse.

Há um silêncio constrangedor enquanto nós três tentamos descobrir o que fazer a seguir.

— Qual é o seu nome mesmo? — Thom desabafa.

Jesus me ajude.

Ela dá um passo para trás, seu rosto se franzindo, percebendo ao mesmo tempo que eu é que nunca a mencionei para o meu namorado e que nunca tive a intenção de apresentá-los.

— O nome dela é Violet — digo.

Só tem cento e cinquenta pessoas na nossa turma. Eu reconheceria qualquer um deles pelo nome, mesmo que nunca tivéssemos conversado antes. Estendo a mão para tocá-la.

— Ei... — começo, mas é tarde demais.

Ela balança a cabeça.

— Não, não se preocupe. Não se incomode. Eu entendo.

Ela já está recuando.

Os outros caras começam a se juntar ao nosso redor, com as mãos cheias de comida.

— O que está acontecendo? — pergunta Mike com a boca cheia.

— Eu não pertenço a esse lugar — diz Violet, com os olhos cheios de lágrimas. — Te encontro mais tarde, tá?

E ela desaparece na multidão em um piscar de olhos.

— Merda — resmungo. Me sinto um lixo. — Tenho que ir.

— Espera, não — diz Thom. — Por que você fica fugindo de mim assim? Não sou mais importante pra você?

Eu olho para ele, seu lindo rosto que agora conheço tão bem, franzido em confusão e frustração. Tento me lembrar de todas as coisas de que gosto nele. Todos os anos que ansiei por ele. Todo o tempo que eu passava sonhando acordada em ser a namorada do Thom. E aqui estou eu, exatamente onde queria estar, e tudo que quero fazer é fugir.

Não posso fingir que não sei que tipo de pessoa ele é. Um covarde. Uma pessoa que ignora minha dor para proteger os seus amigos.

Eu também posso ser essa pessoa. Ou posso escolher ser eu mesma, escolher as partes de mim que se esconderam para que eu possa ser o tipo de garota com quem alguém como o Thom gostaria de estar.

— Não quero mais fazer isso.

As palavras que nunca pensei que diria caem como pedras em um lago.

Há uma pausa.

— O quê? — pergunta ele.

— Você pode ir — digo baixinho. — Não quero fazer uma cena na frente de todo mundo.

Os meninos estão tentando fingir que não estão ouvindo. Que pesadelo.

— Ei, não vamos fazer isso aqui, tá? — Ele olha ao redor, nervoso. — Vem. Vamos conversar sozinhos.

Ele pega a minha mão e, embora eu não queira ir a lugar nenhum com ele, não me afasto. Passamos por trás de algumas barracas e entramos em um beco de tijolos. Eu me pergunto como está a barraca de Bakersfield. Tenho que voltar logo.

A brisa leve do início desta manhã sumiu completamente. O calor morto do meio-dia é parado e pesado em nossos ombros. Uma lasca de azul aparece no alto entre os dois prédios. O barulho da feira fica abafado aqui. Somos só nós dois.

— Isso parece que foi do nada, A — ele sussurra para mim com urgência.
— Você não pode fazer isso assim. Vamos conversar.

Parece estranho que ele sinta que é do nada, mas acho que toda essa questão tem estado tão constantemente em minha mente que é um pensamento antigo e desgastado para mim. Thom está tão grudado em mim. Eu me sinto claustrofóbica. Suas mãos estão escorregadias e desesperadas nas minhas.

— Desculpa — digo. — Eu só não acho que isso vai funcionar. Você sabe, depois de tudo o que aconteceu. Do que eu sei.

Thom agarra minha mão, e eu tento me afastar. Ele não deixa. Seu aperto é como ferro, como se eu fosse um salva-vidas e ele estivesse se afogando.

Com o canto do olho, vejo Mike entrando no beco. Ele nos seguiu até aqui. Não sei onde os outros meninos estão.

— Eu tenho que ir. Thom... Thom... *me solta*!

Ele solta, e eu tropeço para trás.

— Tá, tudo bem — diz ele. — Sinto muito. Não foi minha intenção. Sinto muito. Não vamos fazer nada ridículo. Por que você não volta pra feira, a gente deixa você em paz, e você me liga hoje à noite. Pode ser?

Nunca vi Thom tão desesperado. Quase sinto pena dele. Não vou ligar para ele esta noite. Não vou ligar para ele nunca mais.

Depois de um momento, meu silêncio parece cair sobre ele.

Thom troca olhares com Mike. Os dois parecem chegar a algum tipo de entendimento.

Mike dá um passo à frente.

— A — diz ele sério. — Nós precisamos conversar.

— Nós? Por que nós?

Ele fala devagar, como se quisesse se certificar de que eu entenda. Do jeito que as pessoas falam com a mamãe quando acham que ela não entende inglês porque é chinesa.

— Thom me disse que ele contou pra você. Sobre a sua garagem.

Ao lado dele, Thom estremece e me lança um olhar suplicante.

Suas palavras me atingiram em câmera lenta. No começo, estou apenas vendo sua boca se mover, apenas ouvindo o que ele está dizendo como uma série de sons sem sentido. Leva um segundo para que o significado alcance, como se as palavras estivessem viajando à velocidade da luz, mas o significado estivesse viajando à velocidade do som.

— Você não devia ter contado pra ela, cara — diz Mike. — Eu te disse pra não fazer isso.

— Eu não queria mentir pra minha namorada — retruca Thom. Ele se vira para mim. — Eu não queria que fosse assim.

Eu balanço a cabeça, tremendo. Quero dar sentido a tudo isso, mas não é possível compreender.

— Você saiu comigo porque pensou que era a única maneira de me manter de boca fechada?

— Não! Claro que não!

— Por que, então?

Thom joga as mãos para cima.

— Porque eu gostava de você! Isso não é nenhuma conspiração gigante. Eu saí com você porque gostava de você. *Gosto.* Você descobriu e estragou tudo, mas não era isso que a gente queria que acontecesse.

Estou tremendo. Não sei se é de raiva ou tristeza. As emoções estão misturadas demais para serem separadas. Eu só sinto tudo como uma onda gigante, caindo sobre mim, de novo e de novo.

— Eu não estraguei tudo por descobrir. Você estragou tudo fazendo isso. — Olho para o Mike, franzindo a testa. — Por que você fez isso?

O rosto dele está sem emoção, exceto por uma ligeira curva em seus lábios, uma característica que agora percebo que odeio.

— Foi um erro, Annalie. Nós estávamos bêbados. Admito. Você sabe que as pessoas ficam idiotas quando ficam bêbadas.

Thom está balançando a cabeça em silêncio.

Nós estávamos bêbados, bêbados. Imagino a pichação no portão da nossa garagem, o vermelho chamativo, o respingo de tinta no canto, como se a pessoa que pichou tivesse apertado o gatilho com muita força para começar. A hostilidade por trás daquele gatilho. De onde isso veio? Do álcool? Sempre esteve enterrado lá no fundo e o álcool trouxe para a superfície? Será que é realmente possível culpar a bebida?

Mike ainda está falando, sua voz é calma e calculada. Ele soa lógico. Plausível. Um cara legal. O tipo de cara que o público olha e pensa: *Não estrague a vida dele. Não estrague a vida desse atleta e sua chance de ganhar uma bolsa de estudos por um xingamento.*

— ... aconteceu de estar no bairro... não era sobre você.

Essa parte me chama atenção. O resto parece uma estação de rádio ruim, porque seu raciocínio está longe de fazer sentido e nada do que ele diz pode tornar sua ação compreensível.

— Espera — digo bruscamente. — Como assim, *não era sobre mim*? Como não poderia ser sobre mim?

— A gente estava pensando na Margaret e em todas as merdas que ela fez no colégio — diz ele, em tom de desculpas. — Eu sei que você mora lá e tudo mais, mas você é diferente.

— Diferente como?

— Você nem parece asiática. Sabe? Não precisa se ofender.

As pessoas já me disseram isso várias vezes. A sra. Maples. Bakersfield achando que sou branca enquanto reconhece Violet como asiática. Recordo todas as vezes em que estranhos acharam que a minha mãe era a babá; em como eu não defendi quando as crianças provocaram Li Chu. Eu a ignorei — às vezes até me escondi atrás dela. Margaret sempre agia como se eu não conseguisse sentir sua dor.

Eu ouvi isso toda a minha vida, mas quando Mike me diz isso agora, como se fosse uma bênção e não um insulto, me machuca profundamente. Me vira do avesso. Me faz sentir invisível sob a minha própria pele.

E não quero mais isso. Eu quero ser vista.

— Eu sou asiática — digo, mas ele não está mais me ouvindo ou olhando para mim.

Está simplesmente recitando todo o discurso que sempre planejou dizer.

— Isso foi meses atrás. A gente só... quer que você seja racional sobre essa situação. Você quer terminar com o Thom, o que não é da minha conta, sabe? Mas não, tipo, ataque da maneira errada.

— Não ataque da maneira errada?

— Olha. — Ele esfrega a nuca, sem jeito. — É uma situação difícil. E não quero me meter. Mas você entende, né? Que fico preocupado com o que você possa fazer? Eu não teria falado nisso, caso contrário. Sei que isso é entre você e o Thom.

Essa afirmação é absurda. Entre mim e o Thom. Esse é claramente um problema entre nós quatro. Na verdade, não. Inclui Margaret. Inclui a minha mãe. Inclui o Daniel. Inclui todos os chineses nesta cidade, talvez até todos os asiáticos. Inclui qualquer pessoa nesta cidade que seja percebida como diferente de todas as outras.

Thom fica de lado, como se desejasse estar num canto deste quadro — como se desejasse estar fora dele.

— Você quer que eu não conte pra ninguém.

As palavras ardem na minha língua.

— Não estou tentando te dizer o que fazer ou não — diz Mike. — Só quero que não aja sem pensar. Não que eu esteja dizendo que você é irracional. É só que as emoções podem levar a gente a fazer coisas que não quer. Não faça nada que você não queira.

— Mas você não quer que eu conte pra ninguém. Sobre a coisa que você fez. Você e o Brayden.

Minha voz sobe. A raiva pulsa dentro de mim com uma nitidez alarmante. É difícil respirar. Há uma pedra alojada debaixo das minhas costelas e não consigo removê-la.

— Foi um crime de ódio, sabe — digo com uma casualidade mortal.

O olhar de Mike endurece. Seus lábios se apertam. Percebo pela primeira vez como seus lábios são finos, como é fácil formarem um beicinho quando ele não consegue o que quer.

— Acho que você não sabe do que está falando.

— Acho que nós dois sabemos do que estou falando.

Pela primeira vez, estou com medo de quão furiosa estou. É o tipo de raiva que eu não sabia que podia sentir. É tão profundo que temo que me marque definitivamente, como uma tatuagem. Começo a entender por que Margaret se apegou à sua busca. Começo a sentir uma fração de sua raiva implacável.

Eu sei o que significa odiar alguém.

— Você conhece a gente, A — diz Mike baixinho. — Você sabe que tipo de pessoas nós somos. Não somos racistas.

Thom disse a mesma coisa. Eles não são racistas. Ninguém diz que é racista hoje em dia. Não sei distinguir entre pessoas que são racistas e pessoas que usam injúrias raciais quando estão bêbadas. Se existe uma diferença, talvez eu esteja entendendo mal o que a palavra *racista* significa.

Até a palavra *racista* me faz estremecer. É tão dura, tão acusadora. Mas Mike e Brayden — eles não hesitaram em usar as palavras *Xing Ling*. Eles borrifaram no portão da minha garagem. E nem consigo pensar em usar a palavra *racista*.

Que absurdo.

— Tá, Mike. Claro. — Dou uma risada afiada. — Diga o que quiser para si mesmo. E eu vou fazer o que eu quiser.

— Deixa, cara. Isso não tem nada a ver com o término. Deixa pra lá — diz Thom ao Mike. — Annalie, podemos falar sobre isso mais tarde. Desculpa. Eu não queria transformar isso numa coisa tão grande.

Porém, Mike não se move. Seus olhos se estreitam.

— Eu não posso te dizer o que fazer. Estou apenas te falando como acho que tudo isso vai parecer. Você está terminando com o Thom. Aí vai fazer um monte de acusações logo depois. Acha que as pessoas vão acreditar em você?

— Eu tenho provas.

— Você não tem nada. E meu pai tem um milhão de amigos advogados. Todo mundo na escola vai te odiar. E ninguém vai acreditar em você. Posso te prometer isso. Sua palavra contra a minha.

— Você é um racista imbecil.

— E você é uma puta idiota.

Eu recuaria, exceto que nada que vem de Mike me surpreende mais. Estou com frio, embora a temperatura aqui fora esteja fervendo.

— Mike! — grita Thom.

Mike está me encarando e começa a se mover em minha direção, fora do alcance de Thom. Não sei o que ele vai fazer. Eu me afasto, mas ele não diminui o passo. Não sei o que vai acontecer. O medo me domina. *Sai daqui*, meu cérebro grita. Mas não consigo. Meu corpo não processa os sinais para se mover.

Alguém aparece no beco atrás de Mike.

— O que está acontecendo?

Daniel está aqui. Ele está olhando de um lado para o outro, eu de um lado, Mike e Thom do outro. A linguagem corporal de Mike, seu pescoço esticado para a frente agressivamente, queixo erguido. Tenho certeza de que Daniel vê a expressão no meu rosto. Não consigo esconder nada. A pior cara de paisagem do mundo.

Como ele nos encontrou?

Vejo Mike avaliar Daniel por um momento, com seu um metro e oitenta. A boca de Mike está em um rosnado, mas ele não se aproxima. Seus ombros relaxam.

— Daniel, certo? — diz.

Está lutando para parecer calmo. Leva alguns segundos, mas chega lá. Não tem um fio de cabelo fora do lugar. Pareço quase histérica. Então começo a perceber que Mike tem razão sobre em quem as pessoas vão acreditar.

— Bom ver você, *cara* — continua Mike com uma ênfase de zombaria. — Aproveitem a feira, vocês dois. Não esquece o que eu disse, A. Não pense que não notamos o que está acontecendo entre você e o seu novo namorado aqui. Que conveniente ele estar aqui pra salvar o dia, hein?

Sua implicação é clara. Eu sou uma puta trapaceira que quer ferrar Thom e seus amigos.

Daniel e eu observamos enquanto eles vão embora. Thom não olha para mim, nem mesmo uma vez. Ficamos lá até que eles estejam fora de vista.

— Violet me falou para vir te procurar — diz Daniel.

Estou exausta. E com medo. E furiosa. E triste. E todo o espectro de sentimentos entre uma coisa e outra. Estou me sentindo perdida, arrependida e traída. Odeio que o Mike e seus amigos — inclusive, sim, Thom — tenham tirado a segurança que eu tinha em minha casa. Sempre pensei que pertencia a esse lugar, mas agora nunca vou parar de me perguntar quais pessoas pensam que eu não pertenço.

Quero gritar com o Daniel que não preciso de um homem para me salvar, e ele não é meu príncipe encantado, porque sou feminista e não preciso de ninguém, e não pedi a ajuda dele, e por que ele acha que eu quero vê-lo agora, de qualquer forma?

Quero dizer ao Daniel que o odeio por estar aqui, porque uma parte fugaz de mim desejava que Mike me desse um soco para que eu tivesse uma prova real de algo, ou para que pudesse ver se Thom me defenderia contra o seu amigo racista, no fim das contas. Uma pequena parte de mim ainda tem esperança de que Thom escolheria a mim. Escolheria fazer a coisa certa, mesmo que fosse difícil. Mas Thom escolheu no final. Ele não me escolheu.

Mais importante, eu não o escolhi.

Mas também quero dizer ao Daniel que sinto muito e que gosto dele e que desejaria não ter perdido meu tempo com o Thom, e gostaria de poder contar a ele uma fração das coisas que estão passando pela minha cabeça. Mas não sei o que dizer e, às vezes, quando você não sabe o que dizer, está tudo bem.

Talvez um dia encontremos as palavras certas, mas, no momento, ele apenas fica comigo neste beco, protegido do sol. Na escuridão, mas não sozinha.

Vinte

Margaret

Estou sentada no quintal sob a sombra da roseira mais alta da mamãe, lendo um livro, quando Annalie entra correndo pela porta dos fundos. Seu cabelo está todo bagunçado e os olhos estão brilhantes, como se ela tivesse chorado.

Eu me levanto imediatamente.

— O que houve?

Eu sei que ela estava na feira do centro da cidade e que havia se inscrito no concurso de culinária.

— Como foi a competição?

Ela parece surpresa por um momento, e então acena com a mão com desdém.

— Ah. Isso. Eu ganhei.

— Que ótimo!

— Não é sobre a competição. — Ela cora. — Eu tenho que te dizer uma coisa.

— Annalie — digo lentamente, com medo de sua expressão. — O que aconteceu?

Ela balança na ponta dos pés, se abraça e pisca para afastar as lágrimas.

— Você está bem?

— Eu sei quem pichou nossa casa — ela sussurra.

Ela dá um grande suspiro.

— Eu sei já faz bastante tempo. Sinto muito.

Não sei o que esperava, mas não era isso. Não respondo. Ela se aproxima de mim e se senta na grama como uma suplicante.

— É alguém que eu conheço — diz ela amargamente. — Caras do ensino médio. Os amigos do meu namorado. — Ela faz uma pausa. — Ex-namorado, acho.

Ela solta uma risada sarcástica.

— Sinto muito.

Ela não está mostrando nenhum sinal de arrependimento, mas deve ser seu primeiro término. Que maneira de terminar.

— Como você descobriu?

— Eu soube assim que vi as camisas no vídeo. E perguntei. Eu realmente não queria saber, mas o Thom confessou que eram seus amigos, na hora. Ele me pediu pra não dizer nada. Eu falei pra ele que não contaria.

Ela não está olhando para mim.

Fecho os olhos. Eu sabia. Sabia que não era um estranho aleatório. Achei que sentiria uma sensação de triunfo quando finalmente descobrisse quem fez aquilo, que significaria um caminho para a justiça. Mas não me sinto vitoriosa. Afinal, era apenas um bando de garotos do ensino médio. Me sinto desapontada e vagamente triste por Annalie conhecê-los.. Garotos estúpidos que crescerão para se tornar homens estúpidos. Um zé-ninguém, e eu conheci caras que nem eles. Os caras que ficam bêbados e dão em cima de você, e depois te xingam por não querer dormir com eles, porque é o primeiro insulto que vem à mente.

— Por que você está me contando isso agora?

Ela encolhe os ombros.

— Não sei, achei que você deveria saber. Caso você queira entregar eles ou sei lá.

— Eu não conheço os caras. Não posso fazer uma denúncia. Ouvi isso de você.

Eu me inclino para ela.

— Depende de você, se quer dizer alguma coisa.

Ela balança a cabeça.

— Achei que você ficaria chateada. Pensei que você estaria a meio caminho da delegacia agora.

— Eu também — digo. — Mas tem razão. Eu mal moro aqui agora. Essa é a sua casa. Sua luta. E você disse que não contaria.

Ela bufa.

— Bem, com essa parte eu não me importo mais. Acontece que ele estava com medo de eu terminar com ele porque então eu poderia contar.

— Uau. Que escroto.

— Mas continuei defendendo ele e escondendo o segredo até o fim. Então é minha culpa também.

Seus olhos estão molhados. Ela pisca e fica em silêncio por um momento.

— Vai parecer bem vingativo se eu fizer a acusação logo após o término, né?

— Talvez. Mas é a verdade.

— Você acha que as pessoas vão me odiar? — pergunta ela timidamente, mudando de lugar.

Sinto uma onda de compaixão protetora por ela. O ensino médio é difícil. Eu esqueço às vezes porque passei o tempo todo pensando na vida depois, em fugir. Annalie não é assim. Ela sempre viveu no presente. Eu peso minhas palavras.

— Sim, algumas pessoas podem te odiar. Se você disser alguma coisa.

Ela me dá um longo olhar que é parte ressentimento e parte diversão.

— Caramba, queria que você mentisse às vezes.

— Desculpa.

— Ei, um dos caras que fez isso disse algo em que não consigo parar de pensar.

— O que ele disse?

— Ele disse que pichou nossa casa por sua causa, mas que eu não deveria estar brava porque nem pareço asiática. — A dor brilha na sua expressão rígida. — Isso me fez pensar em como você nunca poderia se esconder do ódio como eu. Sinto muito se alguma vez não te defendi ou não vi as coisas do seu jeito. Sinto muito, Margaret.

Eu estou balançando a cabeça.

— Não. Para. Não diga isso. Sinto muito por ter feito você sentir que não era asiática o suficiente. Somos iguais, você e eu. Mas, por favor, lembre-se de que você pode ter opiniões diferentes das minhas.

Ela está chorando agora, então faço algo que não me lembro de fazer há muito tempo. Eu a agarro e a abraço com todas as minhas forças. Passei tanto da minha vida me afastando dela, mas, pela primeira vez, gostaria de poder mantê-la aqui.

Por fim, eu a solto, depois que os soluços de Annalie se acalmam e diminuem. Parece não haver mais nada a dizer depois disso. Ficamos sentadas ali por um tempo. Não sei o que ela vai fazer, mas posso adivinhar por sua expressão sombria. Talvez esteja imaginando seus últimos dias de paz antes de explodir. Penso em ter que voltar logo para a faculdade e a deixar para trás.

Eu sinto muito por isso. Gostaria de ter voltado por um motivo melhor. Eu me pergunto se alguma parte dela está gostando de ser filha única sem mim. Nunca fui muito boa como irmã mais velha.

— Você deveria vir me visitar em Nova York — digo, finalmente quebrando o silêncio.

Parece estranho dizer isso. Nunca convidei minha irmã para vir fazer nada comigo, nem mesmo para ver um filme, só nós duas. Imagine as horas de silêncio constrangedor que preencheriam uma visita de vários dias. O que diríamos uma para a outra? O que faríamos? Fico esperando ela rir, talvez me rejeitar gentilmente.

Em vez disso, ela diz:

— Sério? Você gostaria que eu fosse?

Sua voz vibra com esperança.

— Sim. Claro que eu gostaria.

— Seria legal — diz ela timidamente. — Vou fazer isso. Prometo.

A coisa que mais me surpreende é a onda de alegria dentro de mim, bolhas em uma garrafa de água com gás, um sol nascente.

★

Estou me mexendo na cadeira enquanto a repórter examina suas anotações e o câmera se prepara para filmar um pequeno segmento sobre o vandalismo em nossa casa. O repórter é de uma estação de TV de Chicago que veio para cá. Esvaziamos nossa sala de estar para um vídeo de dez minutos que será postado no site. Também vamos posar na frente do portão da garagem, onde tudo aconteceu, para algumas fotos.

Volto para Nova York em duas semanas. Eu sei quem é o responsável. Mas a polícia não. Ainda não.

O nome da repórter é Jenna Miles. Seu cabelo está brilhante e solto. Seus lábios estão com um batom rosa fosco.

Meu cabelo não está bom hoje; tem uma onda desigual de um dos lados do repartido. Estou convencida de que tem um terçol crescendo na minha pálpebra esquerda. Não dá para ver agora, mas sinto ele emergindo debaixo da pele.

Mas estou pronta. Já planejei o que vou dizer. Será a minha última entrevista, e minha irmã pode decidir se quer fazer mais alguma coisa. Este verão pareceu durar ao mesmo tempo um minuto e cem anos. Pela primeira vez, estou um pouco relutante em deixar este lugar.

Faz mais de uma semana desde que deixei os zongzi na casa do Rajiv. Não recebi nenhuma resposta nem posso perguntar a ninguém no trabalho. Tampouco mando mensagem para ele sobre isso. Não estou implorando para ele ficar comigo; ele não me deve perdão. A ideia do bilhete de desculpas era uma coisa sem compromisso. E não tenho nenhuma ligação com ele, exceto a dele com o meu coração. É apenas algo que terei que cortar antes de voltar para Nova York. Se mil quilômetros não resolverem, então não sei o que resolverá.

Jenna coloca o cabelo atrás da orelha e acena para o câmera.

— Você está pronta?

Eu torço os dedos no colo.

— Mais pronta que nunca.

O câmera faz a contagem regressiva e começa a rodar. Jenna faz a apresentação e começa a me fazer perguntas. E eu começo a falar.

Conto a ela sobre como é fazer parte de uma comunidade e de repente descobrir, da forma mais rude possível, que você é "diferente". Como é quando algo racista acontece com *você*, e você precisa decidir se o que ocorreu é racista o *suficiente* para contar, se os sentimentos de todos os outros foram pesados em relação ao meu próprio sofrimento. Eu falo sobre como ser asiática significa que as pessoas só gostam de você quando está tentando se adaptar, mas é o primeiro a ser usado como bode expiatório quando é necessário. Como é fácil esquecer por um momento que ainda não é um deles, como pode ser fácil se afastar de outras minorias quando importa. Você está com um pé dentro da porta de ser branco, mas nunca entrará totalmente.

Continuo falando, e Jenna deixa. Continuo até ouvir meu celular começar a vibrar na mesa na minha frente.

Fico furiosa comigo mesma por não colocar no silencioso até notar quem está ligando.

É o Rajiv.

Minha boca se fecha. Meu cérebro se apaga. Eu o vejo ligar.

— Está aí? — Jenna pergunta. — Não se preocupe, podemos editar isso.

Minha mão dispara para o celular.

— Desculpa — digo a ela. — Eu tenho que atender.

Clico em aceitar e saio correndo da sala enquanto ouço murmúrios e ruídos de protesto atrás de mim.

— Alô?

Pareço vagamente sem fôlego, me escondendo no banheiro, segurando o celular como se fosse uma tábua de salvação.

— Margaret?

Eu ouço sua voz suave do outro lado, um pouco em estado de choque, como se ele não esperasse que eu atendesse.

— Sou eu. Estou aqui.

— Não sei por que liguei. — Ele está engasgado. — Eu, hum, acho que eu só queria falar com alguém e você ainda foi a primeira pessoa em que pensei.

— Ei. Ei. Está tudo bem?

Ele tosse.

— Sim. Tudo bem. Minha mãe... Ela teve uma convulsão e estamos no hospital, mas está bem agora. Apenas um efeito colateral estranho que não esperávamos. Ela está bem. Só um susto.

— Você quer que eu vá até aí?

Estou pronta para entrar no carro e deixar Jenna sozinha na minha casa.

— Não. Claro que não. O que você quer fazer, dar a ela outra convulsão? Depois de todos os eventos familiares que você deixou passar, ela provavelmente vai pensar que está em um universo alternativo se te vir no hospital.

Ele ri, a voz soando mais estável.

Apesar de tudo, sorrio para o celular.

— Mas obrigado pela comida. Acabou em um dia. Eu deveria ter te mandado uma mensagem. Estou interrompendo alguma coisa?

— Não — digo. — De jeito nenhum.

— Olha, eu tenho que desligar, mas quer me encontrar no parque em uma hora? Vamos receber alta em breve. Só quero me despedir. Direito.

Todas as minhas esperanças anuladas em um momento devastador. Ainda assim. Eu fecho os olhos.

— Estarei lá.

O parque Stevenson é uma extensão de dez hectares e meio com piscina, quadras de tênis e de vôlei de praia. Velhos carvalhos graciosos com folhas quentes pálidas e galhos escuros se curvam sobre colinas gramadas com churrasqueiras e mesas de piquenique. O cheiro é delicioso... um cheiro confortável de barro que me lembra de casa.

Tem um parquinho infantil que está quase sempre abandonado. Está velho e caindo aos pedaços, um perigo para as crianças. Particularmente porque é feito de madeira sem acabamento, acinzentada e lascada. A intenção sempre foi demolir aquilo e transformar em algo de plástico colorido, menos propenso a ações judiciais, mas continua não acontecendo.

Porém, agora há grandes placas ao redor do chão de terra, informando às pessoas que o playground está programado para ser demolido daqui a algumas semanas. Finalmente isso vai acontecer. Subo a escada de metal e me sento na beirada da plataforma, olhando para fora. Esperando.

Rajiv e eu costumávamos passar muito tempo aqui quando o clima estava bom. A sorveteria em frente à calçada direita tornou este lugar perfeito.

Sorvete no parque. Era um encontro comum para nós, do jeito que outras pessoas saem para jantar e ir ao cinema.

Vimos este parque em todas as estações.

Espero até depois das 18h, o que é normal porque, embora eu seja sempre pontual, Rajiv está sempre atrasado. Observo um gaio-azul saltitar em uma das árvores. Tento acalmar a respiração. Tenho que nos permitir fazer isso com dignidade, mesmo que não esteja pronta para deixá-lo. Eu preciso conseguir fazer isso, pelo menos.

Finalmente, uma figura emerge de um bosque de árvores. Ele está andando devagar, com as mãos nos bolsos. Eu aceno timidamente por um tempo. Não sei se devo ficar feliz ou triste com essa conversa. Ele para na minha frente. Eu, com minhas pernas penduradas na plataforma, ele de pé na minha frente — estamos quase exatamente no nível dos olhos. Ele está franzindo a testa.

— Oi — digo. Minha boca está seca. — Sinto muito pela sua mãe.

Sua expressão suaviza.

— Obrigado. E obrigado por atender. Eu queria te ligar antes que nós dois fôssemos embora. Eu só... Esse não foi o momento em que pensei em fazer isso.

— Você ia ligar?

— Ia. — Ele sorri. — Você pensou que eu ia te ignorar que nem você fez na noite do baile? Pelo menos uma pessoa nesta relação é madura.

— Muito engraçado.

— Eu também sou o mais engraçado.

Ele me faz rir, como sempre, então não posso discutir com ele.

— Viu?

Eu balanço a cabeça, sorrindo. Ele parece hesitante, então coloca as mãos na plataforma ao lado das minhas. Eu me afasto, e ele pula e se acomoda ao meu lado.

— Acho que estraguei tudo, né? — digo baixinho, procurando uma resposta, torcendo para que ele responda de uma maneira diferente do que espero.

Ele me olha de lado.

— Sim, acho que sim. Mas, pra ser sincero, não é nenhuma surpresa. Os horóscopos já diziam. Somos marcados por uma sina maligna. Sempre fadados ao fracasso.

Ele diz isso como uma piada, mas me destrói mesmo assim. Mas não vou deixar isso transparecer.

— Enfim, você está indo embora. Vou voltar pra faculdade daqui a algumas semanas. Não queria deixar as coisas daquele jeito. Você sabe.

Eu sei.

— Foi pior do que quando terminamos da primeira vez.

— Não sei. Foi bem ruim quando terminamos. Mas, sim, eu não queria deixar as coisas desse jeito. Tivemos mais de três bons anos juntos. Achei que provavelmente nunca mais nos falaríamos, mas aí você apareceu na Fisher, Johnson e, juro, pensei que o universo estava me punindo da maneira mais cruel possível, mas também pensei... — Ele esfrega a testa. — Pensei que talvez o universo estivesse tentando me fazer um favor. Não havia como voltarmos pra casa no mesmo verão, você, especialmente, e de alguma forma acabarmos trabalhando juntos como estagiários no mesmo lugar. De jeito nenhum poderia ser uma coincidência sem sentido do destino.

— Você pensou que voltaríamos a ficar juntos?

— Sei lá — diz ele com fervor. — Você não pensou isso?

É a primeira vez que nossos olhos fazem contato visual enquanto estamos sentados.

Juntos nessa plataforma que nos é tão familiar, me pergunto se a madeira se lembra das nossas pernas. Os olhos escuros como nanquim de Rajiv são profundos, como a mais rica xícara de chá preto.

— Sim — sussurro.

— Não vou fingir que nunca deixei de te amar ou algo assim. Eu deixei. De te amar, quero dizer. Tive um ótimo ano como calouro. Fiz amizades. Saí com outras garotas. Eu pensei *muito* em você, mas não ia ficar preso em você pra sempre. Eu tinha superado. Superado do tipo, pensei que a gente fosse nos encontrar na reunião do ensino médio um dia, falar sobre nossos cônjuges e filhos, e dizer "Não foi ótimo?", de uma maneira nostálgica e agradável, não tipo vamos arruinar nossa vida.

Lágrimas escorrem dos meus olhos e deslizam silenciosamente por meu rosto. Não posso secá-las sem chamar a atenção para o meu estado patético. Odeio chorar, e agora parece que é tudo que consigo fazer. Como se, pela primeira vez nessas férias, tivesse quebrado algum tipo de barreira emocional e, como resultado, meu corpo está compensando todos os anos de supressão forçada de sentimentos, liberando líquidos indesejados pelo meu rosto nas situações mais inconvenientes.

— Mas aí eu vi você no primeiro dia, e é como se tivesse voltado para o último ano do ensino médio na hora. No minuto em que te vi, quis ficar com você de novo. E te amei de novo tão rápido que não conseguia me lembrar por que a gente tinha terminado.

— Mas aí você se lembrou.

— Mas aí eu me lembrei — ele concorda.

Rajiv não está olhando para mim, então, se eu ficar quieta, ele provavelmente não vai perceber que estou chorando.

— Sinto muito — digo, na cara dele desta vez. — Eu não queria voltar e estragar o seu verão.

— Você não estragou o meu verão. Eu só pensei que a gente tinha uma chance, sabe? Achei que talvez você acreditasse em recomeços. Tínhamos tanta história antes.

— Não existe isso de recomeços.

Ele tira o cabelo do rosto.

— Por que você não pode simplesmente conversar sobre a sua mãe comigo? Você nunca nem conseguia falar comigo sobre isso. Eu não esperava que fizesse um acordo de armas nucleares, não esperava um milagre com ela. Mas, em vez disso, você me afastou, e eu deveria ser a pessoa em quem você confiaria acima de qualquer outra. Poderíamos ter lidado com isso juntos.

Ele está certo, claro. Achei que estava protegendo ele da mamãe, e a mamãe dele. Mas estava apenas usando a lógica dela e evitando as conversas difíceis.

Sei que não posso mudar o passado, mas faço o melhor que posso. Conto para ele o que mamãe realmente disse na noite do baile.

— Ela me mandou escolher — digo. — Entre você e ela.

Puxo os joelhos para o peito como uma garotinha.

— Tive medo de brigar com ela. Foi difícil. Mas eu estava errada em te deixar assim. Não foi justo com você nem com a minha mãe.

Ele balança a cabeça.

— Eu estava pronto pra lutar por nós — diz ele. — Mas você acabou me largando. O engraçado é que eu te amava porque você era brilhante e durona, e eu sabia que um dia você provavelmente seria senadora ou algo assim porque coloca tudo de si em qualquer coisa que queira fazer. Adorava sua ambição e determinação. Eu amava como você nunca recuava, e pensei que isso se estenderia a mim também. Acreditei até o fim.

— Eu sei. Se pudesse voltar no tempo, teria agido de outra forma. Teria colocado meus sapatos e saído. Teria ido à sua casa antes do baile, passado um tempo com a sua mãe. Jantado. Tirado fotos. Tentado fazer ela gostar de mim. Eu teria ido ao baile com você. Teria segurado sua mão, levado você pra casa, apresentado você para a minha mãe em vez de te esconder. Eu queria ter feito tudo isso.

Mas não dá para voltar no tempo. Não dá para simplesmente recomeçar. Tem um limite de vezes que você pode afastar alguém antes que a pessoa nunca mais volte.

— Eu sinto muito, muito mesmo — repito. — Mas você não precisa me perdoar. Eu só queria que você soubesse.

Ele me olha com uma intensidade questionável, como se estivesse tentando decidir alguma coisa. Não consigo ler sua expressão.

— Bem, obrigado por dizer isso. Queria que as coisas pudessem ter sido diferentes também.

Sinto uma decepção crescente que escondo. Isso é o que eu esperava, afinal.

Ele bate a ponta do sapato no meu.

— Estou feliz por a gente ter tido essa conversa. Eu estava tão bravo na manhã seguinte que não consegui lidar com tudo aquilo. Isso... ajuda.

— Que bom.

— E, de qualquer forma, pensei em vir aqui e jogar todas as minhas emoções no seu colo. Você sempre amou isso. Eu, despejando meus sentimentos, enquanto você ficava sentada lá, toda racional, tentando consertar as coisas. Pelo menos desta vez você jogou todas as suas emoções em cima de mim também.

Eu rio e enxugo as lágrimas do rosto.

— Sim, que bela despedida.

O ar esfria a minha pele. Estou esgotada, mas também, por mais estranho que pareça, em paz. Toda a tensão sumiu, e somos apenas Rajiv e eu, como no começo. Um ao lado do outro. Sentindo a nossa respiração lenta sincronizar. Medindo os segundos finais do verão antes que tenhamos que deixar este lugar transitório e voltar para nossas novas vidas. O sol alaranjado da tarde no parque Stevenson nunca foi tão bonito.

— É bonito aqui — digo.

— É, sim.

— É assim que vou me lembrar de nós. Das coisas boas.

Ele se vira para mim.

— Eu fico pensando, quando estávamos namorando, que aquilo é que era bom.

— Foi legal, né? Valeu a pena?

— Valeu. Por exemplo, eu não me importava quando passávamos horas na livraria, bebendo um café atrás do outro e fazendo palavras cruzadas, tudo isso enquanto os funcionários olhavam feio por ficarmos lá por cinco horas todos os sábados.

Estou sorrindo.

— Ou quando você ia escondida para a minha casa quando meus pais estavam fora e dormia na minha cama enquanto fazia a lição de casa. Você roncava.

— Não roncava, não!

— Roncava, sim.

Sua mão está se aproximando da minha. Finjo não notar, mas sinto brotar uma dolorosa esperança em mim, o broto rachando a casca dura do meu coração.

— Gostava de como você relaxava quando estava comigo, até mesmo a sua postura. Seus ombros caíam quando ninguém mais estava por perto, e eu conseguia ver isso.

Seus dedos alcançam os meus.

— Eu gosto que você nunca muda, de todos os melhores jeitos, mas anda assim consegue me surpreender, mesmo depois de todo esse tempo — ele sussurra.

Estou calada. O passado começa a me deixar tonta. O presente me faz flutuar.

— Gosto de como você consegue me fazer te amar em quinze minutos, mesmo quando não te vejo há três semanas. Mesmo quando não te vejo há um ano inteiro. Acho que você poderia me fazer te amar mesmo depois de uma vida inteira. Eu só quero que você me escolha, tá?

— Tá.

E agora não há mais tempo, não há mais espaço entre nós. Ele estende a mão para mim, e eu caio em seus braços, seus lábios nos meus, suas mãos no meu cabelo e na minha bochecha, seu cheiro irresistível, e no breve momento de consciência em que ainda sou capaz de formular qualquer pensamento, penso... sim para isso, e sim para nós, e sim, sim, sim.

Este é o fim do nosso fim.

Este é o começo do nosso começo.

E, desta vez, nós fazemos as nossas próprias escolhas.

Vinte e Um
Annalie

No final, passo pelas peças uma a uma.

Faço as pazes com a Violet.

Sentamos debaixo de uma árvore no quintal da casa dela para escapar do caos por um minuto.

— Não acredito que você não me contou — diz ela.

— Desculpa. Eu deveria ter contado. Eu sabia que, se te visse, te contaria. E não conseguia encarar isso ainda. Toda essa história me fez ser uma amiga péssima. Mas eu estava com medo.

— Medo de quê?

— Que você me julgasse por saber e não fazer nada... Ou por namorar o Thom.

Eu deveria saber, pelo jeito que estava agindo perto da Violet, que tinha algo realmente errado com meu relacionamento. Se eu me sentisse confiante, não ia querer esconder da minha melhor amiga. Parece tão óbvio agora.

— Bem, eu estou te julgando, só para deixar claro — diz ela, sorrindo. — Não acredito que você passou tanto tempo correndo atrás dele quando, na verdade, o cara é um grande escroto.

Eu cutuco seu ombro.

— Mas eu não iria te julgar por não querer denunciar ele.

— Sério? — pergunto, levantando a sobrancelha.

— Tá, talvez um pouco. Só porque, se você não disser nada, esses caras vão continuar por aí, sem sofrer nenhuma consequência. — Ela suspira. — Isso provavelmente vai acontecer de qualquer maneira. Mas você tem que pelo menos tentar, certo?

— Eu vou.

Ela se anima.

— Vai?

— Eu tenho que conversar com a minha família primeiro, mas, sim. Eu quero.

Dizer isso em voz alta ainda me assusta um pouco. Eu deveria me acostumar com isso.

— Bom pra você — diz Violet. — Fico feliz.

— Você ainda vai ser minha amiga depois que todos se virarem contra mim?

Ela faz um barulho indignado.

— Eu estou com você na alegria e na tristeza. É claro que vou ficar do seu lado, não importa o que aconteça. Mesmo se você tivesse decidido não fazer nada. — Ela sorri. — Embora, de novo, eu secretamente te julgaria um pouco. Secretamente! Por dentro. Como uma amiga.

Eu abro um sorriso.

— Então você me perdoa? Eu não estava tentando esconder o Thom de você porque eu tinha vergonha de você. Eu tinha vergonha *dele*.

Ela me dá um abraço.

— Não há nada para perdoar — diz ela.

A brisa que passa pelas folhas hoje está fresca. Tem um ar de outono. A luz está ficando mais suave. Em breve — muito em breve — estaremos voltando para a escola. Margaret vai embora. Daniel vai embora. Mas sempre terei Violet.

Eu me despeço do Daniel.

Ele vai embora mais cedo. Seus pais vão encontrá-lo no Maine para umas férias antes da faculdade.

Seu avô e eu nos despedimos dele na estação de trem para Chicago, onde ele vai pegar o voo. Bakersfield diz que vai tomar um café enquanto o trem não chega.

Essa é provavelmente a nossa última chance de ficar sozinhos. Ficamos ali, dois estranhos, sem saber como dizer as coisas estranhas. Se fosse um filme, seríamos apenas ele e eu, e eu confessaria meus sentimentos antes que ele fosse embora, e nos beijaríamos no último momento e juraríamos que faríamos o relacionamento a distância funcionar. Mas isso não é um filme. E não sei o que somos.

Deveríamos ter falado sobre o que significamos um para o outro, mas tudo na feira passou como um borrão, e então...

Bem, ficamos sem tempo.

— Tenha uma boa viagem — digo. — Ouvi dizer que o Maine é lindo.

— Talvez seja verdade — diz ele. — Engraçado, mas acho que este lugar é bem legal também. Aprendi a manter a mente aberta. Mas estou bastante certo de que não chegará aos pés daqui.

— Parece que meu projeto de verão foi bem-sucedido — brinco. — Mas por que o ceticismo sobre o Maine?

Seus olhos procuram os meus.

— Porque você não vai estar lá.

Engoli um balão de hélio.

Eu memorizo o jeito que ele está agora. Cabelo um pouco bagunçado por causa do trem tão cedo. Camisa de manga comprida em linho cinza, com o botão de cima desabotoado. O vermelho leve na ponta do nariz por ficar no sol do meio-oeste durante a feira. Seu queixo quadrado e testa larga.

— Eu quero... — começo.

O sino toca, sinalizando que o trem está chegando à estação.

— Hora de ir — diz Bakersfield atrás de mim. Eu abaixo a mão, suspensa a meio caminho de seu rosto. A decepção me faz afundar. O momento passa.

Daniel me lança outro olhar impotente. Eu balanço a cabeça de leve. *Não vai embora*, quero dizer. *Fica comigo*.

— A gente se vê depois — diz ele, como uma promessa, enquanto vai em direção à saída.

— Sim, a gente se vê.

Ele desaparece. Fico com um buraco no coração, uma coisa que agora sei ser real.

Conto a verdade à mamãe.

Antes de Margaret ir para a faculdade de novo, nossa pequena família de três se senta ao redor da mesa de jantar para que eu possa contar à mamãe o que sei.

— Vou denunciar eles pra polícia — digo.

O tênue círculo de luz da luminária no teto nos envolve. O espelho do outro lado da sala mostra nosso reflexo. Sentadas juntas assim, nossa semelhança familiar é mais clara do que nunca. Mamãe e Margaret sempre pareceram um par, mas o rosto delas é o meu também.

Mamãe suspira. Espero que ela me diga para não fazer isso. Que reitere sua lista de razões pelas quais devemos seguir em frente, como sempre. Seu mantra. Acho que ela vai ficar decepcionada. Mas ela diz apenas:

— Você tem certeza?

Eu sinto uma lasca brilhante de surpresa rachando minha casca dura.

— Tenho certeza.

Seus olhos estão assustados, indo e voltando entre mim e a minha irmã. Sinto minha raiva esquentando novamente, me sentindo protetora por ela. A pura injustiça de minha mãe ter que sentir medo em sua própria casa. Olho para Margaret e nos entendemos.

— Eu não vou fazer isso se você não quiser — acrescento com firmeza. Algumas coisas são mais importantes.

Ela coloca a mão na minha.

— Sua decisão — diz ela. — Eu te apoio. — Ela muda para chinês. — Minhas filhas, ambas crescidas. Eu não posso te dizer o que fazer agora.

Sua voz tem um tipo de orgulho diferente do que já ouvi antes.

— Quer dizer, tenho certeza de que você ainda vai tentar — diz Margaret, seca.

Rimos juntas, um som que ecoa pela casa. Guardo esse momento de nós três. Coisas que quero guardar para sempre.

Eu denuncio Mike e Brayden.

Embora Margaret se ofereça para vir comigo, decido ir sozinha. A delegacia é baixa e retangular, toda de concreto. Pequenas janelas cortam a fachada como olhos mágicos. Mesmo enquanto subo os degraus, a voz na minha cabeça diz: *Você pode voltar. Volte agora.*

Mas não faço isso.

Abro as pesadas portas duplas de vidro e minhas pernas me levam para a recepção. Eu me sinto como um passageiro em terceira pessoa no meu corpo, me vendo agir sem controle. Gostaria de poder pular para a parte em que isso acaba. Então percebo que, ao contar à polícia, isso nunca vai acabar. Pelo menos, não por muito tempo.

A recepcionista me dá um formulário para preencher e me pede para esperar. Fico sentada, como em um consultório médico, batucando nervosamente as unhas nos braços de metal da cadeira.

Você ainda pode sair, mesmo agora.

Vejo um policial se aproximar de mim. Fecho os olhos. Nos meus sonhos, vejo a pichação na nossa garagem. Ouço a voz de Thom me implorando para não contar.

Respiro fundo. Então começo a falar.

Depois disso, sigo o melhor que posso. O que quer que isso signifique. Porque no final das contas, preciso.

As coisas na escola são melhores e piores do que imaginei.

O promotor realmente decide apresentar acusações: por danos criminais à propriedade como crime subjacente, conspiração e crime de ódio como acusação separada. Se condenados, Mike e Brayden serão criminosos, tendo que pagar multas de até vinte e cinco mil dólares e talvez pegar de um a três anos de prisão. Esses fatos nunca parecem reais para mim, mas a perspectiva de as pessoas que conheço na vida real vivendo isso faz tudo parecer significativamente mais sério. Eu até me sinto mal, o que sei que é ridículo, porque estou apenas denunciando — não é como se eu tivesse cometido o crime. Ainda assim, não consigo afastar totalmente o vago sentimento de culpa que permanece.

Nos primeiros dias, são mais os olhares, o que eu já esperava. As pessoas são péssimas em fingir que não estão olhando, essa é a questão.

Algumas pessoas vêm falar comigo, pessoas com quem nunca conversei antes, e me dizem que não podem acreditar que o Mike e o Brayden vandalizaram nossa garagem assim, e que foi com certeza racista, e que eu sou incrível por descobrir quem foi e denunciá-los.

Mas Mike e Brayden também não viraram párias.

A primeira vez em que vejo o grupo e eles me veem, todos nós congelamos. Eu me preparo. Há um momento interminável em que olho para Mike, e seu rosto fica vermelho, e vejo todos os insultos furiosos passando por sua cabeça. Mas ele apenas estreita os olhos e diz algo para o grupo que eu não ouço. Todos riem e dão as costas, até mesmo Thom. Não sei se ele diz algo sobre mim ou não. Não importa, acho. Mesmo assim, dói.

Muitas pessoas continuam a andar com eles, mesmo com as acusações.

Tenho a sensação, principalmente pelo que Violet me fala, de que mesmo as pessoas que acreditam que Mike e Brayden fizeram aquilo acham que pichar umas palavras na garagem de alguém não é uma coisa que mereça prisão ou uma multa tão alta, ou nem mesmo o estigma de ser rotulado como racista. E algumas pessoas definitivamente pensam, como Mike previu, que estou apenas sendo vingativa, que estou aumentando as coisas. Que só estou brava porque Thom me largou.

Tem dias em que acordo e penso que fiz a coisa errada. As pessoas sussurram sobre mim no almoço. Ouvi uma garota dizer à amiga que eu estava sendo "dramática demais".

Thom e eu nos cruzamos com frequência. Ele está na minha aula de Cálculo Avançado do último ano. Na maioria das vezes, evitamos nos olhar.

Normalmente pego minhas coisas e saio correndo da sala assim que a aula acaba. Uma vez fico um pouco para trás para fazer uma pergunta ao professor. Quando termino, percebo que ele e eu somos as duas últimas pessoas na sala guardando as coisas.

Ele parece assustado e envergonhado. Precisa passar pela minha mesa para chegar à porta e se aproxima com pressa. Meu coração acelera, preparando-se para algum tipo de confronto — um pedido de desculpas? um insulto? —, mas ele passa apressado por mim sem dizer uma palavra.

Fico um pouco decepcionada. Achei que conseguiria encerrar esse incidente, mas acho que isso nunca vai acontecer.

Às vezes, imagino um mundo em que o vandalismo não aconteceu e não havia segredo entre mim e Thom. Começamos o verão da mesma forma, nos encontrando na sorveteria, e Margaret não volta para casa. A gente é feliz. Talvez continue namorando durante o último ano. Imagino algo muito diferente da realidade. Sou popular e Thom me convida para o baile de um jeito digno de vídeo viral. Será que teríamos continuado juntos?

É fácil sonhar acordada com outras possibilidades. Tanto que posso ficar sufocada de inveja desse outro eu, aquele que conseguiu tudo o que queria. Mas o sonho nunca dura. Eu penso no jeito que Thom me tratava — como a ideia de uma namorada em vez de uma pessoa real —, em como eu me encolhia para ele, e hoje sei que não é assim. Thom e eu estávamos fadados a terminar desde o início.

Eu me pergunto que tipo de pessoa ele se tornará. Será que sente alguma culpa pelo fim do nosso relacionamento? Será que questiona quem decidiu apoiar? Vai aprender com isso? Tenho tantas perguntas e nenhuma resposta.

Talvez um dia ele perceba que estava errado. Espero que sim.

Tudo o que sei é que, aonde quer que a história de Thom o leve, não farei parte dela. Não é minha responsabilidade torná-lo um homem melhor.

Vou para a escola, mantenho a cabeça baixa e faço minhas atividades extracurriculares, vou para casa e passo o tempo com a Violet. De novo e de novo. Tento passar pelas coisas sem pensar muito nelas. Depois de um tempo, o escândalo morre.

É difícil acreditar que, no início do verão, o que eu mais queria era ser a namorada do Thom, finalmente fazer parte da galera no meu último ano.

Agora estou apenas passando o tempo até me candidatar a faculdades e pensando no que farei no próximo ano. Fiz inscrições para lugares em Nova York e na Califórnia, mas também para faculdades mais próximas. Conversei com o Rajiv sobre a Universidade de Illinois, que é grande o suficiente para ninguém saber quem eu sou, o que significa que posso ser quem eu quiser.

Ele e a Margaret estão juntos de novo, o que me deixa feliz.

Quanto a mim, o número do Daniel no meu celular fica lá, parado, sem ser usado, por semanas. Quero mandar uma mensagem para ele e perguntar como está indo a faculdade, como foi a viagem, mas não posso. Quanto mais o tempo passa, mais o nosso verão parece uma memória distante. Eu imaginei meus sentimentos? É difícil saber se meu cérebro está me enganando agora que ele está longe há tanto tempo.

— Por que você não manda uma mensagem pra ele primeiro? — pergunta Violet. — Qual é o grande problema? Você não precisa declarar seu amor.

— Ele provavelmente já se esqueceu de mim.

— E talvez ele esteja olhando para o celular que nem você, esperando receber uma mensagem primeiro. — Ela estala a língua. — Vocês dois são ridículos. Quer que eu mande uma mensagem para ele?

— Não!

— Beleza, então. Eu ofereci.

Se eu pudesse perguntar ao avô dele como ele está, eu o faria.

Mas Bakersfield decidiu se aposentar definitivamente e viajar pela primeira vez na vida. Durante uma tempestade, eu passo pela padaria, as janelas escuras e vazias, com a placa de venda apoiada em um canto. Eu me lembro de nós três na cozinha. O calor do forno enchendo a sala.

Penso em como nada dura.

Então, um dia, chego em casa da escola e pego o celular. Lá está, minha tela se iluminando com uma mensagem não lida do Daniel, como se o tempo não tivesse passado.

E ali está, a faísca que enterrei tão profundamente, se iluminando também.

As folhas giram, murcham e voam com o vento, deixando nossa cidade monótona e cinzenta. De alguma forma, sobrevivo quase um semestre inteiro.

Margaret e eu não conversamos por telefone, mas trocamos mensagens com frequência, e estou surpresa com o quanto isso me deixa feliz. Eu compro passagens para ir visitá-la (e, embora eu não consiga pensar muito nisso, visitar Daniel também) durante as férias de inverno. Imagino um futuro em que nós duas fazemos viagens de irmãs, indo para a Itália e tomando gelato. Talvez um dia até voltemos para a China, de onde mamãe é, para onde nunca fomos. Não há ninguém com quem eu prefira ir do que ela. E sei que, um dia, se tiver que enfrentar a mamãe para trabalhar como confeiteira — uma discussão que ainda não estou pronta para ter —, Margaret estará do meu lado.

Não vou ao baile de boas-vindas, mesmo depois de semanas de Violet e Abaeze me enchendo para ir com eles. Não estou com disposição para os olhares das pessoas em busca de sinais de que estou me divertindo, que não estou psicologicamente traumatizada pelo que aconteceu no verão.

A questão é que, na maioria das vezes, estou bem. Estou feliz.

O que realmente odeio é que, não importa quanto tempo passe, quando eu penso nesse verão, sempre vou associá-lo ao que aconteceu. E parece injusto que eu tenha que carregar esse fardo, quando fui eu a injustiçada.

A memória é um pouco como o sol — ilumina tudo para mim, mas quando olho diretamente para ela por muito tempo, dói. Ainda sinto o choque sem fim de ver a pichação pela primeira vez, por escrito, na minha casa. Nunca esquecerei.

Digo isso à minha irmã, porque ela é a única que entende como me sinto.

— É uma merda — ela concorda. — Mande tudo à merda.

Não quero fazer isso. É uma responsabilidade sombria para mim, algo que estou comprometida a levar até o fim, mas não tenho nenhum prazer com isso. Eu me pergunto se verei as coisas de outra forma depois que for para a faculdade e voltar, porque não sei que lição eu deveria tirar disso.

Para Margaret, seus olhos sempre no horizonte em busca de coisas maiores e mais brilhantes, acho que abandonar este lugar é motivo de alegria. Erguendo-se acima de tudo, como uma fênix ou algo poético do tipo.

Para mim? Não sei. Não consigo me desconectar como ela, sempre olhando para a frente. Preciso de uma âncora e não posso simplesmente abandonar este lugar. É parte de mim, parte de quem eu sou. Embora seja meio chinesa, a China é apenas uma ideia para mim. Quando as pessoas me perguntam de onde eu sou, sempre digo a elas que sou daqui.

Mike e Brayden tentaram me transformar em algo desconhecido e bizarro, digno de ser isolado e observado com estranheza. Eles tentaram transformar este lugar também.

Mas eu sei que existe algo além do horror que eles fizeram. Eu preciso acreditar que existe.

Enquanto ando por aí, fazendo minhas coisas, as pequenas interações e momentos com meus amigos, o apoio dos professores, os sorrisos de estranhos, digo a mim mesma de novo e de novo que existem pessoas boas. As pessoas podem ser más, mas também podem ser boas. Não quero me esquecer disso. Não quero olhar para todas as pessoas que moram aqui e ter medo do que estão pensando sobre mim.

O pôr do sol de inverno se aproxima, espalhando tons de laranja e púrpura no céu sob os intermináveis campos nus, pontilhados com partículas douradas da colheita do outono. À noite, os moinhos de vento sob os quais Daniel e eu nos deitamos piscam em vermelho contra um céu noturno tão frio que dá para sentir a profundidade do espaço, a milhões de quilômetros de distância.

Eu me sinto frágil ao ver a mamãe recolher as folhas mortas das roseiras do quintal e adubar cuidadosamente o solo, se preparando para a primavera. Os galhos estão nus e espinhosos agora, mas em alguns meses estarão carregados de botões gordos explodindo em cores.

Um dia, esses eventos terão desaparecido como uma velha queimadura de sol. Quando fizer as malas para me mudar e me tornar a pessoa que devo ser, vou poder escolher o que importa para mim na minha casa. Posso escolher as partes boas, porque deixar Mike e os outros tirarem isso de mim seria uma vitória maior do que eles merecem.

Vou poder olhar pelo espelho retrovisor enquanto o futuro me espera, outro verão se transformando em outro outono. Vou poder me permitir pensar em toda a beleza que há ao redor, pouco antes de ir embora.

Agradecimentos

Em primeiro lugar, um enorme agradecimento à minha agente, Wendi Gu, por sua fé inabalável e esforços incansáveis por este livro e pela minha carreira no geral. Sua paixão genuína pela minha escrita me permite acreditar em mim mesma quando estou desanimada. Você é uma campeã profissional sem igual, e minha felicidade por tê-la ao meu lado é imensa. Obrigada por receber minhas mensagens por e-mail, SMS e Instagram, tudo ao mesmo tempo. Claro, também não posso esquecer de todo o apoio do pessoal da agência Sanford J. Greenburger, especialmente Stefanie Diaz, minha maravilhosa agente de direitos autorais.

À minha editora, Alessandra Balzer, sou muito grata por você ter visto algo especial neste livro e querer trabalhar comigo. Tem sido um prazer. Continuo impressionada com as suas sugestões editoriais. Minha mais sincera gratidão por ter você no comando ao levar este livro ao mercado.

Um enorme obrigado a todos da Balzer + Bray e da HarperCollins que trabalharam neste livro de modo que ele ficasse bonito por dentro e por fora: Jessie Gang, minha designer de capa, que apresentou uma visão impressionante e trouxe Robin Har, cuja ilustração adorei, para dar vida à capa; Valerie Shea, Rosanne Lauer e Alexandra Rakaczki, copidesque, revisora e editora de produção, cujos comentários detalhados foram surpreendentes e muito apreciados; Jackie Burke, John Sellers, Caitlin Johnson, Audrey

Diestelkamp, Shannon Cox, Patty Rosati, Katie Dutton, Mimi Rankin, Andrea Pappenheimer, Kerry Moynagh e Kathy Faber, que trabalharam para colocar este livro nas mãos dos leitores.

Devo muito a Joan Claudine Quiba, Eleanor Glewwe e Yesha Naik, por abordarem a história e os personagens com todo o cuidado e fornecerem seus pensamentos perspicazes durante a leitura.

Sou profundamente grata a toda a minha equipe do Reino Unido, na Penguin Random House, especialmente Asmaa Isse, que adquiriu o livro, e Naomi Colthurst, minha editora, por levar este livro para os leitores do outro lado do oceano.

Obrigada à minha agente cinematográfica, Mary Pender, por todo o esforço para levar este livro a um novo meio, algo que nunca pensei que seria uma possibilidade significativa enquanto escrevia esta história.

Tem tantas outras pessoas que me apoiaram de uma forma ou de outra ao longo da vida e que tornaram minha escrita possível ao longo dos anos, mesmo que eu nunca tenha falado muito (ou nada) sobre isso com elas! A todos os meus amigos e colegas de trabalho em geral, sem vocês este livro não poderia existir.

Tenho que agradecer especificamente a Angela Kim e Andy Chon, não apenas porque prometi, mas porque vocês foram meus primeiros leitores reais e apoiadores neste livro. Mas também aprecio especialmente os anos de terapia diária no nosso grupo de mensagens sobre minha carreira jurídica e minha vida em geral. Eu não sei como lidaria com qualquer caso ou compraria o carrinho de bebê certo por conta própria.

Quase não consigo encontrar as palavras certas para agradecer a Jessica Kokesh, minha amiga escritora há treze anos e parceira de crítica para os primeiros rascunhos de *Toda a beleza ao redor*. Nossa amizade agora tem idade suficiente para ser um leitor de YA! Minha vida mudou para sempre quando o fandom de Percy Jackson nos uniu, e estou incrivelmente feliz por nossa amizade ter durado tantos anos, embora nunca tenhamos morado perto uma da outra. Eu não poderia ter escrito este livro (ou qualquer uma das inúmeras peças de fanfiction e livros não publicados na última década) sem seu apoio moral e sugestões editoriais.

Obrigada às famílias Citro e Drago pela recepção alegre na grande família italiana de Nova York que sempre quis, e por torcer pela minha carreira de escritora com tanto entusiasmo.

Toda a gratidão, sempre, à minha família na China e nos Estados Unidos. Em particular, agradeço à minha prima, Jane Liu, por sua ajuda na tradução, ao meu irmão, John, por ser meu maior torcedor, e ao meu avô Zhihou Liu, por minha vida de amor à linguagem.

Obrigada aos meus pais por tornarem minha vida aqui nos Estados Unidos possível e por enfrentarem todas as dificuldades para que eu não precisasse passar por elas. Eu me sinto sortuda dez vezes por dia.

E, finalmente, para Chris: escrever histórias de amor não é nada comparado a viver uma história de amor com você. Obrigada por ser meu marido.

Impressão e Acabamento:
BARTIRA GRÁFICA